힌트는
도련님

**백가흠**은 1974년 전북 익산에서 태어났으며 명지대학교 문예창작학과를 졸업했다. 2001년『서울신문』신춘문예에 단편소설「광어」가 당선되어 작품 활동을 시작했고, 소설집으로『귀뚜라미가 온다』『조대리의 트렁크』가 있다.

백가흠 소설집
## 힌트는 도련님

펴낸날  2011년 7월 15일

지은이  백가흠
펴낸이  홍정선
펴낸곳  ㈜문학과지성사
등록번호  제10-918호(1993. 12. 16)
주소  121-840 서울 마포구 서교동 395-2
전화  02) 338-7224
팩스  02) 323-4180(편집), 02) 338-7221(영업)
전자우편  moonji@moonji.com
홈페이지  www.moonji.com

힌트는
도련님

박
가
흠

소
설
집

문학과지성사
2011

## 차례

그리고 소문은 단련된다

한 달 전, 림혜숙이 어린 딸과 함께 감쪽같이 사라졌다.

농장주 김 씨의 절도 신고를 받고 출동한 강 형사는 신경질이 삐죽 솟아났다. 없어진 물건들을 그제야 찾는데 사라진 것은 온전히 림혜숙과 일곱 살 딸아이뿐이었다.

단순 가출 같은데. 더군다나 애도 데려갔다면서.

아니, 갈 데가 없는 사람이라구요. 북한에서 온 지 얼마 안 됐다니까요. 제발 좀 찾아주세요.

이름도 가짜일 가능성이 크고, 주민번호도 모르는 사람을 어디 가서 찾아, 이 사람아. 그리고 왜 찾아? 없어진 것도 없다면서.

……무슨 안 좋은 일이라도 당했으면 어떡해요. 어린아이도 있는데.

김 씨는 대꾸도 없이 다급하게 돌아서는 강 형사의 팔을 붙들고 늘어졌다. 뭔가 할 말이 있는 듯한 표정이었으나 머뭇머뭇 더 이상 얘기하지 않았다. 강 형사는 대수롭지 않게 김 씨의 팔을 뿌리쳤다.

김 씨는 포기하지 않고 다음 날 간첩 신고를 했고, 며칠이 지나고선 실종 신고를 했다. 수배라도 떨어지면 어디 있는지 알 수 있을까 해서였다. 강 형사가 마지못해 다시 농장을 찾았다.

림혜숙. 730228−2443215. 글쎄, 잘못 적었는지 그런 사람 주민번호는 없다니까. 답답하네.

맞다니까요. 봐요. 그렇게 적혀 있잖여요.

자꾸 귀찮게 할 거야? 실종 신고는 가족들만 할 수 있는 거 몰라? 당신, 가족 아니잖아. 아, 빨리 단순 가출란에 서명해. 나 바빠.

아니, 그건 아는데, 하도 동네에 이상한 소문들이 돌아서, 그거와 연관이 있지 않은가 싶어서 그려요. 나한테 온다 간다 말 안 헐 이유도 전혀 없고 말여요.

이상한 소문?


사거리 약국 앞을 지나는 사람들치고 안을 힐끔거리지 않는 사람은 없었다. 황 약사는 자신이 꼭 구경거리가 된 것 같아 마음이 불편했다. 아무 일 없는 듯 평소처럼 행동하려 애를 썼다.

황 약사는 거울 앞에 서서 가지런히 머리를 정돈했다. 포마드를 발라 가르마를 나누고 한 올의 머리카락도 일어서지 않게 단정히 빗어 넘겼다. 이미 칠순을 훌쩍 넘겨버린 나이였지만 새까맣게 염색을 해서 흰머리 한 가닥을 찾아보기 힘들었다.

아직도 연락 없지요?

황 약사는 인상을 찌푸렸다. 이젠 손님들이 건네는 인사마저도 비아냥거림처럼 들렸다. 이미 소문은 소문을 낳아 금구에 사는 사람이라면 황 약사의 아들인 사거리 병원집 일을 모르는 사람이 없었다. 황 약사는 말없이 천천히 가운을 걸쳤다. 하얀 가운의 단추를 하나하나 채우며 남자가 등지고 선 창 너머 거리를 흘끗 쳐다보았다.

……뭐 줄까?

황 약사가 무덤덤하게 그를 쳐다보며 말했다. 근래 약국을 찾는 손님의 대부분이 그런 식이었다. 걱정해주는 척하면서 뭔가 새로운 소식을 얻기 위한 제스처.

목이 좀 아파서요.

어떻게 아픈데?

들으셨죠? 저기 구이 쪽에 농장이 있는데, 거기서도 한 달쯤 전에 한 여자가 없어졌대요. 어쩌 동네가 뒤숭숭한 것이……

남자는 병원이나 약국의 단골손님이 아니었는데도 알은척을 해왔다. 그것이 황 약사는 영 못마땅했다.

약 사러 왔으면 약이나 사가지고 가.

황 약사는 기계적으로 서랍에서 편도선 약을 꺼내 재빠르게 진열장 위에 내려놓았다.

2천 원.

설마 얌전하고 예쁜 새댁이 그러기야 했겠어요? 다 남 말하기 좋아하는 사람들이 만들어낸 것일 테니 너무 신경 쓰지 마세요.

남자가 돌아서 약국을 나갔다. 황 약사는 그가 누구인지 도무지 기억이 나질 않았다. 창 너머 성큼성큼 멀어져가는 남자를 뚫어져라 쳐다보았다.

황 약사의 며느리가 조용히 사라진 것은 한 달쯤 전이었다. 평소와 다름없는 그야말로 평범한 어느 날이었다. 친정도 지척에 있고, 근처 작은 도시에서 나고 자라 대학까지 나온 며느리가 볼일도 많고 갈 곳도 많다는 것쯤을 식구들은 알고 있었다. 종종 있어온 늦은 귀가일 거라고 황 약사는 대수롭지 않게 생각했다. 문제는 아침이 되고서도 장 약사가 집으로 돌아오지 않은 것이었다. 장 약사의 외제차는 평소대로 주차되어 있었다. 지난밤 늦게 돌아왔겠거니 가족들은 생각했다. 그러나 어찌 된 일인지 차만 있고 장 약사는 보이지 않았다. 차를 놓고 외출한 것이 분명해 보였다. 갑자기 사라진 며느리를 대신해 은퇴했던 황 약사가 약국에 나올 수밖에 없었다.

그렇게 한 달, 황 약사가 사라진 며느리를 대놓고 찾지 못한 채 전전긍긍하는 것은 모두 다 홀러 다니는 소문 때문이었다. 하루도 지나지 않았는데 금구 사거리엔 약국집 며느리가 바람이 나서 집을 나갔다는 소문이 떠돌았다. 이는 농협에 모여 소일하는 사람들로부터 빠르게 퍼져나갔다. 소문의 서사는 그럴

듯한 것이 퍽이나 구체적이었다. 가장 먼저 읍내에 떠도는 소문을 들고 온 사람은 정 간호사였다. 차마 남편인 병원장에게는 말하지 못하겠다면서 소문의 요지만을 간략하게 황 약사에게 전했다. 정 간호사의 말을 들으니 황 약사도 어렴풋이 그 사내의 얼굴이 떠올랐다. 며느리와 바람이 났다는 사내는 제약회사 영업 사원이었다. 그럴 리 없다고 생각하면서도 마음이 산란해지는 것은 어쩔 수 없었다. 다만 소문이 아들의 귀에까지 들어가지 않았으면 하고 노심초사했다. 그러나 아무 일 없다는 듯이 태연하게 업무를 보는 아들을 보니, 어쩌면 아들은 이미 그 사실을 알고 있었는지도 모르겠다는 생각이 들었다. 이쯤 되니 며느리에 대한 걱정보다도 바람나서 집 나간 며느리에게 화가 나서 견딜 수가 없었다. 난생처음, 자신의 체면이 집 나간 며느리 때문에 구겨지는 것 같았다.

금구 사거리에 떠도는 추잡한 소문을 부정하는 사람들은 장 약사의 친정 식구들뿐이었다. 하지만 동시에 그들은 추문을 ̇믿̇고̇ ̇싶̇은̇ 소문만을 가장 맹신하는 사람들이기도 했다. 그들을 ̇제̇외̇한̇ 다른 사람들은 하루가 멀다 하고 새롭게 생성되는 이야기들을 모두 진실로 받아들였다. 남의 일이기에 이왕이면 다이내믹하고 흥미진진한 이야기가 되었으면 하고 바라는 것 같았다.


농장주 김 씨는 어딜 가나 눈에 띄기 일쑤였다. 몸집이 커서가 아니라 오히려 작은 키 때문이었다. 김 씨는 언제나 바지 끝을 여러 번 접어 입었다. 걸을 때마다 바지가 팔랑거렸는데, 뒤에서 보면 바지가 사람을 이고 가는 것 같기도 했다. 그런 김 씨가 바지를 팔랑거리면서 림혜숙을 찾아다닌 지도 한 달이나 지나고 있었다. 눈코 뜰 새 없는 농장 일도 내팽개치고, 김 씨는 북한에서 온 림혜숙을 찾아 틈만 나면 전국 방방곡곡을 헤매고 다녔다.

간절히 원하는 자에게 소문은 언제나 준비되어 있었다. 소문은 무성했고 무서웠다. 전국 각지에서 그녀를 봤다는 사람들이 제보를 해오기 시작한 것은 현상금이 적힌 전단지를 뿌린 후였다. 사람들의 제보가 너무 많아서 일일이 다 찾아다닐 수 없을 지경이었지만 김 씨는 포기도, 힘을 아끼지도 않았다. 제일 황당한 제보는 그녀를 영국에서 봤다는 사람의 얘기였다. 김 씨는 사람들 말은 믿을 게 못 된다는 것을 몸과 맘이 모두 지친 후에야 깨달았다. 지칠 대로 지친 몸과 한없이 낙담한 마음을 다시 일으켜 세울 힘이 더는 남아 있지 않았다.

이렇게 꼬여버린 것은 모두 다 작은 키 때문이라고 김 씨는 생각했다. 작은 키에 대한 열등감으로 언제나 과장된 몸짓과 허황된 말을 했던 것이 후회스러웠다. 필요 이상 당당했던 자신이 부끄러워졌다. 마흔이 훌쩍 넘어 늦장가 들었던 베트남 부인이 얼마 살지 못하고 도망친 것도, 좋아했던 림혜숙이 떠난다 말도 없이 사라진 것도 모두 다 자신의 작은 키 때문인 것만 같았다. 자신보다 작은 키의 동생이 아직 장가도 못 가고 자신의 뒤치다

꺼리만 하는 것도 가여웠다.

김 씨는 림혜숙이 데리고 떠난 그녀의 어린 딸이 보고 싶어 서러웠다. 그는 밤마다 돼지 축사에 앉아 소리 내어 울었다. 돼지들은 화풀이 대상이 될지도 모를 상황에서 도망치듯 김 씨 반대쪽으로 몰려들어 서로의 품을 파고들며 머리를 감췄다.

간혹 전화를 받고 재빠르게 달려가보기도 했지만 그녀의 흔적은 오리무중이었다. 북한에서 온 사람들은 특수한 환경으로 인해 비슷한 처지의 사람들끼리 도움을 주고받기 때문에 그 흔적을 쉽게 찾을 수 있었다. 헌데 어떻게 된 일인지 림혜숙은 딸과 함께 하늘로 증발해버린 게 아닐까 싶을 정도였다. 그녀를 봤다는 사람이 아무도 없었다. 함께 국경을 넘었던 사람을 어렵사리 수소문해 찾았지만 그도 최근 그녀에 대해 아는 것은 별로 없었다. 그나마 건진 수확이라면 림혜숙이 생각보다 큰돈을 가지고 있었다는 사실을 알게 된 것이었다. 김 씨는 전혀 몰랐던 일이었다. 만삭의 몸으로 국경을 넘은 그녀는 중국에서 돼지를 키워 큰돈을 벌었다고 했다. 그 사실이 김 씨를 더욱 불안하게 만들었다.

황 약사는 사돈 식구들이 번잡하고 떠들썩하게 동네를 수소문하고 다니는 것이 탐탁스럽지 않았다. 삼대를 이어 동네 유지로 살아온 체면이, 행실이 바르지 못한 며느리 탓에 날아간 것 같았다. 남우세스러워진 것은 짜증나는 일이 아닐 수 없었다.

황 약사는 모든 것이 그냥 조용하게 지나갔으면 하는 바람밖에 없었다. 의사인 아들이 이혼을 한다고 쳐도 재혼을 못할 리 없었고, 며느리가 다시 돌아온다고 한들 예전같이 살가운 마음이 들지 자신도 없었다.

황 약사는 경찰들이 약국과 병원을 드나드는 것도 못마땅했다. 그러나 그것도 잠시, 경찰들마저도 장 약사가 실종된 사건을 단순 가출로 보고 수사에 적극적이지 않았다. 사돈 식구들만이 소문을 좇아 진실을 찾아다니고 있었다. 그들은 매일 아침 일찍 아예 금구 사거리로 출근하다시피 했다. 새로이 떠다니는 말들을 알아보기 위한 것이었다. 벌써 한 달이나 지났지만 어디에서도 장 약사의 행적을 찾을 수 없었다. 사돈 식구들만 애간장이 타들어가고 있었다.

소문을 좇다 보니 사돈 식구들은 은근히 장 약사의 남편을 의심하게 되었다. 그 소문은 사거리 별다방 미스 정으로부터 흘러나온 얘기였다. 사돈 식구들이 약국과 병원에 발길을 끊은 것도 그 무렵이었다.

제가 어제 공업사에 배달 갔다가 컴퓨터집 민 씨 아저씨한테 들은 얘기인데요. 그 아저씨, 대학도 나와서 꽤 똑똑한 사람으로 동네에서 유명하거든요. 가끔 티켓 끊어줘서 같이 놀러 다니기도 하고, 그래서 가끔씩 속말도 잘 나누는 편인데요.

미스 정은 자꾸 말려 올라가는 미니스커트 자락을 끌어내리며 더듬거렸다. 마주 앉은 장 약사의 남동생의 시선도 자꾸 밑으로 떨어졌다. 남동생이 테이블에 바짝 붙으며 간절하게 미스정을 쳐다보았다.

저도 좀 사정이…… 이렇게 오래 잡아두시려면 저는 티켓을 끊어야 하거든요. 지금도 배달이 밀려 있어설랑. 그리고 여기에서는요, 사람들이 많은 데서 말 전하는 것 같아서 누가 들을까봐 부담스럽기도 하고……

창밖으로 며느리의 사돈 식구들이 사거리를 지나가는 것이 보였다. 황 약사는 사돈 식구들을 보며 쓴웃음을 지었다. 그들이 약국과 병원에 찾아와 난리를 친 것은 2주 전이었다.

병원 문을 열기 전이어서 다행이라 생각했지만, 그렇다고 아무도 없었던 것은 아니었다. 사돈 식구들은 노골적으로 장 약사의 남편인 황 원장에게 적개심을 드러냈다. 장 약사의 남동생은 다짜고짜 매형의 멱살을 잡고 늘어졌다.

다 듣고 왔어, 이 자식아. 마누라가 없어졌는데도 니가 이렇게 무사태평인 이유가 있었어. 경찰 불렀으니까 꼼짝 말고 있어.

처남, 이거, 일단 이 손 좀 풀지……

사부인은 거의 실신 직전이었다. 대성통곡하며 억울함을 호소했고, 딸의 이름을 연거푸 부르짖었다.

어이, 사돈총각. 이거 환자들도 있는데 여기서 이렇게 소란을 피우면 어쩌자는 겐가. 며느리의 치부가 뭐 그리 자랑할 거라고…… 사람들 듣기 전에 당장 목소리 낮추게. 우리들 얼굴도 생각해줘야 할 것 아닌가.

얼굴? 사람 죽여놓고 체면치레를 하시겠다?

사이렌을 요란하게 울리며 여러 대의 경찰차가 사거리 약국 앞에 도착했다. 구경거리를 놓치지 않기 위해 사람들이 속속 사거리로 모여들었다.

누가 신고를 한 건가?

황 약사는 흠칫 놀라 밖을 내다보았다. 한 무리의 경찰들이 병원으로 올라오고 있었다. 때아닌 구경거리의 횡재를 만난 환자들이 호기심 가득한 얼굴을 한 채 한쪽으로 비켜섰다.

조용히, 소문 안 나게 수사해달랬더니 이렇게 요란하게 설레발을 치면 어쩌자는 건가.

황 약사가 점잖게 강 형사를 나무랐다.

살인 사건 신고가 들어와서 어쩔 수가 없었습니다.

살인?

사돈총각은 미스 정에게 들은 얘기를 털어놓았다. 사부인의 통곡 소리 때문에 병원 안은 다시 아수라장이 되었지만 그는 말을 멈추지 않았다. 컴퓨터집 민 씨가 미스 정에게 말하길, 장 약사가 사라진 날 그녀의 외제차가 한밤중에 저수지 쪽으로 올라가는 것을 보았다는 것이었다. 동네에서 유일한 외제차인 데다가 창문을 내리고 있어 운전자를 볼 수 있었는데, 황 원장이 분명하다는 얘기였다.

그건 사실이 아니에요. 자세한 사실을 말하긴 뭐하지만, 그때 황 원장은 부인과 같이 있지 않았습니다.

강 형사가 사돈총각을 타이르듯이 말했다. 순간, 병원 안에 있던 소란스러움이 일시에 잦아들었다.

위치 추적을 해보니 그 시간에 저수지 쪽으로 누님이 간 것은 확실해 보이는데, 매형분은 타 도시에 계셨습니다. 알리바이가 확인됐어요. 새벽까지 다른 도시에 있었던 것이 분명합니다.

그걸 알면서도 저렇게 한 무리를 이끌고 여길 왔단 말인가?

황 약사는 분에 겨워 이를 악물었다.

그럼, 누나가 누구랑 거길 갔다는 거예요?

행실이 나쁜 자식 부끄러워하지는 못할망정, 어디 와서 행패를 부리는 거요? 그래도 한번 맺은 인연, 사돈이라 아무 말 안 하려 했더니만, 으흐흠.

아버지……

내내 가만히 소란에 비껴 서 있던 황 원장이 아버지의 말을 가로막았다.

남세스러워서 점잖이 기다리려 했더니만, 바람나가지고 살림 차려 나간 애를 우리보고 찾아내라 하면 그건 도리가 아니지요, 사부인. 듣자 하니 사람들 하는 얘기로는 대전 유성 어디에 방 얻었다고도 합디다.

사돈 식구들도 맨 처음 떠돌았던 소문의 실체를 모를 리 없어 잠잠해졌다. 사부인은 한없이 쏟아지는 눈물을 소리 내지 않으려고 속으로 끄윽끄윽 삼켰다. 남자 형제들 틈바구니에서 외동딸로 애틋하게 키운 딸이 생사도 모른 채 시댁 식구들에게마저

버림받은 것이 서럽고 서러웠다.

　장모님, 아버지도 걱정되고 화가 나서 저러시는 거니 이해하세요. ……처남, 그날 밤 누나하고 통화했었어. 혼자 생각할 게 있어서 외국으로 여행을 좀 간다고. 갑작스러워서 나도 놀랐는데, 그렇게 얘기만 해서. 그래서 그런 줄 알고 기다리는 것이니까, 좀 기다려보자고. 별일 없을 테니까.

　다, 매형이 바람피워서 이렇게 된 거라면서요. 제가 모르고 있을 줄 알았어요? 살림을 차린 건 매형이라면서요.

　사돈총각은 어깨에 얹혀 있던 황 원장의 손을 매몰차게 떨어냈다. 황 약사는 누가 들을까 주위를 살폈지만 이를 구경하는 사람들의 수는 그새 엄청나게 불어나 있었다. 황 약사는 쓴 입맛만 다셨다.

　약국 문을 닫는 것은 완고했던 자존심을 스스로 무너뜨리는 것이라고 황 약사는 생각했다. 흘깃 약국 안을 들여다보는 사람은 많았지만, 누구 하나 선뜻 약국 안으로 들어오지는 못했다. 단골이었던 사람들도 하나 둘 시내 다른 곳을 찾는지 발길이 뜸해졌다. 평생을 동네에서 인심 잃지 않고 살아온 것치곤 되돌아온 인정이 너무 초라했다. 진심으로 걱정하고 위로를 하기 위해 찾아오는 사람은 거의 없었다. 아버지에서 시작해 자신을 거쳐 며느리까지, 수십 년을 한자리에서 약방을 열어온 것에 존경을 아끼지 않던 사람들도 황 약사의 깔끔하기만 했던 자존심에 흠집을 내기 위해 찾아오는 듯했고, 평생을 동네에서 함께한 친구

들마저도 위로라는 이름을 핑계 삼아 숨기고 있었던 시기와 질
투를 드러냈다.

김 씨는 무슨 소식이라도 들어보려고 매일 읍내 농협에 나갔
다. 그곳에서는 매일 새로운 이야기들이 흘러나왔다. 터무니없
는 전화보다 그편이 오히려 나았다. 일손이 바쁜 철이었음에도
농협 안은 언제나 사람들로 북적였다. 김 씨도 슬쩍 사람들 사
이에 끼어 림혜숙에 대한 소문은 없는지 귀를 쫑긋 세웠다. 그
러나 그녀에 대한 이야기는 없었다. 사람들이 나누는 이야기는
대부분 사거리 약국 여자에 관한 것이었다.

제가 경찰들끼리 하는 말을 들었다니까요. 이혼 안 해줘서 부
인을 죽이고 저수지 근처에 묻었다고 하더라구요. 알리바이 때
문에 핸드폰도 여러 개나 가지고 있었다네요.

김 씨는 가슴이 철렁 내려앉았다. 머릿속에 그려지는 사람은
장 약사가 아니라 림혜숙과 어린 딸이었다. 땅에 산 채로 묻히
며 살려달라고 애원하는 그 둘의 모습이 눈앞에 선했다.

아, 아니. 정말 그랬대요?

김 씨가 말까지 더듬으며 물었지만 누구도 김 씨의 말에 대꾸
를 해주는 사람은 없었다.

황 원장, 젊은 사람치고는 그리 나쁘게 보이지는 않더니만……

다, 그 아부지가 박복해서 그런 거야. 그 양반 평생 인정이라
는 것도 없이 말이야. 그래서 부인도 일찍 죽었잖아.

그게 이번 일하고 무슨 상관이 있어. 황 약사가 사람들에게 피해 준 것은 또 뭐고. 이 사람도 참……

왜 상관이 없어요? 그렇게 돈 많이 벌면서 동네를 위해서 뭘 한 게 있어요?

아니, 돈 좀 벌면 마을에 뭘 해야 된대?

모여 앉은 사람들이 웅성웅성 제각각 한마디씩 늘어놓았다.

매일 아침, 전에 있던 소문에 새로운 이야기가 더해져서 서사는 점점 완벽해지고 방대해져갔다. 그러다 보면 금구 마을의 하루는 금세 지나갔다.

에이, 아니에요. 제가 지지난주에 경찰들 몰려오고 난리 났을 때 병원 안에서 다 들었거든요. 그 여자 바람나서 남자랑 외국으로 도망갔어요. 영국이라던가? 황 원장이 하는 얘기 직접 제가 들었어요.

그거 헛소문이라면서…… 언제 적 얘기를 지금 하고 있는 거야. 그렇다면 출국했는지 알아보면 되잖아. 그게 확인이 안 되니까 여기서 찾고 있는 거지, 사람도 참. 내 생각엔 틀림없이 죽었어.

맞어. 이건 누가 봐도 납치 살인이야. 범인들이 카드도 썼다더만.

살인? 남편이요?

그야 모르지. 무슨 사연이 있겠지. 내연 관계인 남자가 있었다거나 납치당했을 수도 있고. 남편이야 범인이 아니니까 경찰이 가만있는 걸 테고.

그럼, 그 영업 사원이라는 사람이 죽였나?

아니, 그 사람도 며칠 전에 보니까 여전히 돌아다니던데?

김 씨는 그새 자신이 읍내에 왜 나왔는지를 까먹고 장 약사에 관한 이런저런 얘기에 빠져들었다.

아직 확실한 얘기는 아닌데, 제가 어제 사거리 다방 마담에게 들은 얘기인데요. 그게 꽤 설득력이 있더라구요.

그 여자 하는 얘기를 어떻게 믿어?

아니, 마담도 손님들이 나누는 얘기를 들었대요. 그날 장 약사 차에 실려 간 여자는 장 약사가 아니래요. 다 알죠? 저수지에서 그 차를 봤다는 사람이 있었던 거요. 차에 타고 있던 여자가 장 약사가 아니라 돼지 키우는 북한 여자였대요.

……뭐, 뭐요?

김 씨는 자신도 모르게 고함을 버럭 지르며 자리를 박차고 일어섰다. 사람들은 영문을 모르겠다는 듯 어리둥절한 표정으로 김 씨를 쳐다보았다.

그, 그럼 애기는, 딸애는 어쨌대요?

딸아이? 무슨 딸아이?

아니, 자세히 좀 말을 해봐요.

김 씨는 당장 싸움이라도 붙을 태세로 과수원 장 씨에게 다가섰다.

근데 누구요, 당신은?

그 여자와 같이 살던 사람이요, 난. ……분명히 여자아이도 같이 있었을 텐데. 도대체 저수지로 가서 어쨌다는 얘기요?

아니, 나도 들은 얘기라……

장 씨가 슬그머니 자리를 털고 일어서려 했지만 작은 체구의 김 씨가 앞을 가로막았다. 앉아 있는 장 씨와 김 씨의 일어선 키가 비슷했다. 농협에 모여 있던 사람들은 눈을 동그랗게 뜨고 두 사람이 주고받는 이야기를 놓치지 않았다.

들은 얘기는 그게 전부요. 궁금하면 마담에게 직접 물어보지 그러쇼.

말이 안 되잖아요. 느닷없이 얼굴도 본 적 없었을 사람의 차에 타고 있었다니.

어, 사람 참. 글쎄 난 잘 모르는 이야기라니까.

과수원 장 씨가 김 씨를 밀치며 자리를 떴다. 뭔가 흥미진진한 이야기를 고대했던 사람들은 싱겁게 마무리된 데에 실망감을 감추지 못하며 하나 둘 흩어지기 시작했다. 김 씨는 서둘러 문을 나서는 장 씨를 뒤따라 달려나갔다.


야야, 70 넘게 살면서 별별 소리들이 다 오간다, 야. 며느리니가 숨겨놨다매? 으허허허.

이런, 미친놈이 실성을 했나.

한마을에서 나고 자라 초중고를 같이 다녔던 죽마고우 한의사 박 씨가 황 약사를 찾아왔다. 그의 한의원은 아들이 이어가고 있었다. 박 씨는 동네에서 유일하게 황 약사가 상대해줄 만한 수준의 오랜 친구였다. 그러나 박 씨도 황 약사를 찾아오는 사람 대부분이 그렇듯이 새롭게 떠도는 말을 전하려고 온 듯했다.

또 무슨 약을 올리려고 뜸을 들이냐, 넌.

한의사인 아들이 어린 나이에 연애 결혼한 탓에 평범한 며느리를 들인 박 씨는 며느리마저 약사로 들인 황 약사에게 부러움이 많았다. 동네 유지의 주도권을 빼앗긴 것 같아 시샘은 날로 더했다. 황 약사는 언제나 모르는 척, 며느리 자랑으로 박 씨의 샘을 골려먹었다. 하지만 이제는 상황이 반전되었고, 박 씨가 이를 놓칠 리 없었다.

하도 이야기가 희한하고 웃겨서 너한테 전해주려고 왔다. 으허허허.

박 씨는 호탕하게 웃어젖히며 밑으로 축 처진 배를 쓰다듬었다. 황 약사는 박 씨에게 드링크제 한 병을 내밀었다.

내가 아들놈 한의원에서 심심풀이로 침이나 거들어줄까 앉았는데, 침 맞으러 온 늙은 무당이 하도 기이한 말들을 내어놓는 거라. 나야 니 며느리가 여행 간 줄 너에게 들어 알고 있었지만, 좀 과하다 싶음서도 일리는 있되 사실은 아닌 듯해서 너 보러 온 거라. 전쟁 때 느이 아부지가 해코지한 원혼들이, 일제 때 느이 할아버지가 해코지해서 억울하게 죽은 귀신들이 니 며느리에게 달라붙어, 밤에 꼬여냈다는 거야. 정신이 완전 돌아서 저수지에 뛰어들었다고 하는 거라. 굿을 해야 한다는 거라. 내가 그 노망난 늙은 무당을 혼쭐내긴 했다만, 집안 내력까지 들추며 말하는 꼴이 얼렁 니 며느리가 돌아와야 한다 싶어, 내가 너 보러 왔다니깐.

황 약사의 얼굴에 일순 경련이 일었다. 뭐라고 할 말이 없었다.

도대체 어떤 놈들이 그따위 말을 지껄이고 다닌다는 거야?

야야, 흥분하지 마라. 사실이 아닌데 분을 낼 필요 뭐 있겠는가 말이야. 근데 거서 끝이 아니라니깐. 말 들어보니 구이에서 탈북한 여자도 한 명 없어졌다 하더만, 니 며느리에 씐 국군 귀신들이 그 북한 여자를 같이 안고 저수지로 빠졌다는 거라. 조그만 애도 있었던 모양인데 그 애도 물로 들어가더란다.

황 약사는 부들부들 손까지 떨고 있었다. 박 씨는 여유롭게 강장제 한 병을 들이켰다.

야, 좋다.

⋯⋯일제 때 창씨개명 안 한 사람이 어딨고, 전란 중에 부역 안 한 사람이 어딨다고. 뭐가 어디로 들러붙어?

너무 신경 쓰지 말거라. 소문이 흉흉하니 사람들이 그런 것까지 갖다 붙이는 거라. 이제 그만 돌아오라 기별을 넣으란 말이다. 말 들어보니 다 니 아들이 잘못해서 집 나간 거라드만. 나무라도 니 자식 먼저 해야지⋯⋯

그런 소리 지껄이려면, 당장 나가. 니 심보가 쳐나온 배만큼이나 고약스러운 줄은 내 알고 있었지만, 나이를 하도 먹어 고꾸라질 나이에 주책을 어디 와서 부리고 앉았느냐, 이놈아. 나가 당장.

하따, 그놈 성질은…… 기껏 친구라고 걱정이나 해줄라 혔드니만.

박 씨가 어기적어기적 일어나 문을 나섰다. 황 약사는 분하고 분해서 돌아서는 박 씨의 뒤통수에 뭐라도 던져주고 싶은 마음을 참을 길이 없었다.

내 이놈을 그냥.

2층 병원으로 냅다 올라간 황 약사는 원장실 문을 박차고 들어갔다.

내 암말도 안 하고 너만 믿고 있었는데 도대체 어찌 된 거냐?

병원에 있던 환자들과 간호사들의 시선이 일제히 황 약사에게로 모아졌다.

무슨 일이세요? 아버지……

황 약사는 자신에게로 일치된 시선을 알아채고는 조용히 원장실 문을 닫았다. 진료받고 있던 환자는 자리를 비켜달라는 말에 아쉬움이 큰 듯, 바쁜데 사람을 나가라 마라 한다며 툴툴거리면서 원장실을 나갔다.

너, 사돈총각 말대로 장 약사랑 무슨 일이 있었던 거냐? 니가 이렇게 태평하게 앉아 있으니 사람들이 수군수군 말들이 많잖냐. 오늘은 내가 무슨 말까지 들은 줄 아니?

다 헛소문인 거 아시잖아요. 아버지까지 그러시면 어떡해요. 장 약사하고 아무 문제도 없었어요. 저도 답답해서 죽을 지경이라구요.

그런데 왜 그렇게 가만히 있는 거야? 나가서 찾아보기라도 해야지. 살림을 차렸다면 가서 머리채를 휘어잡고라도 들어와야 할 것 아녀.

황 약사는 이제껏 참았던 굴욕을 터뜨리기라도 하듯 고함까지 지르며 아들을 나무랐다.

경찰이 가급적 아무 말 말라고 해서요. 마을 사람들 중에 누군가가 아무래도 납치를 한 것 같다고. 저희 집을 잘 아는 사람들일 거라고……

그 말을 왜 이제야 하는 거야? 그럼 소문대로 정말 장 약사가 잘못되기라도 했단 말이냐? 너하고 나하고 이제 식구가 둘뿐인데 나한테까지 아무 말도 안 하는 게 말이 되냐?

그게…… 아버지에게도 말을 하지 말라고 해서…… 첩보가 들어왔다고.

첩보? 첩보라니?

……아버지가 장 약사를 숨겨놓았다는. …… 말도 안 되는 거 알고 있는데, 말이 안 되는 거 아니까 말씀 안 드렸어요.

그게 무슨 말이냐? 내가 왜, 며늘아이를…… 그런 소문이 왜.


김 씨는 무작정 저수지 주변을 훑고 있었다. 사방 둘레만 해도 몇십 킬로미터가 넘는 저수지를 어디서부터 어떻게 수색을 해야 할지 막막하기만 했다. 손에는 자신의 키만 한 작대기 하나를 쥐고 있었다. 말이 수색이지 김 씨는 저수지 주변을 터덜 터덜 마냥 걸을 뿐이었다. 김 씨는 과수원 하는 장 씨를 따라잡 아 모녀가 저수지로 걸어 들어가더란 말을 들었다는 것을 알아 냈다. 그냥 들은 이야기니 신경 쓰지 말라고 했다. 이런 **흉흉한** 이야기들이 떠도는데도 경찰은 뭘 하는지 꿈쩍도 하지 않는 것 이 억울해서 죽을 판이었다. 팔랑거리는 바지 자락이 자꾸 수풀 에 걸려 걸음을 보챘다. 몇 걸음 걷다가 밑으로 미끄러지길 반 복했다. 김 씨는 허위 자수라도 할까 하는 생각에까지 이르렀 다. 그러면 경찰이 수색이라도 할까 싶어서였다.

뉘엿뉘엿 해가 지고 있었다. 물빛이 푸르스름하게 변해갔다. 김 씨는 털썩 자리에 주저앉아버렸다. 잔잔한 수면에 간혹 번지 는 물무늬를 바라보며 김 씨는 소리 없이 눈물을 쏟아냈다.

김 씨가 집으로 돌아온 것은 암흑이 사방을 모두 먹어버린 후 였다. 저수지 주변을 헤매다가 길을 잃어 한참을 돌아와야만 했 다. 집에 오니 김 씨보다 더 키 작은 동생이 하루 종일 기다렸 다며 지친 김 씨의 손목을 잡고 다급하게 끌었다.

청소하다가 봤다니까. 신고라도 해야 하나 해서……

동생이 내민 것은 아이 옷이었다. 언뜻 보아도 여자아이의 옷 이었다.

어디서 난 거야, 이거?

그게…… 돼지 축사에서 새끼들이 들러붙어 찢어 먹고 있더 라고.

뭐, 뭐야? 그럼. 돼, 돼지들이 먹어치우기라도 했단 말이야?

……아, 아니, 설마 그러기야 했겠어?

김 씨보다 더 키 작은 동생이 유난히 더 왜소해 보였다. 다리가 땅으로 푹 꺼진 듯 자꾸 밑으로 흘러내려가는 바지춤을 동생은 연신 잡아 올렸다.

내 이놈들을.

김 씨는 작대기를 찾아 들고 닥치는 대로 돼지들을 패기 시작했다. 돼지 축사는 순식간에 아수라장으로 변했다. 때아닌 봉변에 놀란 돼지들이 그야말로 먹따는 비명을 질러댔다. 우르르 한쪽으로 몰리며 어미건 새끼건 머리를 감추기 바빴다.


아들의 말을 듣고 보니 황 약사는 박 씨의 농담을, 약국 앞을 지나다니며 흘깃거리던 사람들의 시선을 그제야 이해할 수 있게 되었다. 황 약사는 자신이 더러운 소문의 주인공이었다는 것에 온몸이 부르르 떨렸다. 퇴근도 미룬 채 약국 안의 모든 불을 끄고 앉아 사거리를 노려보았다. 도대체 어떤 이의 입에서 소문이 시작된 것인지 궁금해서 미칠 지경이었다. 목구멍을 타고 올라오는 살의를 황 약사는 주체할 수가 없었다. 마음 같아선 동네 사람 전부의 혀를 잘라내고 싶었다. 그사이 하나 더 늘어난 소문은 황 약사가 며느리랑 붙어먹어서 난처하게 되니까 살해해 저수지에 묻었다는 얘기였다. 하나씩 늘어가던 서사가 헛소문으로 밝혀질 때마다 비어버린 칸을 모두 황 약사가 메운 꼴이었다. 사람들의 상상력은 언제나 진실보다 앞서 있었다.

무엇보다 아들마저도 이런저런 황당한 소문을 완전히 무시하지 않았다는 것에 황 약사는 경악했다. 그러나 그것이 온전히 아들 탓만은 아니었다. 자신 역시 며느리에 대한 여러 말들에 현혹되어 믿어왔으니까.

김 씨는 돼지 축사에 앉아 넋을 놓고 돼지들을 바라보았다. 설마 하면서도 자꾸 돼지들이 모여들어 어린아이를 잡아먹는 모습을 눈에 그리고 있었다. 몇백 킬로그램이나 나가는 돼지들을 어린아이의 힘으로 어찌 해볼 수 없는 것은 당연한 일이 아닌가. 그렇다면 림혜숙이 아이를 구하러 축사로 뛰어들었다는 추측은 충분히 가능한 일이었다. 김 씨는 쥐고 있던 옷가지를 만지작거리면서 고개를 절레절레 흔들었다.

김 씨는 읍내로 나와 술을 마시기 시작했다. 복수하듯 우적우적 제육볶음을 씹어 삼켰다. 동네 어딜 가나 그렇듯이, 앉으면 없어진 여자 얘기들뿐이었다. 김 씨의 한 손에는 축사에서 나온 옷가지가 여전히 쥐여 있었다. 그러다 번쩍 정신이 드는 얘기를 들은 건 소주를 막 두 병째 마신 뒤였다.

허허, 내가 신기한 얘기를 우리 애들한테 들었는데 말이야. 고놈들이 앉아서 짐짓 심각한 거야. 귀신 얘기를 하나 해서 골려줄 셈으로 타이밍을 보고 앉았는데, 이놈들이 괴상한 얘기를 하는 거야.

커서 소설가가 되겠어, 자네 애들은.

그렇게 따지면 동네 사람 전부가 다 기지. 허허허.

에에, 말을 들어보라니깐. 저기 농장에서 없어진 모녀 있잖아, 탈북자. 글쎄, 그 모녀를 돼지들이 먹어치웠다는 거야. 하하하하. 농장 주인이 죽여가지고 돼지 밥으로. 그래서 찾을 수 없는 거래. 애들 하는 얘기가 정말……

무슨 애들이 그런 무시무시한 얘기를 해. 진짜면 얼마나 끔찍한 일이야.

김 씨는 저도 모르게 자리에서 벌떡 일어섰다. 술잔을 든 손이 부들부들 떨리고 있었다. 김 씨가 비틀비틀 사내들의 자리로 걸어갔다.

야, 이 새끼들아, 내가, 그 돼지 주인이다. 나아쁜 새끼들, 남의 말이라고. 뭐가 어째? 돼지가 먹어?

김 씨는 사내들의 테이블을 엎어버렸다. 김치며 찌개 국물이 사방으로 튀어 농을 주고받던 사내들이 뒤집어썼지만 누구 하나 키 작은 김 씨에게 토를 다는 사람은 없었다.

아무리 생각해도 신기한 일이었다. 동생과 자기밖에 모르는 일을 그 어린아이들은 어찌 알았을까, 김 씨는 소름이 돋았다. 혹시 아이들이 그 광경을 목격이라도 한 것일까. 당장에 달려가서 돼지들의 먹이라도 따버리고 싶었다. 김 씨는 터덜터덜 저수지 쪽으로 걸어갔다.

차라리 물에라도 빠져 죽지. 돼지 밥이라니. 으허허헉.

림혜숙이 없어지기 전 김 씨와 그녀 사이에는 아무 일도 없었다. 무슨 약속을 한 것도 아니었고, 가지고 있던 감정을 그녀에게 말한 적도 없었다. 김 씨는 그녀에게 애틋한 말 한마디 못하고 헤어진 것이 안타까웠다. 김 씨는 달빛 먹은 물을 보며 목 놓아 울었다. 달로 이어지는 길이 저수지 한가운데 나 있었다. 달빛 위로 몸을 던져 잔잔한 물결 위에 큰 파장이라도 일으키고 싶은 충동이 일었다. 김 씨는 어기적어기적 일어나 저수지를 향해 걸어갔다. 한 손엔 여전히 아이의 옷가지를 꼭 쥐고 있었다.

으흐흑. 내가 죽인 거라. 내 돼지가 먹었으면 내가 먹은 거랑 똑같은 거라.

팔랑팔랑 다리 사이에서 바람이 일었다. 미친 사람처럼 저수지를 향해 김 씨가 뛰기 시작했다. 그러나 몇 걸음 내딛지도 못하고 김 씨는 앞으로 고꾸라졌다.

아이고. 뭐야, 이건.

걸려 넘어진 돌부리를 찾았지만 돌은 없고 희부옇게 사람 손 같은 것이 땅 위로 솟아 있었다.


포마드를 발라 빗어 넘긴 황 약사의 가지런한 머리카락이 어둠 속에서도 반짝 빛이 났다. 황 약사는 몇 시간째 꼼짝도 하지 않고 의자에 앉아 밖을 내다보고 있었다. 한밤중 사거리를 지나는 사람은 없었다. 간혹 지나는 자동차의 헤드라이트 불빛이 입을 앙다문 황 약사를 비추곤 사라졌다. 황 약사는 뭔가 생각났다는 듯이 거울 앞에 서서 다시 머리 손질을 했다. 셔츠의 단추를 채우며 어둠 속에 서 있는 자신을 멍하니 바라보았다.

황 약사는 천천히, 평생 입었던 흰 가운을 가지고 와서 다시 거울 앞에 섰다. 흰 가운을 망토처럼 걸친 다음 양쪽 소매로 목에 매듭을 만들었다. 모든 것이 예정돼 있었던 일처럼 황 약사는 자연스러웠다. 황 약사가 조심조심 진열장 위로 올라가더니 형광등에 매듭을 걸었다. 다음, 1초의 망설임도 없이 힘껏 허공으로 발을 굴렀다. 흡사 흰 망토를 걸친 슈퍼맨 같았다. 이내 황 약사의 몸이 밑으로 주욱 처지기 시작했다.


김 씨가 발견한 시신은 림혜숙이 아니었다. 그것이 김 씨를 더욱 절망의 나락으로 떨어뜨렸다. 김 씨는 여전히 아이의 옷가지를 손에 꼭 쥔 채 시신 발굴 작업을 지켜보았다. 경찰 말로는 발견된 여자가 한 달 전 사라진 장 약사일 거라고 했다. 많이 부패된 시신을 확인하기 위해서 황 원장이 달려오는 중이라고 했다.

강 형사가 현장 지휘를 하다 말고 멍하니 앉아 있는 김 씨에게 다가왔다.

안 그래도 내일 찾아가려고 했더니만, 여기서 만나네.

김 씨는 미동도 하지 않고 대답도 없이, 서서히 드러나는 장 약사의 시신을 우두커니 지켜보았다. 시신의 입, 손목, 발목에 테이핑이 되어 있었다.

그 여자, 이름이 뭐였지? 림혜숙…… 하여튼, 그 여자 찾았어.

김 씨가 놀라서 벌떡 일어났다. 손이 부들부들 떨렸다.

차, 찾았어요? 돼, 돼지 배 속에서?

무슨 말이야, 돼지라니? 그 여자 영국 난민촌에서 찾았어. 영국으로 망명 신청을 했었는데 어떤 놈이 사기를 쳤나 봐. 망명해서 영국 가서 살자고 꼬신 거지. 거기까지 데려가서 여권, 주민증, 그리고 돈을 훔친 다음, 그곳에 그냥 버려버린 거지. 그야말로 탈북자가 탈북자에게만 칠 수 있는 사기야. 국정원에서 연락이 왔어. 사기 친 탈북자 여기 어디 산다고 잡아놓으라고. 그쪽도 출동했으니까 아마……

그, 그게 도대체 무슨 말이에요? 그럼 아이는? 우리 집, 돼지가…… 본 사람도 있다고 했는데……

아이도 같이 있대. 여하튼 한국으로 이송되고 있는 모양이니까 시간 좀 걸릴 거야. 돌아올 수 있다니 다행인 거지, 정말. ……아니, 영국까지 가 있으니까 사람을 찾을 길이 없지. 아니면 이렇게 묻혀 있거나……

잔잔한 수면 위로 아무 일 없다는 듯이, 물무늬가 소문처럼 고요히 번져나갔다.

그런, 근원

# 1

진흙 속으로 꺼지는 신발 때문에 남자의 발걸음은 점점 더 더
뎌졌다. 산길 가운데 풀이 나 있는 곳을 밟으려 애를 썼지만 어
둠 속을 걷다 보면 어느새 질척이는 땅이었다. 밤이슬을 먹은
풀들이 자꾸 남자의 발목을 붙잡고 늘어졌다. 남자는 차라리 맨
발이 낫겠다는 생각을 하며 올라온 길을 뒤돌아보았다. 멀리 마
을의 불빛이 희미하게 눈에 들어왔다. 아무래도 길을 잘못 들어
선 것 같았지만, 다시 내려가기에는 너무 멀리 왔다는 생각이
들었다. 남자는 똑같은 고민을 두 시간째 하고 있었다. 그러나
그럴수록 마음은 더욱 바쁘게 산속으로, 침묵 속으로 빠져들었
다. 남자가 미간을 찌푸리며 앞을 응시했지만 아무것도 보이지
않았다. 그나마 길을 안내하던 달까지 자취를 감추자 웅크리고
있는 암흑만이 그를 우두커니 노려보았다. 남자는 길을 잃었지

만 되돌아갈 생각이 없었다.

목수였던 아버지가 갑자기 사라진 때도 5월, 이즈음이었다. 남자가 열 살, 동생 근본이 다섯 살 때였다. 벌써 28년이나 지난 일이었지만 그는 생생하게 기억하고 있었다. 그날 아침, 아버지는 파란색 고무 슬리퍼에 러닝 차림으로 집을 나섰다. 그것이, 누구도 아버지가 집을 나가서 돌아오지 않을 것이라고는 생각지도 못했던 까닭이었다. 너무나 평범했던 그 휴일 아침에 아버지를 봤다는 동네 사람은 아무도 없었다. 곧 동네에는 근본이 아버지가 간첩이라는 소문이 돌았다.

아무도 아버지를 기다리지도 찾으려고도 하지 않았다. 첫날은 그랬다. 둘째 날도 아버지가 돌아오지 않자 걱정보다는 푸념들을 늘어놓았다. 서른을 갓 넘겼던 어머니는 어디서 화투를 치고 있겠거니 했고, 속없는 아들을 용서해달라며 할머니는 하나님에게 기도를 했다. 절에 다니던 할머니는 그 무렵 기독교로 개종을 하고 열심이었다. 기도하는 할머니를 어린 남자는 멍하니 쳐다보았다. 아버이 하나님, 우리 영식이가 아버이 하나님, 사라진 지 일주일이 되었습니다, 아버이 하나님. 하루속히 아버이 하나님…… 어린 남자는 할머니의 기도 소리를 따라 아버이 하나임 하고 도르르 혀를 굴려보곤 했다.

아버지가 사라진 지 일주일이 지나자 할머니와 어머니는 안절부절못했다. 남도의 한 도시에서 많은 사람이 죽어나간다는 흉흉한 소문이 소읍의 작은 동네까지 돌았지만 할머니와 어머니는 그럴 리 없을 거라 생각했다. 그 도시는 속옷 차림으로 가기엔 너무 먼 곳이었고 혹 갔다고 하더라도 도시 안으로는 들어갈 수 없다고 했다. 할머니는 아버지가 돌아오기를 아버이 하나님께 눈물로 기도했고, 어머니는 온종일 동네 입구를 서성였지만 아버지는 끝내 나타나지 않았다.

동네 입구를 서성이며 기다리는 것도 열흘 남짓이었다. 혹 소문대로 남도의 도시로 들어갔을까 할머니와 어머니는 대놓고 걱정도 하지 못하고 집에서만 끙끙댔다.

멀쩡했던 할머니는 아버지가 사라진 다음 해 아버이 하나님에게 돌아갔고, 어머니는 그다음 해 다른 곳으로 시집을 갔다. 열두 살 남자와 일곱 살 근본만이 원래 살던 집에 남겨졌다. 먼 친척들이 돌아가며 아이들에게 양식을 댔다. 그들은 집에 쌀을 놓고 갈 때마다 개가한 어머니를 욕하느라 아이들의 안부나 필요한 것들을 물을 새가 없었다. 모든 것은 아이들끼리 알아서 해야 했다. 밥을 굶지 않는 것만으로 위안을 삼을 만한 시기였다.

먼 친척들은 무슨 행사처럼 쌀을 부려놓고 남자의 어머니에게 저주를 퍼부었다. 그들의 저주가 이제야 먹혔던 것일까. 남자는 죽어가고 있는 어머니를 찾아가는 중이었다. 남자는 걸음을 멈추고 땀에 흠뻑 젖은 양복 윗도리를 벗으며 그대로 누워버렸다. 참으로 오랜만에 보는 별들이었다. 남자는 가쁜 숨을 몰아쉬며 눈을 감고 한참을 누워 있었다.

남자가 연예기획사에 취직한 것은 3년 전 일이었다. 서울에 올라온 뒤 스물일곱번째 직업이었다. 고등학교를 중퇴한 남자가 가질 수 있는 직업이란 너무나 한정되고 뻔했지만 그는 포기하지 않았다. 남자는 언제나 현실보다 좀더 나은 조건의 직업을 갖기 위해 망설이지 않았다. 그가 매니저가 된 것은 순전히 운이 좋아서였다. 그를 돌보는 배경이 있는 것도 아니었고, 그 방면에 소질이 있어서 취직을 한 것도 아니었다. 남자는 목욕탕에서 사람들 때를 밀고 있었다.

남자의 성실함을 알아본 것은 기획사 사장이었다. 사장은 남자에게 1년간 때를 밀어오고 있던 단골손님이었다. 너같이 튼실하고 우직한 놈이 필요해. ……튼실하고 우직이요? 남자가 막 터진 허벅지 살을 밀고 있을 때였다. 우직하다라는 말은 이해할 수 있었지만 튼실하단 말은 무슨 말인지 잘 이해가 되지 않았다. 남자는 언제나 그랬듯이 궁금한 것을 묻지 않았다. 남자가 살아가는 삶의 한 방식이었다.

남자가 잠시 멈추었던 손을 다시 부리기 시작했다. 사장은 치질이 심한 사람이었다. 항문 밖에 또 다른 엄청 큰 항문이 있었다. 남자는 삐져나온 치질에 닿지 않도록 조심스럽게 사타구니 사이로 때수건을 밀어 넣었다. 엎드려 있던 사장이 갑자기 돌아누웠다. 놀란 남자는 한발 뒤로 물러섰다. 죄송합니다. 제가 상처를 건드렸나 봐요. 아니 너랑 얘기 좀 하려고. 아직 뒤를 다 못 밀었는데요. 됐어, 나오지도 않는 때를 뭐하러 미냐. ……그냥 시원하고 시간도 남아서 미는 거니 신경 쓸 거 없어. 그건 그렇고. 사장이 남자에게 팔을 내밀었다. 남자가 얼른 사장의 팔을 붙잡고 때를 밀기 시작했다. 니 장점은 때가 안 나와도 언제나 똑같은 힘을 쓴다는 데 있어. …… 남자가 슬쩍 사장의 눈치를 살폈다. 그게 튼실하단 얘기야. 사장은 눈을 지그시 감고 있었다. 남자는 자신에 대한 사장의 호감을 이해할 수 없어 축처진 사장의 성기를 슬쩍 쳐다보았다. 너, 내 밑에서 일할 생각 없냐? 잘하면 돈도 벌 수 있어. 남자는 무심히 하던 일을 계속했다. 때밀이 판에 누운 대부분의 손님이 그랬다. 벌거벗은 채자신을 과신하고 자랑을 늘어놓는 일을 빼먹지 않았다. 그것도 일종의 때였으니 남자는 대수롭지 않게 벗겨버리면 그만이었다.

할머니는 아버지가 사라지고 난 후 시름시름 앓기 시작했다. 할머니는 귀신이 붙어서라고 믿었다. 등짝에 들러붙은 귀신이 아버지를 어딘가로 데려갔고, 할머니와 가족 모두를 어딘가로 데려갈 거라고 했다. 정확히 말하면 할머니가 스스로 그것을 알아낸 것은 아니었고, 안수기도를 해주는 어떤 전도사에게서 들은 얘기였다. 할머니는 걸을 힘이 없어도 악착같이 여자 전도사에게 기도를 받으러 다녔다. 며느리와 어린 손자들도 들러붙은 귀신을 떼어내는 데 대동되곤 했다. 할머니가 기도를 받기 위해 집을 나설라치면 어린 남자는 부리나케 몸을 숨겼다. 여전도사의 말이 무섭기도 했지만 아파서 견딜 수가 없었다. 울며 발악을 해도 억센 전도사의 손은 남자를 놓아주지 않았다. 동생 근본도 마찬가지였다. 그것은 기도를 가장한 매질이었다. 그렇게 해야만 귀신이 떨어진다고 했다. 매 맞은 귀신이 자존심이 상해서 나간다는 것이었다. 기도문 안에는 귀신이 자존심 상할 만한 쌍욕도 중간 섞여 있었다. 어쨌든 아이들은 몸을 두드리며 하는 기도를 아파서 견딜 수가 없었다. 요란하게 울부짖는 아이들에게 주로 악귀들이 붙어 있다고 진단 내려졌다. 전도사의 매질은 아이들이 발악할수록 더욱 매서워졌다. 이를 악물고 참아야지만 전도사의 손아귀에서 벗어날 수 있었다. 어머니는 묵묵히 눈물을 훔치며 전도사의 기도를 받아들였다. 마치 아버지가 사라진 게 자기 탓인 양 많은 눈물로 잘못을 빌곤 했다. 할머니는 기도를 받으면 받을수록 점점 기력이 쇠했다. 전도사의 안수기도를 견딜 만큼 할머니는 건강하지 못했다.

전도사에게 기도 값으로 나가는 돈이 만만치 않았지만 가족에 들러붙은 귀신을 떼어내고 하나밖에 없는 아들이 돌아올 수만 있다면 집을 다 팔아도 여한이 없다고 할머니는 생각했다. 남자의 어머니는 그 무렵 식당으로 일을 나가기 시작했다. 누구라도 돈을 벌어야 밥도 먹고 안수기도도 계속해서 받을 수 있었으니 도리가 없었다.

몇 개월이 지나자 어머니는 여자 전도사를 더 이상 찾지 않았다. 어린 남자와 동생 근본을 그녀에게 데려가는 것도 허락지 않았다. 수개월이 지나도 아버지에게서는 아무 소식이 없었고, 전도사에게 갖다 바치는 돈 때문에 생활은 날이 갈수록 쪼들렸기 때문이었다.

몸져누운 할머니는 이제 더 이상 기도 받지 않는 어머니와 어린 손자들을 저주했다. 결국 아버지를 데려간 귀신이 곧 자신도 데려갈 거라며, 등짝에 들러붙어 있는 이놈을 떼어달라고 밤마다 울부짖었다. 할머니는 더 이상 아버이 하나님을 찾지 않았다. 안수기도를 하는 여자 전도사가 이제는 할머니의 아버이 하나님이었다.

남자는 한 치 앞도 분간되지 않는 산길을 걸으며 어린 시절 어머니를 떠올려보았다. 막막하고 깜깜한 산길이 꼭 과거로 나 있는 것 같았다. 어머니를 기억해내려 애썼지만 기억나는 것은 별로 없었다. 지난 세월을 돌아보면 어머니와 같이 살던 시절보다 그 이후가 더욱 또렷했다. 동생과 단둘이 살던 시절 외에는 모든 게 아득히 먼 꿈같이 느껴지곤 했다. 실제로 있었던 일이 아니라 상상 속에서 태어난 이야기 같았다. 아버지도, 할머니도, 어머니도 상상 속에 존재하는 인물처럼 다가왔다. 이젠 뒤돌아보아도 마을의 불빛이 보이지 않았다. 이렇게 깊고 큰 산이 있다는 것이 남자는 믿기지 않았다. 꼭 뭐에 홀려 자꾸 산속으로 빨려 들어가는 듯한 느낌이었지만 남자는 걸음을 멈출 수 없었다. 어쩌면 남자가 생각한 대로 이 험난한 산길은 과거로 통하는 유일한 길일지도 모를 일이었다.

이 길 끝에 어머니가 있다고 생각하니 걸음이 빨라졌다. 그리워하지 않으려 애썼던 시간들이 되살아나는 것 같았다.

자기와 동생을 왜 그렇게 쉽게 버렸냐고 따질 생각도 없었다.

얼마나 힘들게 살아왔는지를 구차하게 설명하고 싶은 생각도 없었다. 단지 어머니가 어떻게 살았고 어쩌다 죽어가고 있는지 궁금할 뿐이라고 남자는 속마음을 가장했다. 어머니가 개가하지 않고 같이 살았다고 해서 남자의 삶이 지금보다 더 나아졌을 거라고는 생각지 않았다. 그래서 원망도 없었다. 남자는 자신의 삶이 팍팍하긴 했지만 나쁘지 않았다고 생각하는 축이었다. 땅만 보고 걷던 남자가 고개를 들었을 때, 저 멀리 아주 희미하게 불빛 하나가 반짝이는 것이 환영처럼 눈에 들어왔다. 남자는 우뚝 걸음을 멈추었다. 이마에서 눈으로 흘러드는 땀방울을 소매로 훔치며 눈을 가늘게 뜨고 불빛을 응시했다.


2


　남자는 희미한 불빛을 향해 걸음을 옮기기 시작했다. 주머니에 넣어두었던 넥타이를 꺼내 고쳐 매었다. 어떻게든 어머니에게 당신 없이도 잘 살아왔음을 보여주고 싶었다. 실제로도 남자는 그렇게 생각했다. 적어도 삶에 있어 성실했다고 자부하고 있었지만, 동생 근본을 생각하면 그것마저 자신이 없었다. 어쨌든 근본의 삶도 자신의 책임처럼 느껴졌기 때문이었다. 남자는 어머니에게 동생은 미국에 가 있다고 말할 참이었다. 공부를 잘해서 유학을 갔다고 말할 참이었다. 소리 내어 연습해보았다. 근

본이는 어, 어려서부터 공부를 잘해서 유, 유학 갔어요. 연락은
했는데…… 남자는 이상하게 거짓말을 하면 말을 더듬었다. 듣
는 사람도 없었는데 남자는 주위를 한번 둘러보며 머리를 긁적
였다.

　동생 근본이 운 좋게 처음으로 소년원에 간 것은 열네 살 때
였다. 저지른 범죄에 비하면 근본은 분명 운이 좋은 아이였다.

　물론 남자도 마찬가지였지만, 동생 근본도 사라진 아버지를
닮아 어려서부터 기골이 장대했다. 겨우 끼니만 해결할 정도였
는데도 동생 근본과 남자는 또래에 비해 뼈도 굵고 살도 붙었
다. 자신감 없고 부끄러움을 많이 타는 남자와는 달리 동생 근
본은 어려서부터 거침이 없었다. 남자는 신문 배달, 우유 배달
같은 것으로 생활비와 학비를 벌었지만 근본은 아주 손쉽게 돈
을 조달해서 용돈으로 쓰기도 하고 저축도 했다. 근본은 이미
동네에서 가장 유명한 문제아가 되어 있었다. 굳이 인상을 쓰지
않아도 근본과 마주치면 또래 학생들은 주머니에서 돈을 꺼냈
다. 중학생이 되자 일일이 돈을 뜯어내는 것이 귀찮아진 근본은
교실에 들어가 칠판에 적었다. '한 사람당 5백 원.' 분필을 내려
놓은 근본은 출석부를 펼치고 담임 선생님처럼 출석을 불렀다.
학교에서 그런 근본을 그냥 놔둘 리 없었다. 근본은 채 첫 학기
를 채우지 못하고 퇴학을 당했다. 그러나 그 후에도 근본은 어
느 학생들보다 학교 다니는 일에 열심이었다. 수금 나온 사람처
럼 매일 손쉽게 돈을 거둬 갔다. 그만하면 중학생이 쓰기에는

풍족한 돈이었지만 근본은 만족하지 못했다. 남들이 지닌 환경의 부재를 돈으로 채우려는 것 같았다. 근본은 아이답지 않게 돈 되는 일이라면 악착같이 고집을 부리곤 했는데, 그러다 결국 큰 사고를 치고 말았다.

조용하고 작은 동네에서 전대미문의 고물상 살인 사건이 일어났다. 근본은 대범하게도 고물상에서 몰래 고물을 훔쳐 다시 고물상에 되팔아 돈을 벌었는데, 고물상 주인이 그것을 모를 리 없었다. 주웠다니까. 빨리 돈 줘. 주인에게 목덜미를 잡힌 근본은 발버둥을 쳤다. 너같이 싹이 노란 놈은 콩밥 좀 먹어야 돼. 어린놈의 자식이 겁도 없이. 주인은 이미 경찰에 신고까지 한 상태였다. 내 돈 내 놔. 근본이 아이답지 않게 고함을 치며 마구잡이로 주먹을 휘둘렀다. 도둑질을 들킨 것이 여간 억울한 것이 아닌 데다 돈을 받지 못한 게 분해서 근본은 참을 수 없을 지경이었지만 힘으로는 어떻게 해볼 도리가 없었다. 또래에 비해 월등히 좋은 덩치였지만 그래 봤자 아직 어린아이였다.

순식간에 일어난 일이어서 근본도 어리둥절해졌다. 근본은 주위에 놓여 있던 각목을 쥐고 사력을 다해서 휘두르기 시작했는데, 어떻게 된 일인지 고물상 주인의 목에서 피가 분수처럼 쏟아져 나왔다. 주인은 비명 한마디 지르지 못하고 몸에 있는 피를 전부 쏟고 죽었다. 근본이 들고 있던 각목 끝에 대못이 박혀 있었고, 그것이 고물상 주인의 경정맥을 뚫고 들어간 것이었다. 근본은 죽어가는 주인을 뒤로한 채 자신이 훔쳐 되판 고물

값을 챙겨 달아났다.

동생을 생각하자 맥없이 다리가 풀리는 것 같았다. 불빛이 새어 나오는 곳은 생각보다 멀리 있었다. 희미한 불빛만 따라 걷던 남자는 이미 길에서 벗어나 있었다. 곧 큰 계곡이 남자 앞을 막았다. 반대쪽으로 건너갈 뾰족한 수가 생각나지 않았다.

남자는 동생을 생각하면 죄책감에 시달렸다. 동생이 저지른 잘못이 모두 자기 때문인 것같이 느껴졌다. 남자는 단 한 번도 동생을 꾸짖거나 나무란 적이 없었다. 그런 말을 건네기엔 둘은 너무 어렸었다. 그 사건 이후에도 근본은 크고 작은 일로 소년원을 들락거렸다. 그리고 열아홉 살이 되던 해, 또 한번 큰 사고를 치고 말았다. 이번에는 계획된 살인이었고 나이도 미성년이 아니었다. 근본은 무기징역을 선고받았고 14년째 복역 중이었다. 열네 살 이후에 근본이 소년원이나 교도소가 아닌 집에서 생활한 시간은 고작해야 1년이 채 되지 않았다. 남자는 언제나 자신이 두 몫의 삶을 살고 있다고 생각했다.

남자는 계곡을 따라 내려가기 시작했다. 어쩔 도리가 없었다. 이어진 능선을 찾을 수도 없었고 어둠 속으로 사라진 길로 다시 돌아갈 수도 없었다. 남자는 허우적허우적 손을 내저으며 산을 내려가기 시작했다. 밤이 깊어지자 마음이 급해졌다. 죽어가고 있는 어머니의 시간이 얼마나 남았는지 가늠할 수가 없었다. 어머니에게서 전화가 걸려온 지가 벌써 열흘이 넘고 있었다. 남자는 신호가 잡히지 않는 휴대폰을 꺼내보았다. 이럴 줄 알았다면 전화번호라도 알아둘 걸 후회가 되었다.

어딜 그렇게 쭉 빼입고 살금살금 가는 거야? 기획사 사장이 어디서 나타났는지 남자의 뒤통수를 툭 치며 말했다. ……화, 화장실에. 남자는 언제나 발뒤꿈치를 들고 조심조심 걸었다. 그는 자신의 존재가 타인에게 주목받는 것이 부담스러워 견딜 수 없었다. 그의 소망은 흔적 없이 존재하는 것, 존재감 없이 존재하는 것이었다. 그러나 그가 그토록 원하는 바와 달리 그의 존재감은 언제나 비중 있었다. 그의 몸집은 산 만해서 웬만해선 숨길 수 없기 때문이었다. 발뒤꿈치 붙이고 걸으랬지.

남자는 사장이 다가오는 것을 전혀 알지 못했다. 남자처럼 발뒤꿈치를 들고 소리 없이 다가온 것도 아닌데도 그랬다. 남자는 언제나 그것이 궁금했다. 일부러 자신을 숨기려 하지 않는데도 사장의 존재는 알아차릴 수 없었다. 남자는 걸을 때 소리 내지 않으려고 노력했다. 자신이 지나가고 있다는 것을 숨기기에 온 신경을 집중하느라, 다른 사람이 다가오거나 자기를 쳐다보는 것을 전혀 알지 못했다. 남자는 뒤통수를 긁적이며 슬금슬금 뒷걸음질 쳤다. 화장실을 누가 못 가게 하니? 화장실 간다고 뭐라고 하니? 남자는 사람 좋게 웃어 보이며 사장의 말을 뒤로 하고 슬금슬금 화장실 쪽으로 엉덩이를 뺐다. 그러곤 맥없이 화장실 안으로 들어가 앉았다. 3년이나 그의 밑에서 일했는데 도무지 돈이 필요하다는 말을 꺼낼 수가 없었다.

오랜만이구나. 남자는 콘서트장에서 어머니의 전화를 받았다. 공연장 입구에서 공연의 백미 야광봉을 흔들 때였다. 어머니의 음성은 26년이 넘는 세월을 가뿐히 건너뛰고 있었다. 묵묵히 전화기를 들고 있었지만 어머니가 하는 말을 전혀 알아들을 수 없었다. 공연을 보러 온 사람들의 부산스러움 때문이기도 했지만 당혹스러워서 아무 말도 귀에 들어오지 않았다. 정말이지 이런 상황은 한 번도 예측하거나 준비해본 적이 없었다. 혹 이런 상황을 기다린 적이 있었다고 해도 그것은 너무 오래전, 어머니하고 갓 헤어졌던 아주 오래전의 일이었다. 내가 죽어가고 있어. 올 거니? ……네? 남자가 상황을 파악하게 된 것은 그때부터였다. 내가 죽어가고 있다니까. 어머니는 재차 말했지만 남자는 선뜻 뭐라고 대답할 수가 없었다. ……어떻게 전화번호를 알았어요? 남자도 어머니처럼 지난 세월을 무심히 흘려보낸 목소리로 말했다. 남자는 전화를 받는 와중에도 한 손으론 야광봉과 가수의 CD를 팔았다. 좀…… 바쁜데. 남자가 거스름돈을 손님에게 내주며 작은 목소리로 말했다. 엄마가 죽어가고 있어. 전화기 너머로 쇳소리가 들려왔다. ……시간 봐서 한번 갈게요. 남자는 놀랍도록 덤덤했다. 한 번도 바라거나 기다려본 적이 없는 상황이었다. 죽기 전에 꼭 와야 한다. 남자는 하마터면 언제 죽는데요? 하고 물을 뻔했다. ……어디로 가면 되는데요? 잠깐만. 전화를 바꿔 든 여자가 상세히 오는 방법을 설명했다. 일단 진안으로 오세요. 전라북도 진안 아시죠? 진안에서 무이리 들어가는 버스를 타고 성삼 마을에서 내리세요. 남자는 대충 흘려듣는 것 같았지만 속으로는 반복해서 여자가 하는 말을 되뇌었다. 남는 손으론 부지런히 CD며 야광봉을 손님들에게 쉴 새 없이 건넸다.


# 3


근원이라. 이름 좋네. 부모님이 신경 좀 썼네. 남자의 볼이 벌겋게 달아올랐다. 때밀이 말고는 다른 일 해본 적 없어? 첫 출근 날. 사장이 손톱을 깎으며 남자에게 물었다. 남자는 고되지만 안정되었던 직장을 그만둔 것이 꺼림칙했다. 작았지만 강남의 목욕탕에 자리를 잡기 위해 남자는 반년 동안이나 사수에게 무료 봉사를 마다하지 않았었다. 남자는 사장의 말만 믿고 목욕탕을 그만두긴 했지만 사장에게 다시 버림받을까 봐 출근 첫날부터 불안한 마음을 떨칠 수 없었다. 벌거벗고 보았던 그 사장이 아닌 것같이 느껴졌다. 조금은 더 냉정하고 딱딱해 보이는 인상이었다. 전부 다요? 어쨌든 맨몸, 벌거벗은 몸이 조금은 솔직하고 순순하게 느껴지는 것이 분명했다. 남자는 목욕탕 일을 그만둔 것이 후회되었지만 어쩔 수 없는 일이었다. 무조건 사장에게 잘 보이고 매달려야 한다는 것을, 살아온 경험으로 이미 느끼고 있었다. ……말해봐. 아주 어렸을 땐 고물도 주웠고요. 뭐 신문도 돌리고, 우유도 돌리고. 아, 때밀이는 스물다섯 때도 했었고요. 음, 스물 넘기고는 주로 서빙을 했어요. 뭐 나이트에서 과일도 나르고, 룸살롱에서 술도 나르고, 단란주점에서도 뭐, 안마 시술소에선 수건도 개고. 횟집, 이태리 식당, 고기 뷔페 이런 데서는 설거지도 좀 하고. 아실는지…… 한때 고기 뷔페가 유행했었거든요. 남자가 슬쩍 사장의 눈치를 보았다. 사장은 지그시 눈을 감고 있었다. 알지, 그럼. 스물이 되기 전엔 주로 배달을 했고요. 중국집, 피자, 주유소에도 잠깐, 꽃 배달도 조금, 군대 갔다 와서는 좀 안정된 직장을 얻으려고…… 주로 서비스업에 종사했구만. 어휴 됐네. 니가 하는 일에 도움되는 일만 했구만. …… 원래는 뭐가 되고 싶었는데? 원래라는 게 없어요. 그때그때 밥 벌어먹으려고. 좀 하다 보면 오래 할 일이 못 되는 것 같고. …… 하사관 지원했다 떨어진 것 빼고는 뭐. 군대? 네. 고등학교는 나왔어? 검정고시 했어요. 됐네. 그럼 한글은 읽을 줄 아는 거 아냐. 사장이 생각났다는 듯이 안주머니에서 돈 봉투를 꺼냈다. 이번 달 월급이야. 미리 주는 거야. 먼저 옷 좀 몇 벌 사 입어. 양복까지 입을 건 없지만 좀 깔끔한 것으로. 남자는 사장의 호의에 몸 둘 바를 몰랐다. 그럼된 거야. 이거 완전 서비스업이거든. 오직 한 사람에 대한 서비스, 그게 바로 매니저야. 대신 주의할 게 있어. 남자가 슬쩍 사장을 쳐다보았다. 그는 상대방과 눈을 맞추는 게 여간 곤혹스러운 일이 아니었다. 남자의 시선은 언제나 불안정했다. 시키는 일만 서비스하면 돼. 알아서 하지 말고. 알았지? …… 네에. 내 말만 들으면 되는 거야. 니가 맡을 애에 대해 서비스하지 말고, 나를 위해 서비스하는 거야. 알았니? 남자는 무릎 위에 올려놓은 두 손을 꼭 쥐며 다짐하듯 고개를 끄덕였다.

계곡을 따라 얼마나 내려온 것인지 남자는 가늠이 가지 않았다. 작은 가지들이 남자의 볼이며 팔뚝에 엉겨 붙어 살을 채갔다. 생채기 난 자리에 땀이 스며들어 쓰라렸다. 남자는 뒤돌아 내려온 길을 올려다보았지만 자신이 어느 쪽에서 온 것인지 방향마저도 알 수가 없었다. 놓치지 않으려고 애를 썼던, 골짜기 건너에서 희미하게 빛나던 불빛도 점점 멀어지고 있었다. 남자는 갑자기 뭔가 생각났다는 듯이 손에 쥐고 있던 양복을 뒤지기 시작했다. 성삼 마을에 내리면 작은 구멍가게가 있는데 거기에서 영성 수양관을 물어보세요. 남자는 여자가 강조하던 말이 생각났다. 준비해온 돈은 바지 뒷주머니에 있었다. 어머니가 빚이 많아요. 다 받자는 건 아니고……

남자는 사장이 말한 대로 먼저 시장에 가서 새 옷을 한 벌 사입었다. 아무리 고민해보아도 여러 벌의 옷을 한꺼번에 산다는 것은 스스로에게 불가능한 일이었다. 남자는 새로 산 양복을 입고 전에 일했던 목욕탕을 찾아갔다. 여유롭게 목욕을 한 것은 그때가 처음이었다. 양복을 입고 온 남자가 낯설었는지 한 식구처럼 먹고 지냈었던 이발사와 매점 아저씨는 가벼운 인사만 남기고 하던 일을 계속했다. 남자는 작별 인사도 하지 못하고 선물로 들고 갔던 트렁크 팬티 두 장을 슬며시 놓고 나왔다.

남자는 매니저가 된 후 며칠 되지 않아 무슨 일을 해야 하는지 금방 알 수 있었다. 바람직하지 못한 일이라는 것을 알았으나 어쩔 도리가 없었다. 사장이 말했던, 자기에게만 서비스하라는 말이 무슨 말인지도 알게 되었다. 매니저는 일종의 감시자였다. 여자 가수는 매니저의 허락 없이는 전화도 외출도 할 수 없었고, 심지어 밥도 마음대로 먹을 수 없었다. 그녀에게는 흔한 휴대폰도 지갑도 없었으며 집도 없었다. 매니저는 다시 모든 일을 일일이 사장에게 허락받았다. 사장이 밥을 먹지 말라면 먹을 수 없었고, 잠을 자지 말라면 졸음을 참아야 했다. 모든 스케줄은 사장이 직접 제시했고, 매니저는 그저 그곳을 따라만 다니면 되었다.

그녀의 이름은 지영이었지만 이름을 버리고 캐쉬라는 예명을 사용했다. 사장이 지어준 이름이었는데 이름대로 금발의 캐쉬는 사장의 현금 이상이었다. 캐쉬는 스무 살, 그러나 확실치는 않았다. 모든 정보는 사장만 알고 있었으며 캐쉬도 별말이 없었다. 분명한 것은 나이보다는 더 어려 보였다. 다른 연예인들은 실제 나이보다 서너 살 어리게 속이고는 했지만, 금발의 캐쉬는 나이를 높였다는 얘기가 파다했다.

금발의 캐쉬는 트로트 가수였다. 스무 살에 트로트 가수는 애늙은이가 빨리 되어야지만 성공할 수 있었다. 따라서 캐쉬는 성공하기 위해 성숙해졌다. 댄스 가수를 하고 싶어 하는 것을 빼고는 대체로 불만도 없었다. 시키는 일 모두를 군말 없이 해냈다. 가수 시켜준 사장에게 은혜를 갚으려면 아직도 많은 캐쉬를 가져다줘야만 한다고 캐쉬는 생각했다.

남자는 24시간 온종일 캐쉬의 뒤만 졸졸 따라다녔다. 아저씨는 너무 촌스러워. 잠에서 덜 깬 캐쉬가 남자에게 건넨 첫마디였다. 남자는 부끄러워서 똑바로 그녀를 쳐다볼 수 없었다. 새로 사 입은 양복 옷깃만 만지작거렸다. 아침은 먹지 말랍니다, 살찐다고. 아주 작은 목소리로 남자가 말했다. 그도 배가 고팠지만 캐쉬가 굶으면 같이 굶어야 했다.

지방으로 공연을 가면 한방에서 자야 했다. 사장은 아직도 충성스러운 캐쉬를 믿지 못했다. 하루아침에 다른 기획사로 도망갈 것이라는 불안감을 떨치지 못한 것이었다. 그것은 남자가 사장에게 갖고 있는 두려움과 같은 종류였다. 남자는 그런 사장을 이해했다. 사장은 틈만 나면 배신감을 안기고 떠났던 사람들에 대해 남자에게 곱씹었다. 근원 씨는 여전히 촌스러워. 그런 옷 입고 다니면 내가 쪽팔린단 말야. 금발의 캐쉬는 처음 섭외 들어온 TV 출연을 앞두고 있었다.

아무도 캐쉬에게 관심이 없었고 자리를 양보하는 사람들도 없었다. 대기실 한 귀퉁이에 남자와 캐쉬는 어렵게 자리를 잡고 앉았다. 다른 가수들처럼 의상을 담당하는 사람이 따로 있지 않았기 때문에 남자는 캐쉬의 무대의상들을 품 안 가득 안고 있었다. 캐쉬가 앉을 자리를 잡는 데에 남자의 덩치와 침묵이 한몫 단단히 했다. 대기실 안에는 텔레비전에서 보던 많은 가수들이 있었지만 남자는 아무에게도 관심이 없었다. 사장의 특별한 지시가 있었기에 남자는 경계를 게을리하지 않았다. 방송국에만 다녀오면 애들은 도망갈 생각밖에 안 해. 아무하고도 얘기 나누지 못하게 해야 돼. 사장은 비장한 말투로 남자에게 주문했다. 사장이 우려했던 것은 괜한 일처럼 느껴졌다. 남자 말고는 그 누구도 캐쉬에게 아무런 관심이 없는 것처럼 보였다.

  남자는 삶의 한 방식을 깨뜨렸다. 캐쉬의 매니저를 맡고부터는 궁금한 것을 참을 수가 없게 되었다. 내가 그렇게 촌스러워요? 남자가 아주 오랜 침묵을 깨고 물었다. 사장의 지시 외에는 캐쉬에게 일절 말을 삼갔던 남자였다. 그게 궁금했구나. 아저씨, 촌스럽지. 캐쉬가 큰 눈을 껌벅이며 말했다. 긴 속눈썹이 파르르 떨리는 것 같았다. 여기 일하는 사람들 완전 명품 아님 취급 안 하잖아. 아저씨만 빼고. 나만 빼고, ……명품요? 남자도 그런 얘기는 여러 번 들어본 적이 있었다. 옷 말하는 거예요? 옷, 가방, 선글라스, 신발…… 살 거야 많지. 아저씨는 뭐 하다 온 거야? ……오다뇨? 남자는 무슨 말인지 알아들었지만 선뜻 목욕탕에서 일했다고 말하기가 창피했다. 처음 있는 일이었다. 남자는 고개를 슬며시 돌리고 승합차에 시동을 걸었다.

  남자는 기어오르다시피 계곡을 오르고 있었다. 숨이 턱밑까지 차올랐지만 남자는 걸음을 멈추지 않았다. 어디선가 구슬프게 짐승이 울부짖었다. 숨을 헐떡거리며 능선에 올라섰을 때 저 멀리 계곡 능선 밑으로, 길을 안내하던 희미한 불빛이 다시 눈에 들어왔다. 조급했던 남자의 마음이 조금 풀리는 듯싶었다. 잘한 일이야. 남자가 가쁜 숨을 내쉬며 혼잣말을 내뱉었다.


4


정말이지 이상한 일이었다. 희미한 불빛을 향해 부지런히 걸었지만 이상하게도 점점 불빛과 멀어지는 기분이 들었다. 어둠 속이라 거리를 가늠하기 힘들어서일 거라고 생각했다. 다가갈수록 불빛은 더욱 희미해져서 마치 멀리 도망가는 듯한 느낌이었다. 한참 가다 보니 능선으로 이어지는 산길을 만날 수 있었다. 사람들이 다닌 흔적이 분명해 보였다. 남자는 휴대폰을 꺼내 시간을 보았다. 이제 시간은 밤에서 새벽으로 넘어가고 있었다. 남자는 손에 쥐고 있던 윗도리를 몸에 걸치고 옷에 묻은 흙을 툭툭 털어냈다.

명품이라는 것을 사기 위해 백화점에 가보고는 남자는 까무러칠 뻔했다. 비쌀 줄은 알고 있었지만 그 정도일 줄은 상상도 하지 못했다. 남자는 뭐에 덴 사람처럼 황급히 백화점을 빠져나왔다.

모든 사람이 그 비싼 명품을 가지고 다니는 것은 아니라는 사실에 남자는 그나마 안도했다. 백화점 밖에서도 명품들을 팔고 있다는 것을 남자는 곧 알게 되었다. 백화점에서 보았던 똑같은 제품들을 시장 한 귀퉁이에서 본 것이다. 남자는 버클이 타원형으로 생긴 하얀색 '돌체앤가비나' 벨트와 '루이뷔통' 손지갑을 하나 샀다. 방송국에서 보았던 많은 매니저들이 한결같이 들고 다니던 것이었다. 남자는 캐쉬에게 보여주려고 숙소를 향해 달려갔다. 지난밤 다섯 군데의 클럽을 돌며 노래를 부르느라 지친 캐쉬는 쉬 잠에서 일어나지 못했다.

남자는 하얀색 벨트가 잘 보이도록 배꼽 위까지 바지를 올려 입었다. 눈을 비비며 거실로 나오던 캐쉬가 남자를 보자 웃음을 터뜨렸다. 아이 그게 뭐야, 아저씨. 남자는 쑥스러워서 식탁 위에 올려놓은 손지갑을 만지작거렸다. 그거 어디서 산 거야? 캐쉬는 웃음을 멈추지 못했다. 누가 그렇게 큰 마크를 달고 다녀. 쪽팔려, 정말. 남자가 차고 있는 벨트를 내려다보았다. 이왕 하는 거 큼지막한 게 좋을 것 같아서. 버클 가득 큼직한 글자로 브랜드가 새겨져 있었다. 일부러 눈에 잘 띄라고 흰색으로 했는데……

남자는 자신의 눈을 믿을 수가 없었다. 처음 보았던 불빛에 점점 가까워질수록 그것은 더욱 희뿌예졌다.

어머니도 아버지와 같이 느닷없이 사라졌다. 아버지가 사라진 날은 뚜렷이 기억이 났지만 어머니가 사라진 날은 잘 기억나지 않았다. 학교에서 돌아와보니 어머니가 없었고, 다시 돌아오지 않았다. 어머니가 다른 곳으로 시집을 갔다는 것은 나중에 친척들에게 전해 들은 이야기였다. 몇 년 후에는 아이를 낳았다는 얘기도 사촌들에게 들었다.

친척들도 하나 둘 형제를 돌보는 데 지쳐갔다. 동정이라는 것
도 맨 처음이 강렬하지 책임감으로 전이되기는 쉬운 일이 아니
었다. 어린 남자와 동생은 점점 발길이 뜸해지는 친척들에게 먹
을 것을 구걸하기 위해 찾아갔다. 도움이란 것도 자의로 행하는
것과 부탁을 받아 이루어지는 것에는 큰 차이가 있었다. 너도나
도 앞다퉈 남자의 집에 쌀을 부려놓던 친척들은 어린 남자가 동
생을 데리고 직접 집으로 찾아가자 난감해했다. 하나같이 찾아
오지 말고 집에서 기다리라는 말만 되풀이했다.

어린 남자에겐 할머니와 아버지가 남긴 집이 전부였다. 고등
학생이 되었을 때 작은집에 찾아가 집을 팔아달라고 했다. 그
돈으로 동생을 데리고 상경할 생각이었다. 남자는 다니던 고등
학교를 때려치우고 본격적으로 돈을 벌어볼 생각이었다. 그 집
이 어째서 니 집이냐. 어린놈이 건방지구나. 작은아버지의 말도
맞긴 했다. 아버지가 사라지고 할머니가 죽고 어머니가 시집가
자, 작은아버지는 제일 먼저 집을 자기 명의로 돌려놓았다. 몇
년간 받아먹은 쌀이 그 대가이기도 했던 셈이었다. 남자는 집을
돌려달라고 떼를 썼다. 집을 나가라고 하는 것도 아닌데 그냥
거기서 살면 되지. 어린놈이 벌써 돌아까져가지고…… 나중에
어련히 알아서 해줄까. 남자는 근본을 데리고 집으로 돌아왔다.
괜한 일을 벌인 것 같아 후회가 됐다. 작은집에서 밥을 얻어먹
기도 이젠 힘들 것 같은 생각이 들었다.

그날 밤, 작은집에 원인 모를 불이 났다. 근본과 한 살 터울이었던 사촌 동생이 집을 빠져나오지 못해 불에 타 죽었다. 나머지 식구들은 겨우 목숨을 건졌지만 숟가락 하나 빼내지 못하고 새까만 재만 남았다. 지난밤, 근본이 밖에 나갔다 온 것을 남자는 알고 있었지만 모른 척했다.

예상했던 대로 산길은 남자가 보았던 희미한 불빛이 나오는 곳으로 이어져 있었다. 남자는 뛰다시피 산길을 내려갔다. 그런데 막상 가까이 다가가니 불빛이 점점 사라지기 시작했다. 대신 빛이라고 하기엔 너무 희뿌옇고, 크고 묽은 것이 보이기 시작했다. 분명 환한 불빛이 있던 자리였다. 남자는 등에서 식은땀이 흐르기 시작했다. 밤새 이상한 나라의 숲 속을 헤매고 있는 기분이 들었다. 그 큰 물체에 가까워지자 남자는 저절로 발에 힘이 들어갔다.

남자는 만개한 벚꽃 아래 섰다. 남자가 보았던 것은 달빛에 스친 벚나무였다. 백 년은 족히 되었을 법한 그 큰 나무 아래 남자는 힘없이 주저앉았다.

캐쉬는 사장에게 가장 확실한 캐쉬가 되어갔다. 클럽을 전전하던 것은 과거의 일이었다. 이름과 얼굴이 알려질수록 사장의 감시는 심해졌다. 많은 돈을 벌어올수록 사장은 캐쉬가 도망갈까 봐 안절부절못했다. 사장은 거의 병적이었다. 점점 남자도 믿지 못하는 눈치였다. 너는 내게만 서비스하라는 말을 점점 잊고 있어. 너도 곧 내게서 도망치려고 발버둥치겠지만 너도 캐쉬도 다 내 거란 걸 잊지 마. 남자는 아무런 대답이 없었다. 왜 대답이 없는 거야? 둘이 연애라도 하냐? 남자가 고개를 들어 사장을 쳐다보았지만 이렇다 할 대답을 하지 못했다. 일한 지 얼마나 됐지? 한 3년 됐나? 뭐 정들 때도 됐겠다. 남자는 여전히 할 말이 없었다. 연애를 하는 것은 분명 아니었지만 스물네 시간을 붙어 있는 서로에게 아무 감정도 없다는 것은 말이 되지 않았다. 남자는 진정으로 캐쉬를 걱정했고, 사랑했다. 이제 남자에게 캐쉬는 유일한 가족이었다. 너, 캐쉬 어디로 빼돌릴 생각 마라. 이런 일 한두 번 겪는 것도 아니고.

처음 목욕탕에서 나와 매니저 일을 시작할 때의 그가 아니었다. 이젠 남자도 진짜 '돌체앤가바나' 벨트와 '루이뷔통' 손지갑이 있었고, 방송국 출입도 잦아지다 보니 아는 사람도 꽤 많아졌다. 사장의 의심병은 극에 달했다. 캐쉬와 남자가 다른 마음을 먹은 것도 아닌데 날이 갈수록 집착이 심해졌다. 누구 때문에 니가 촌티를 벗었는데, 건방진 자식. 남자는 언제나 묵묵히 사장의 히스테리를 견뎌냈다. 남자는 여전히 사장에게 우직하고 튼실한 매니저이고 싶었다.


5


정작 캐쉬는 변한 것이 아무것도 없었다. 예전 무명 시절과

다를 바가 없었다. 여전히 캐쉬는 누구나 다 가지고 있는 휴대폰도, 지갑도 없었다. 밤에는 예전과는 비교도 할 수 없을 만큼 많은 업소를 돌아야 했기에 친구를 사귈 시간도 없었고 남자 말고는 아는 사람도 없었다. 남자라고 캐쉬에 대한 불안함이 전혀 없는 것은 아니었다. 캐쉬가 남자와 사장을 떠난다는 것은 아무것도 가진 게 없는 남자에게 더 치명적이었다. 사장이 캐쉬에게 집착하는 만큼 남자도 마찬가지였다. 캐쉬는 사장보다 남자에게 더 중요한 미래였고 현재였다. 그래서 오히려 캐쉬를 꼼짝달싹 못하게 붙들고 있는 것은 남자 쪽이었다.

……사장님. 예전의 근원이 아닙니다, 저도 이젠. 남자가 사장에게 처음으로 말대꾸를 한 것은 얼마 전이었다. 사장에게 어렵게 꺼냈던 부탁을 거절당하고 난 후였다. 남자는 어머니에게 가져갈 돈이 필요했다. 돈을 마련하지 못해서 죽어가는 어머니를 보러 가는 것을 차일피일 미룬 지 일주일이 지나고 있었다.

오랜만에 캐쉬와 오붓한 저녁을 먹고 있을 때였다. 삼겹살을 먹고 싶다는 캐쉬를 위해 어렵게 시간을 냈다. 고기가 다 익어갈 무렵, 어떻게 알았는지 사장이 식당에 나타났다. 남자는 사장이 다가오는 것을 전혀 눈치채지 못했다.

너 인마, 의자에 엉덩이 반만 걸치지 말랬지. 사장이 남자의 뒤통수를 툭 치며 말했다. 남자는 깜짝 놀라 벌떡 자리에서 일어났다. 니들 둘만 이렇게 오붓하게, 나만 빼면 섭하지. …… 그게 아니고. 남자가 우물쭈물 말끝을 흐렸다. 농담이야, 짜식,

쫄기는. 사장이 필요 이상 본심과는 달리 너스레를 떨었다. 너는 시간이 지나도 어떻게 달라지는 게 없냐. 이젠 좀 당당해도 되잖아. 최고의 가수 매니저가 엉덩이를 반만 걸치고 앉아 있는 꼴이라니. 너 당당해지라고 목욕탕에서 빼내줬더니 어떻게 그걸 못 고치냐. 캐쉬가 몰랐다는 듯이 웃음을 터뜨렸다. 얘가 평생 눈치만 보고 살아서 그래. 그것이 남자의 자존심을 상하게 만들었다. 남자는 다짜고짜 돈이 필요하다고 말했다. 진짜 이유는 말하지 않았다. 그것이 사장의 자존심을 상하게 만들었다. ……사장님, 예전의 근원이 아닙니다, 저도 이젠. 남자가 말하고 일어섰다. 너 예전의 근원 맞아, 인마. 여전히 엉덩이 반만 걸치고 앉는. 걸을 때 소리 안 나게 뒤꿈치 들고 걷는. 사람들 눈치만 보는 근원 맞아. 캐쉬는 웃겨 죽겠다는 듯이 입을 가리고 고개를 숙였다.

남자는 한참을 벚나무 아래 앉아 있었다. 만개한 벗꽃이 자기를 이끌었다는 게 신비롭게 느껴졌다. 깊은 봄밤, 벗꽃잎이 눈처럼 남자의 머리에 소복이 쌓였다.

남자는 자리를 털고 일어섰지만 어디로 가야 할 것인지 난감하기만 했다. 주위를 빙 둘러보던 남자가 놀라서 흠칫 뒤로 한 발 물러섰다. 미처 보지 못했던 것이 눈앞에 갑자기 펼쳐졌기 때문이었다. 벚나무 뒤로 숨어 있던 빈집이 모습을 드러냈다.

남자는 천천히, 집 쪽으로 발걸음을 떼었다. 날이 새면 길이라도 물어 산을 내려갈 심산이었다. 사립문을 들어서며 헛기침을 해보았지만 방 안에서는 어떤 인기척도 없었다. 빈집인 듯싶었다. 마당에 널려 있는 살림살이는 최근까지도 사람이 살았음을 말해주고 있었다. 남자는 툇마루에 호젓하게 걸터앉아 흐드러진 봄밤의 벚꽃을 구경했다. 땀으로 질척이던 양복 윗도리도 벗어 마루에 던져놓았다. 그러곤 다시 양복 안주머니에 넣어두었던 돈 봉투가 잘 있는지 확인했다. 그제야 엄청난 피곤이 몰려왔다. 긴장이 풀리자 졸음도 함께 왔다. 시간을 보니 날이 새려면 두세 시간은 족히 있어야 될 듯싶었다. 날이 밝으면 길이 드러날 게 분명했다. 졸음을 참기 힘들어진 남자가 작은 소리로 집에 사람이 있는지 다시 한 번 확인했다. 땀이 마르며 한기도 밀려왔다. 아무리 봄이라지만 깊은 산속의 밤기운은 제법 쌀쌀했다. 벚꽃 사이를 오가는 봄바람이 서늘했다. 남자는 방 문고리를 살짝 잡아당겨보았다. 그러자 마치 이제껏 남자를 기다리고 있었다는 듯이 방문이 힘없이 열렸다. 내친김에 신발을 벗고 방 안으로 들어갔지만 깜깜한 방 안에서는 아무것도 분간이 되지 않았다. 벚나무에 들렀던 바람이 남자의 등 뒤로 따라 들어왔다. 남자는 라이터를 켜고 스위치를 찾았다. 그러나 방문 옆을 아무리 더듬어도 스위치를 찾을 수가 없었다. 포기하고 돌아섰을 때 머리에 살랑이며 뭔가가 와 닿았다. 오래전의 기억이 떠올라 피식 웃음이 나왔다. 남자는 깜깜한 방 안의 허공을 손으로 훑었다. 익숙한 동그란 스위치가 손에 잡혔다. 아주 오래된 형광등이 한참을 껌벅이더니 불을 밝혔다.

방바닥에 앉으려던 남자는 놀라서 뒤로 까무러쳤다. 그러고는 앉은 채로 뒷걸음질을 치기 시작했다. 아랫목에 오래전에 죽은 것으로 보이는 시신이 반듯하게 누워 있었다.

금발의 캐쉬가 식탁 위에 간단한 메모만 남긴 채 사라진 건 어제 아침이었다. 아저씨 고마웠어. 아무리 생각해도 금발하고 트로트는 안 어울려. 나 댄스 가수 하고 싶어. 다른 데로 가. 또 만나. 메모지 옆에는 수표가 든 돈 봉투가 놓여 있었다. 천만 원이었다. 남자가 사장에게 부탁했던 액수였다. 남자가 허망하게 생각한 건, 24시간을 언제나 같이 있었는데 어떻게 캐쉬가 다른 기획사와 접촉했나 하는 것이었다. 캐쉬에 대해서 아는게 별로 없다는 것도 그제야 알게 되었다. 길길이 뛸 사장이 눈앞에 어른거렸다. 사장은 분명 남자가 캐쉬를 다른 곳으로 빼돌렸다고 생각할 게 뻔했다.

돌아오지 않을 거라는 것을 알면서도 남자는 애타게 캐쉬를 기다렸다. 전화라도 해줬으면 하는 바람뿐이었다. 남자는 뜬눈으로 밤을 새우며 지난 3년간 캐쉬와 보냈던 시간들을 돌이켜 보았다. 그처럼 행복했던 시절이 다시 올까 싶었다. 그러다 문득 캐쉬가 자기의 전화번호도 모를 것이라는 생각이 들었다. 전화를 걸 일이 없었으니 당연히 알 리 없었다. 마지막 남았던 바람도 사라지자 금세 캐쉬에 대한 그리움이 무덤덤해졌다.

동이 트기 무섭게 남자는 짐을 꾸렸다. 3년 동안 사들인 명품들이 가방 가득이었다. 남자는 문을 나서다 말고, 들고 있던 가방을 거실로 멀리 던져버렸다. 홀가분한 마음으로 남자는 숙소를 나섰다.

시신은 죽은 지 몇 달은 되어 보였다. 이미 완전히 썩고 건조되어 왠지 그 모습이 시체라기보다 미라 인형처럼 보였다. 신기하게도 곱게 쪽 찐 머리가 하나도 흐트러짐이 없었다. 다만 움푹 팬 눈자위와 벌어진 입과 사라진 잇몸이 그녀가 한때는 살아 있었음을 증명해주는 것 같았다. 피부 안에 있던 지방이 분해되어 위로 올라와 거죽은 니스를 칠해놓은 것처럼 반질반질했다. 마치 잘 깎아놓은 나무토막 같았다. 할머니의 죽음을 떠올려보려 애썼지만 어떻게 된 일인지 눈감은 할머니의 모습이 전혀 생각나지 않았다. 마음을 가라앉히고 남자는 방 안을 빙 둘러보았다. 단출한 가재도구들이 잘 정돈되어 있었다. 벽에는 여러 장의 사진이 포개진 작은 액자가 유일하게 걸려 있었다. 남자는 일어서서 액자를 들여다보았다. 오래된 사진 몇 장은 스스로 미라가 된 할머니의 삶을 간단하게 정리해놓고 있었다. 젊었을 때 사진 속에 어린아이를 안고 있는 것으로 보아 자식도 여러 명 되어 보였다. 가장 최근 사진으로 보이는 것엔 손주로 보이는 아이들을 안고 있었다. 사진 안의 가족들은 단란해 보였다. 그럼에도 어찌하여 죽은 지 여러 달 동안 시신이 그대로 방치되고 있는지 문득 궁금해졌다.

남자는 시신 멀찍이 윗목에 자리를 잡고 누웠다. 이틀을 꼬박 새웠더니 쏟아지는 졸음을 참을 수가 없었다. 눕자마자 남자는 아주 깊은 잠 속으로 빠져들었다.

잠에서 깨자 꿈속에서 누가 왔다 갔는지 정확히 기억이 나지 않았다. 기억이 가물거리는 할머니도, 아버지도, 어머니도 본 듯싶었고, 금발의 캐쉬도, 집주인 할머니도 본 것 같았다. 안녕히 주무셨어요? 남자는 신세 진 하룻밤에 대해 집주인에게 인사했다. 그러곤 서둘러 자리를 털고 일어섰다.

눈부시게 밝은 햇살이 남자의 몸을 휘감았다. 반짝반짝 빛나는 벚꽃잎은 똑바로 쳐다볼 수 없을 만큼 눈부셨다. 남자는 성큼성큼 길을 따라 내려가기 시작했다. 문득 어머니가 이미 죽었을지도 모른다는 생각이 들었다. 지난밤 꿈에 아버지, 할머니와 같이 있던 것이 얼핏 기억났다. 찜찜한 기분을 털어버리려는 듯 남자의 걸음이 빨라지기 시작했다.

한참을 뛰다시피 산을 내려가던 남자가 다시 벚나무 집 쪽으로 발길을 돌렸다. 남자는 마치 벚나무 집에서 원래 살았던 사람처럼 마당 한 귀퉁이에 기대어져 있던 삽을 들고 뒷동산으로 올라갔다. 평평한 곳을 골라 남자는 삽질을 하기 시작했다.

반짝반짝 벚꽃이 보낸 봄바람이 남자의 가슴을 스치고 지나갔다.

그래서

면도날 같은 찬바람이 담을 넘어와 노인의 홀쭉한 볼을 때렸다. 그는 백발의 긴 머리를 천천히 양손으로 빗어 넘겼다. 온기 없는 손을 비벼 입가를 쓸었다. 가만히 어금니를 물 때마다 각진 턱에 힘이 들어갔다. 꺼진 눈두덩, 움푹 팬 볼, 마른 얼굴에 도드라진 양쪽 턱은 노인을 더욱 완고하게 보이게 했다.

　널찍한 정원은 주인의 손을 타지 못해 을씨년스럽고 황량했다. 산비둘기 한 쌍이 마당에 내려앉았다. 노인이 눈을 끔벅이며 오묘한 색깔의 새들을 바라보았다. 새들의 가슴 부분에는 장미와 같은 붉은색이 섞인 잿빛이 돌고, 가슴 밑 꼬리 부분에는 푸른색이 섞인 잿빛이 돌았다. 부리는 거멓고 다리는 붉은색인데, 전체적인 빛깔이 조화로웠다.

　오 호호호.

노인이 입을 모으고 새들을 부르자, 산비둘기들이 따라 울었다. 그것들은 울 때 휘파람 소리 같은 약간 쉰 소리를 내는데, 노인은 거의 비슷하게 흉내 냈다. 비둘기들이 따라 울자 노인의 입가에 웃음이 맺혔다. 찾아온 새들이 꼭 지난밤 읽었던 고전의 작자처럼 느껴졌다. 육신은 소멸되고 그들의 영혼으로 남은 책. 그것을 읽은 사람들에게 이른 아침, 새가 되어 찾아와 지난밤이 헛되지 않았음을 위로하는 것 같았다.

　노인은 새벽 한두 시면 잠에서 깼다. 어떤 날은 그보다 빠른 때도 많았다. 점점 줄어드는 잠 때문에 그는 여간 곤혹스러운 게 아니었다. 시계의 시간은 멈춘 지 오래였다. 노인이 모든 시계를 멈추어놓았다. 달력도 없애버렸다. 노인은 시간에 무심하려 애를 썼지만, 시간은 오랫동안 몸에 밴 세월의 감에 재빠르게 따라붙었다.

　젊은 날, 이런 재주가 있었다면 좋았을 것을.

　잠이 사라지고 나니, 처음에는 그저 하루가 너무 길다고 느꼈다. 그러나 그는 무서운 독서 편력으로 시간을 극복했다. 그는 정원에 나와 있는 때를 빼고는 온종일 책을 읽었다. 읽으면 읽을수록 읽어야 하는 책은 늘어났다. 그것은 노인에게 가장 기쁘고 설레는 일이었다.

　산 중턱에 자리한 그의 집은 아침이고 저녁이고 고요했다. 완벽한 침묵이 언제나 그의 집을 감싸고 있었다. 그의 동네가 자리 잡고 있는 산은 도시 한가운데 있었지만, 소란스러움과는 멀리 있었다.

노인은 불문학을 전공했지만, 젊은 날에 대학에서 국문학을 가르쳤다. 그는 요즘 오래전에 출간된 문학 잡지를 밤새 뒤적였다. 잡지 한두 권에서 시작된 독서는 하룻밤 사이에도 인문, 철학, 사회, 문학으로 방대하게 뻗어나갔다. 잡지 한 권에 들어 있는 작자들의 다른 책을 대충이라도 훑어보기에 한 밤은 너무 짧았다. 그의 기억은 잡지의 바래버린 종이 색깔처럼 이미 누렇고 희미했다. 그는 젊은 날 자신이 활발하게 활동하던 3, 40년 전의 소설과 시, 평론 들을 읽었다. 기억이 나는 친구들을 만날 때도 있고, 전혀 기억에서 사라진 사람들을 복원하느라 애를 먹을 때도 있었다.

참, 재능 없는 놈이야. 어떻게 된 게 소설 한 편에 한 구절도 마음에 드는 데가 없어.

그는 시간을 낭비했다고 느껴지는 글을 참을 수 없었다. 그 시간에 읽지 못한 글에 대한 아쉬움 때문이었다. 노인은 온갖 욕과 저주를 책의 주인에게 마구 쏟아내곤 했다. 노인이 낡은 스탠드에 책을 비추며 신경질적으로 책장을 넘겼다. 간혹 매서운 바람이 창문을 두드렸다. 노인이 흔들리는 창문을 무심히 바라보았다. 이젠 성한 곳 없이 낡고 틈새 가득한 집, 찬바람은 벽과 창틀에 생긴 작은 틈을 비집고 들어왔다.

노인이 굽은 어깨를 움츠렸다. 길고 긴 겨울밤은 그의 독서열을 잠재우기에 짧지 않은 시간이었지만, 독서에 대한 열망에 비하면 찰나에 불과했다. 그는 평생, 가깝게 지낸 친구 하나 없었지만 외롭지 않았다. 그의 가장 친한 친구는 방대한 책을 읽어내야만 하는 숙명이었다.

녹슨 철 대문은 삭아서 구멍이 뚫려 있고, 담벼락 그늘에 내려앉은 눈은 잿빛으로 변했다. 담쟁이덩굴이 담벼락을 가득 메우고 있었다. 한겨울임에도 그것들의 번식력은 왕성했다. 낡은 집에서 살아 있는 것은 담쟁이덩굴밖에 없는 듯, 그것의 번식력과 생명력은 대단해 보였다. 담쟁이덩굴은 담을 타고 이제는 지붕을 향해 뻗어나가고 있었다. 그대로 놓아두면 집 전체를 그것들이 뒤덮을 기세였다. 노인은 덩굴을 볼 때마다 징그럽게 느껴졌다. 봄이 되면 모두 걷어내야겠다고 생각했다.

대문 밑으로 빨간 벙어리장갑이 나타났다. 빨간 장갑은 능숙하게 뭔가를 대문 기둥 안쪽으로 밀어 넣더니 곧 사라져버렸다. 노인의 흐릿한 눈은 녹슨 대문에 고정된 채 빨간 손이 하는 양을 멍하니 바라보았다. 이내 발소리가 들리더니 대문 밑으로 가지런히 모은 발이 보였다. 누군가 구멍에 눈을 붙이고 을씨년스러운 정원을 들여다보았다.

캬악, 퉤.

노인이 과장된 몸짓으로 가래침을 뱉었다. 시선은 대문 밖에 서 있는 사람을 향해 있었다.

엄마야.

여리고 맑은 여인의 목소리가 녹슨 대문을 넘어왔다. 노인이 양손으로 긴 머리를 쓸어 넘겼다.

할아버지, 안에 계시면 잠깐 뵐 수 있을까요?

떨리는 여자의 목소리가 들려왔다. 여자는 며칠 전부터 일정한 시간에 노인의 집에 들러 대문 안으로 뭔가를 밀어 넣고는 사라졌다. 이른 아침, 노인이 새들 노는 것을 구경하고 황량한 정원을 바라보며 사색에 젖어 있을 때, 그녀는 찾아왔다. 정원에 멍하니 앉아 지난밤 읽었던 책을 되새겨보는 것이 그의 오랜 버릇이고 취미였는데, 며칠 전부터 빨간 장갑의 그녀가 그의 평온함을 방해하기 시작했다. 처음에 그녀는 집 주변을 서성이는 것 같더니 며칠 전부터는 대문 밑으로 뭔가를 밀어 넣었다. 도시락일 때도 있었고, 스웨터 같은 겨울옷일 때도 있었다. 노인은 자기를 무시하는 것 같아, 그녀가 놓고 간 것들을 거들떠보지 않았다.

노인은 누군가에게 관심을 받는 게 영 탐탁지 않았다. 젊은 날의 자기 같았으면 면상에다 대고 노골적인 모욕을 주었겠지만, 그도 기력이 쇠해 그럴 힘이 없었다. 모든 게 귀찮게 생각되어 가만히 있으면 그녀가 지쳐서 돌아가겠지 하는 마음뿐이었다. 그런데 조용히 물건만 놓고 돌아가던 다른 날과는 달리, 오늘은 대문 안을 들여다보고 말까지 거는 게 그는 불쾌해졌다.

할아버지, 잠깐이면 돼요. ……문 좀 열어주세요.

노인은 대문을 말없이 바라보다, 휙 집 안으로 들어가버렸다.

낮은 담을 맞대고 아버지 잘 만난 졸부 하나가 이웃으로 살고 있었다. 수십 년 동안 이웃으로 살아왔지만, 노인은 실제로 그를 본 적은 없었다. 노인은 오래전, 가끔 그를 TV나 잡지에서 보곤 했다. 20년도 훨씬 전의 얘기다. 세간에 유명했던 이웃의 집도 노인의 집과 마찬가지로 낡을 대로 낡았다.

오래전 막걸리 한잔을 먹고 취기가 올라 그 집 담벼락에 오줌을 갈긴 적도 있었다. 이웃에 개가 있는 것을 그는 그때 처음 알았다. 개가 요란하게 짖는 바람에 노인은 놀라서 미처 오줌을 다 갈기지도 못하고 자기 집으로 줄행랑을 놓았다. 허겁지겁 집에 들어서고 보니 바지가 축축하게 젖어 있었다.

저런 상놈의 개새끼.

노인은 축축한 바지를 털며 그쪽 집을 향해 한마디 내뱉었다. 개 짖는 소리가 멀리서 들려왔다.

노인은 자기보다 서너 살 많던 그가 이젠 죽었을지도 모르겠다고 생각했다.

언덕을 오르는 마을버스의 힘겨운 엔진 소리가 들려왔다. 그는 슬쩍 까치발을 세우고 옆집을 힐끔거렸지만 아무도 없는 듯 고요했다.

정원을 산책하며 몇 번인가 옆집 마당을 흘끔거린 적은 있지만, 찬찬히 둘러본 것은 처음이었다. 옆집의 정원도 마찬가지로 죽은 나무들이 황량하게 방치되어 있었다. 작은 텃밭의 채소도 심어진 채 그대로 썩고 있었다. 곱게 한복을 차려입은 할머니가 집 뒤꼍에서 나왔다.

할머니, 안녕하세요. 저기, 저는 옆집 사는 K대의 김 교수입니다.

노인은 자기를 소개하거나 설명할 때 꼭 직함과 호칭을 붙이는 버릇이 있었다. 그래야지만 자신의 권위가 서는 것 같았다.

옥빛 한복을 곱게 차려입은 할머니가 멀뚱히 그를 쳐다보더니 대꾸 없이 휙, 돌아서 집 안으로 사라졌다.

저런……

이웃집 남자는 젊었을 때엔 도박이나 여자 문제, 사사로운 폭행 사건으로 여성 잡지 가십 면을 종종 채우곤 했다. 그의 기행 때문에 기자들이 집 앞 골목에 진을 치고 있어 소란스러웠던 밤이 많았다. 노인은 상스러운 이웃이 못마땅해서 온종일 목에서 끓는 가래를 참았다가 그쪽 집을 향해 뱉고는 했다.

한동안 매스컴에서 안 보이기에 말썽도 잠잠해졌나 했더니, 어느 날 갑자기 국회의원에 당선되는 것을 보고 노인은 이 세상 못쓰겠다 싶었다. 속이 쓰려 못 마시는 술을 밤새 홀짝거렸다. 그 무렵 그는 젊은 작가들의 사소설 경향에 관해 짤막한 비평을 쓰고 있었는데, 아랫집 망나니가 국회의원이 된 것이 짜증 나서 그들의 소설을 엄청 씹어 뭉개버렸다. 그때는 적어도 그래도 된다고 여길 만큼 소설도 형편없다고 생각했다. 노인은 그것을 참기가 힘들었다. 책을 읽고 난 후 생각했던 만큼 뭔가를 얻게 되지 못하면 왠지 공들여 읽은 자신이 무시당하는 기분이 들고는 했다. 이상한 생각이었지만, 어쨌든 그가 지닌 말의 칼은 그런 감정 때문에 날이 갈수록 날카롭고 예민해졌다. 그 글은 의외로 반응이 좋았고, 그것으로 그는 큰 상을 받았다.

네놈들의 수준을 어느 정도 예상 못 한 건 아니었지만, 정말 똥이로구나.

태작이라고 생각했던 자신의 글에 상을 주자, 그는 오히려 문학상을 심사한 이들에게 독설을 퍼부었다. 꽤 큰 상금을 받고서도 그는 시상식에 가지 않았다. 그에게 호의적이었던 동료들도 이런 괴팍한 성격과 말 때문에 하나, 둘 등을 돌렸다. 그는 평단에서 고립됐지만 개의치 않았다. 그에게는 읽어야만 하는 숙명의 책들이 있었다. 그것이 그에게 전부였다. 그는 이후로 더 이상 글을 쓰지 않았다. 자신의 글은 인격을 따라오지 못한다고 생각했고, 그는 더 이상 뭔가를 쓸 자신이 없었고, 써서는 안 된다는 생각이 들었다. 오로지 읽는 것만이 자신의 운명임을 깨달았다.

노인은 언젠가부터 먹지 않아도 배고프지 않았다. 매일 그는 한 끼의 식사를 조금만 먹었는데, 그나마도 책을 읽느라 잊어버리곤 거를 때가 많았다. 그는 밤새 침침한 눈을 부릅뜨고 서재의 낡은 스탠드 백열등에 희미해져가는 활자를 비춰보며 밤을 보냈다. 아침이 되면 책으로 둘러싸인 성벽을 지나 폐허의 정원으로 나와 기지개를 켰다. 보는 것마다 점점 희부연해지는 침침한 눈을 끔벅이며 그는 익숙한 풍경을 오래도록 바라보았다.

죽은 나무들이 아무렇게나 우거진 정원에 아침마다 많은 새들이 찾아왔다. 도시의 소란스러움에 쫓겨 자취를 감춘 새들이 아침이 되면 그의 집 정원으로 모여들었다. 노인은 가만히 앉아서 지저귀는 새소리를 들었다. 자기를 의식하지 않고 바쁜 새들을 보면 마음이 평온해졌다.

노인은 꿈쩍하지 않고 새들이 모두 날아갈 때까지 그저 눈으로 그것들을 좇았다. 새들이 모두 정원을 떠나면 노인은 딱히 할 일이 없어 새들이 남기고 떠난 자리를 한동안 멍하니 바라보았다. 소멸된 책, 읽고서도 아무런 감흥이 없는 책을 읽고 난 후의 기분과 비슷했다. 멀리 어디쯤에서 힘겹게 버스가 언덕을 오르는 소리가 들려왔다.

누군가 벨을 눌렀다. 노인은 가만히 녹슨 대문을 응시했다. 다시 두번째 벨이 울리고서야 노인은 쉰소리로 누구냐고 물었다.

김 선생 댁이지요? 저는 시를 쓰는 P입니다.

누구라구요? 그런데 무슨 일이요?

선생께서 제게 하실 말씀이 있다고 해서 찾아왔습니다.

노인은 잠자코 대문 너머에서 들려오는 그의 말을 들었다. 이름을 듣고 보니 며칠 전인가 지난밤인가에 그의 시집을 읽은 것이 어렴풋이 생각났다. 시집에서 한 편의 시도 기억이 나지 않을 만큼 그가 쓰는 기교는 평이했다.

나는 당신이 누구인지도 모르고 할 말도 없소. 이제 일을 해야 할 시간이니 돌아가시오.

그는 아무 대답 없이 한동안 대문 앞에 그대로 서 있는 것 같았다. 노인도 현관 계단에 앉아 대문 쪽을 쳐다보았다. 대문 밖 남자가 발을 끄는 소리가 들려왔다. 천천히 그리고 무겁게 그의 발걸음은 멀어져갔다.

가끔 있는 일이었다. 느닷없이 누군가 찾아와서 노인에게 자신의 글에 대한 평을 요구하곤 했다. 노인은 자신이 글을 쓰지 않기 때문에 그들이 찾아오는 것이라고 생각했다. 어쨌든 노인은 그런 일들을 대수롭지 않게 생각했다. 찾아오는 이들은 하나같이 그의 생각엔 그저 그런 작가들이었다. 해줄 말이 있었다면 문을 열어줬을 것이라고 노인은 스스로 위안했다.

이제 완연한 겨울이었다. 날이 추워지는 것보다도 점점 날카로워지는 바람 소리에 노인의 마음과 몸은 움츠러들었다. 날씨마저 우중충하게 흐려 자꾸 몸을 웅크리게 만들었다.

노인은 현관 계단에 앉아 지난밤 읽었던 소설들을 떠올렸다. 대개 그렇듯 기억에서 흔적도 없이 사라진 작가들의 작품이 대부분이었다. 노인은 지난밤, 낯익은 이름 하나를 발견했는데, 그럼에도 얼굴이나 그가 쓴 소설은 전혀 떠오르지 않았다. 잡지에 실린 작가의 약력과 이름을 여러 번 읽어보았지만, 낯익은 느낌만 들 뿐 실제로는 아무것도 떠오르지 않았다.

노인은 옆집 할머니와 눈이 마주치자 가볍게 고개를 숙였다. 며칠 전 무안한 일을 당해 그는 심기가 불편했다. 그녀는 단정하게 옥빛 한복을 입고 있었는데, 자태가 퍽 교양 있어 보였다. 그 망나니에게 이렇게 고운 아내가 있었군, 노인은 속으로 생각했다. 그녀도 말없이 가볍게 목례를 건넸다.

바깥양반은 잘 계시지요?

말을 뱉고 보니 참으로 궁색한 안부였다. 민망한 마음이 일었
다. 그녀는 노인을 빤히 쳐다보기만 할 뿐 말이 없었다. 그는
그녀의 더딘 반응이 못내 마음에 들지 않았다. 그는 다시 점점
무안해져서 시선을 피해 집 안을 힐끔거렸다.

그쪽도 혼자 지내시지요?

한참 만에 할머니가 입을 뗐다. 노인은 시큰둥하게 고개만 끄
덕였다.

쓸쓸하시겠지만 참으셔야 해요. …… 무엇보다, 이렇게 얘기
하는 걸 저희 아이들이 싫어합니다.

아, 자식들과 같이 지내시는군요.

아니에요. 그런 건 아니고, 오길 기다리고 있는데, 쉽지는 않
네요.

아, 그렇군요. 어디 멀리 갔나 봅니다.

……어떤 분인지 남편도 굉장히 궁금해했었어요. 친해지고
싶어 했었는데.

아, 제가 좀 그래요. 집 밖에 잘 나다니질 않아서.

서로의 물음과 대답들이 빗겨갔다. 노인이 난감한 듯 양손으
로 긴 머리를 빗어 넘겼다. 노인은 할머니가 참 곱게 늙었다고
속으로 생각했다. 그녀의 얼굴은 주름 하나 없이 맑고 희었다.
작은 키에, 겉모양새만 늙었지 얼굴만 보면 나이를 가늠키 어려

왔다. 그녀는 시선을 피하지 않고 노인을 똑바로 올려다봤다.

그럼, 혼자서 이렇게 큰 집에 사세요? 저와 처지가 같네요. 허허허. 제 아이들은 싸가지가 없어서 통 왕래를 안 합니다. 꽤 오래됐지요. 그런데 개가 없어졌네요? 언젠가 본 것 같은데.

이곳에서는 개가 살 수 없잖아요. 채소들도, 나무들도 저런데.

간만의 대화라 노인이 실없는 말을 늘어놓았다. 말을 뱉고 보니 자기의 인격이 바닥을 드러낸 것 같아 씁쓸했다. 평소에 없던 친절이 천박하게 느껴졌다. 속으로 이런저런 생각을 하고 있는데, 할머니가 노인의 대문을 보더니 황급하게 집 안으로 들어가버렸다. 노인은 순간 무안해졌다. 그녀의 행동에 어찌할 바를 몰랐다. 뒤돌아보니 빨간 장갑의 그녀가 대문 밑으로 뭔가를 밀어 넣고 있었다.

할머니의 무례함에 마음 상한 노인이, 들으라는 듯 집 담벼락에 소리 내어 가래침을 뱉었다.


노인이 쓴 입맛을 다시며 입을 비죽거렸다. 허공을 바라보는 노인의 눈은 흔들림이 없었다. 낙엽 위로 살짝 내려앉아 있던 서리가 반짝였다. 노인은 허공에서 시선을 거두고 아주 천천히 물방울로 변하는, 흰 가루같이 생긴 얼음 알갱이를 미간을 잔뜩 찡그린 채 바라보았다.

한 젊은 소설가를 기억해내느라 노인은 밤새 여러 권의 책을 뒤적거려야만 했다. 40년 전에 출간되었던 여러 권의 잡지와 수북하게 먼지가 내려앉은 책장을 밤새도록 서성거려 노인은 겨우 그의 이름으로 된 소설책 한 권을 찾아냈다.

책 표지에는 노랑 바탕에 뭔지 모르는 곤충 한 마리가 그려져 있었는데, 이미 표지 색깔은 바래고, 책장은 수십 년 동안 습기를 먹었다 마르기를 여러 번 반복해서 책은 재처럼 가벼웠다. 책이 가지고 있는 생기가 모두 빠져나가버린 것 같았다.

노인은 뻣뻣한 거죽만 남은 손으로 책에 앉은 먼지를 털어냈다. 조금만 힘을 주어도 책은 바스러질 것 같았다. 그는 책상 위에 노랑 책을 올려놓고 가만히 내려다보았다. 처음 보는 책이었다. 모든 것이 낯설기만 했다. 실제로 그 젊은 작가는 그리 중요한 작가가 아닐지도 몰랐다. 노인의 기억에 없는 것을 보면 그럴 가능성이 컸다.

노인은 꼭 그 젊은 작가를 잘 알고 있는 것 같은 느낌을 지울 수 없었는데, 곰곰 생각해보아도 망각의 바다 저편은 잠잠하기만 했다. 멍하니 정신을 놓을 때가 많아졌고, 뭔가를 기억하려 애써도 아무것도 떠오르지 않았다. 익숙한 느낌만 있고 구체적인 것은 전혀 떠오르지 않았다. 그때마다 그는 악착같이 찾고 뒤져서, 원하는 답을 겨우 얻곤 했다. 그러나 그러지 못하고 미궁에 빠질 때가 훨씬 더 많았다. 그는 포기하지 않고 몇 날 며칠을 골똘히 망각의 심해를 부지런히 돌아다녀보았지만 아무것도 얻지 못하기가 다반사였다.

지난밤, 젊은 작가의 경우는 그런 때에 비하면 운이 좋은 셈이었다. 밤새 몇십 년 쌓인 먼지를 뒤집어쓰긴 했지만, 소설책을 찾았으니 그의 정체가 곧 밝혀질 터였다. 노인은 서두르지 않고 책을 책상 위에 올려놓은 채, 사라진 기억을 복원해내려 애썼다.

노인은 언덕을 오르락내리락하는 것이 만만치 않아서 외출을 아예 하지 않았다. 모든 게 귀찮았고, 성가신 것만 늘어갔다. 평소와 다름없이 하루를 시작한 그였지만, 그날은 다른 날과 사뭇 달랐다. 노인은 자신이 며칠 동안 아무것도 먹지 않았다는 것을 깨달았다. 배는 고프지 않지만 무엇인가를 먹어야 한다고 생각했다. 식탁에는 빨간 장갑의 그녀가 놓고 간 도시락이 놓여 있었다. 그녀가 어제 대문 밑으로 도시락을 밀어 넣고 간 것은 기억이 나는데 그것을 부엌에 가져다 놓은 것은 기억이 나질 않았다. 식탁 위에 덩그러니 놓여 있는 도시락을 보고서 노인은 조금 섬뜩해졌다. 꼭 누군가 도시락을 대문 밑에서 식탁으로 옮겨놓은 것 같았기 때문이다. 그는 식탁에 앉아 무심한 척 천천히 뚜껑을 열었다. 도시락에는 노인이 좋아하는 음식들이 한가득 들어 있었다. 평소에 잘 먹지 못하던 음식들이라 노인은 눈이 휘둥그레졌다. 남도 출신인 그가 어렸을 때 먹었던 입맛에 맞춰 도시락은 채워져 있었다. 여자의 정체가 궁금해졌다. 혼자 사는 노인들에게 도시락을 배달한다는 얘기를 어디선가 들은 것 같았다. 그러겠거니 생각해도 도시락이 너무 푸짐해서 노인은 자꾸 다른 생각이 들었다.

반가운 마음과는 달리 그는 몇 술 뜨지 못하고 도시락을 밀어 놓았다. 마음은 그렇지 않은데 도무지 음식을 삼킬 수가 없었다. 그러고 보니 잠깐이라도 잠을 잔 게 며칠 전이라는 것을 깨달았다. 그럼에도 정신도 또렷하고 몸도 피곤하지 않은 것이 그는 신기하기만 했다. ·

노인은 뭔가 생각났다는 듯 급하게 서재로 발걸음을 옮겨 책상 위에 놓인 책을 한참 들여다보았다. 그러곤 책을 단숨에 읽어버렸다.

음, 네놈이 누군지 이제 알 것 같다. 고얀 놈.

노인이 마지막 책장을 넘기며 나직하게 말했다.


잠깐이면 돼요, 할아버지. 내키지 않으시면 여기 서서 그냥 얘기해도 좋아요.

여자는 다음 날에도, 그다음 날에도 찾아왔다. 어쩌면 그렇게 마당에 나와 있을 때를 알고 찾아오는 것인지 노인은 그저 그것이 신기했다. 노인은 대문을 노려보며 험한 인상을 지어 보였다. 그는 그녀의 바람대로 말을 나누거나 대문을 열어줄 생각이 전혀 없었다. 자꾸 귀찮게 하는 여자에게 뭔가 모르게 찜찜한 기분만 남았다.

그냥, 심심하실까 봐 놀아드리려고 온 거니까 부담 갖지 않으셔도 돼요, 할아버지.

여자의 목소리는 상냥했다. 녹슨 대문의 삭아서 뚫린 구멍으로 눈 하나가 나타났다 재빠르게 사라졌다. 노인이 천천히 일어나 대문으로 갔다. 그는 필요 이상 얼굴을 찡그리고 있었는데, 아직도 찜찜한 기분이 사라지지 않아서였다. 그녀가 자기를 집에서 내쫓을 것 같은 느낌이 들었다. 친절한 여자에게 왜 그런 마음이 드는지 자신도 영문을 알 수 없었다.

아드님이 김준희 씨 맞으시지요? 저는 아드님이 보내서 왔어요.

노인이 똥 씹은 얼굴처럼 인상을 구겼다. 한마디 쏘아붙이려다가 그는 대꾸하지 않고 꾹 참았다.

식사는 하셨어요? 좋아하신다는 음식으로만 준비했는데, 입맛에 맞으셨어요?

도시락 얘기를 꺼내자 노인은 조금 미안한 마음이 들었다. 추운 겨울, 며칠 동안 힘든 언덕길을 오르락내리락했을 것을 생각하니 더욱 그러했다.

누가 보내서 왔다고?

녹슨 대문을 사이에 두고 처음으로 노인이 말을 꺼냈다.

······아, 아드님이요.

나쁜 놈, 몇 년째 코빼기도 안 보이더니.

여자의 얼굴이 궁금했지만 상관없는 일이었다. 그는 대문 너머에 있는 그녀가 이 세상 사람이 아닌 것처럼 느껴졌다. 그녀의 목소리는 바로 앞에서 들리는 것이 아니라, 아득히 먼 곳에 들려오는 것 같았다. 마치 허공에서 목소리가 내려오는 것 같은 착각이 일었다.

아드님이 걱정 많이 하세요.

그런데 그놈은 도대체 어딨는 거요? 전화도 못할 만큼 오지에 있답디까?

……곧 아시게 될 테지만, 너무 멀리 있어서요.

됐으니까, 돌아가쇼. 그 아들놈에게도 이런 거 필요 없다고 전하고.

노인이 신경질적으로 말을 뱉었다. 그의 냉담함에 그녀도 말문이 막힌 듯 더 이상 아무 말이 없었다. 그는 돌아서며 양손으로 긴 백발의 머리를 빗어 넘겼다.


서재는 책으로 지은 성 같았다. 문과 창문을 빼고는 틈 없이 책장이 자릴 잡고 있었고, 사방 책장에는 책이 두 겹으로 빼곡하게 꽂혀 있었다. 책장에 꽂아두지 못한 책들은 책 기둥이 되어 방을 떠받치고 있는 것처럼 위태로워 보였다. 겨우 발 디딜 틈만 있었는데 혹여 책으로 쌓인 기둥을 잘못 건드렸다간 방 전체가 와르르 무너질 것만 같았다. 책 기둥 사이로 난 작은 미로 같은 틈을 조심스럽게 오가며, 그는 하루에 읽을 책들을 골랐다. 책상 주위에는 최근에 읽은 책들이 어지럽게 쌓여 있었다. 어수선한 방 분위기와는 달리 책상은 그날 읽을 책 몇 권만 놓인 채 깨끗했다.

누군가 대문을 쾅쾅 두드렸다. 해는 뉘엿뉘엿 산 너머로 자취를 감추는 중이었고, 노인은 또 다른 하루의 시작을 준비하고 있었다. 그는 오래도록 책장을 서성이며 밤새 읽을 책을 고르던 중이었다. 노인은 잠시 자신의 귀를 의심했다. 찾아올 사람이 없었기 때문이었다. 적어도 몇십 년 동안 밤중에 누군가 자신을 찾아온 적은 없었다. 노인은 요 며칠 자기를 찾아왔던 빨간 장갑의 그녀를 떠올렸지만, 아침에도 다녀간 그녀가 다시 찾아왔다면 그게 더 이상한 일이었다.

누군가 다시 대문을 쾅쾅 두드렸다. 노인은 살짝 긴장했다.

누구시오?

노인이 나직한 음성으로 현관에서 서서 물었다. 밖에서는 아무 소리도 들리지 않았다.

누구 왔소?

밤이 슬그머니 내려앉아 있었다. 컴컴한 어둠만이 말없이 서 있었다. 노인은 말없이 대문을 쳐다보았다. 그가 돌아서 안으로 들어가려던 찰나였다.

저기……

한 젊은 남자의 음성이 그의 굽은 어깨를 잡아끌었다. 노인이 천천히 돌아서 어둠 속에 숨은 녹슨 대문을 바라보았다.

저기, 김 선생님이시지요?

누구요?

……예전에 한 번 뵌 적이 있는데. 잠깐 뵐 수 있을까요?

무슨 일이요?

지난밤, 저를 찾으셨다고 해서…… 그게, 뵙고……

그게 무슨 말이요?

노인은 망설였다. 낯선 사람을 밤중에 들이는 것이 꺼림칙했고, 무엇보다 막 독서를 시작하려던 참이라 방해받기 싫었다.

나중에 다시 오면 안 되겠소? 막 일을 하려던 참이라.

아주, 잠깐이면 됩니다. 부탁드립니다.

돌아서 들어가려던 노인이 망설이다가 녹슨 대문의 자물쇠를 풀었다. 밤중에 찾아온 것을 보니 무슨 급한 일이 있나 싶어서였다. 노인은 불길했지만 문을 열어주었다.

대문 앞에 웬 청년이 몸을 떨며 서 있었다. 그는 다 해지고 철 지난 정장 윗도리를 입은 데다 머리엔 물기가 어려 있어 더욱 추워 보였다.

자넨, 백 군이 아닌가?

청년은 벌벌 떨며 고개를 끄덕였다.

저를 기억하시는군요, 선생님. ……영광입니다.

노인은 그가 누구인지 한눈에 알아보았다.

그런데 자네가 웬일인가? 이 밤에.

노인이 놀란 눈으로 청년을 바라보았다.

너무 추워서 그런데, 좀 들어가면 안 되겠습니까?

대문에 서 있는 그는 지난밤 노인이 그토록 복원해내려 애썼던 기억의 주인공이었다. 책날개에 있던 작가 사진의 모습 그대로였다. 그는 노랑 책의 주인공 백이었다. 노인은 그의 소설책을 다 읽은 후에야 그와의 짤막한 에피소드를 기억해낼 수 있었다. 아니, '작가의 말'을 읽고서야 맨 마지막 소설에 등장하는 에피소드가 자신과 관계된 일화임을 짐작할 수 있었다. 문학이란 무엇인가 하는 것에 대한 고뇌의 소설이었는데, 소설은 그저 그러했다. 문장도 평이했고, 주제의식이 뚜렷하지 않은 소설이었다. 무엇보다 주절주절 내뱉는 문학에 대한 주인공의 내면이 자의식의 과잉처럼 느껴져서 별로였다.

멀리서 오느라, 지금에서야 도착을 했습니다. ……언젠가는 선생님이 꼭 저를 부르실 줄 알고 있었습니다.

청년이 몸을 벌벌 떨며 말했다.

그게 무슨 말인가? 내가 자네를 부르다니.

노인은 문을 열어주긴 했지만 집 안으로 그를 들이기가 싫었다. 한 번도 누군가를 집 안으로 들인 적이 없기 때문이었다. 그래서 아무리 냉정한 그라도 청년의 행색이 남루하고 지친 기색이 역력해서 돌아가라 말하기가 어려웠다.

일단은 들어오게.

노인의 눈이 멈춘 곳은 주인공이 학교로 평론가를 찾아가 무안을 당하는 부분이었다. '작가의 말'에서도 소설 속 평론가가 했던 말을 다시 재인용하고 있었는데, 그 말투가 평소 노인이 자주 쓰는 것이었다. 맞는지 아닌지는 알 수 없었고 기억이 나지도 않았지만, 대체적으로 평론가를 그린 묘사는 노인과 비슷해 보였다. 그럼에도 물론, 그런 일화는 기억이 나지 않았다.

소설을 읽고 나니 그런 일이 있었던 것 같기도 했다.

강의가 끝난 후에 한 학생이 찾아와 인사를 했다. 그러면서 자신을 소개하길, 몇 년 전 등단을 했고, 무슨 무슨 소설을 썼으며, 갈피를 잡지 못하는 자기 문학에 있어 선생의 글이 좋은 귀감이 되고 있다며 감사를 전했다. 선생은 접었던 와이셔츠 소매를 풀며 교단에 서서 그를 빤히 내려다보았다. 청년이 선생의 시선을 바로 받지 못하고 눈길을 피하며 안절부절못했다. '그래서?' 한참 만에 선생이 청년에게 물었다. 그는 우물쭈물 말을 잇지 못했다. '다 한 건가?' 청년은 여전히 아무 말도 하지 못했다. 선생은 우물쭈물하는 그를 그대로 놔두고 휙 교실을 나가버렸다.

'작가의 말'에서 그는 '그래서?'가 자신을 어떻게 이끌고 있는지, 자기의 소설이 어디로 가야 하는지를 일깨워주었다고 고백하고 있었다. 인과와 상관없는 접속사의 물음이 작가로서 자신의 운명을 결정지었다고 적고 있었다. 접속사가 단독으로 사용되었을 때의 추상적이고 관념적인 상징을 그는 그제야 처음 알았다고 적고 있었다.

그는 죽었다. 자신의 재능 없음을 비관하며 자살을 한 모양이었다. 책 뒤표지에 누군가 헌사를 바치며 내막을 적어놓았다. 그런데 이상한 것은 죽었다고 했던 작가가 책에 사인을 해서 노인에게 보낸 것이었다. 노인이 받았던 책에 반듯반듯한 글씨로 "'그래서'입니다— 백"이라고 적혀 있었다. 책을 팔아먹으려는 상술치고는 작가의 죽음을 가장한 것이 노인은 상스럽게 느껴졌다.

어쨌든 죽었다는 그가 느닷없이 노인을 찾아온 것을 보면 그의 죽음은 거짓된 것임이 분명했다. 노인은 그에게 따뜻한 차와 수건을 내주었다. 흔들리는 청년의 시선이 책상 위에 놓인 자기의 책에 멈추었다.

안 그래도 지난밤, 우연히 잡지를 보다가 자네의 소설을 다시 읽었다네.

청년은 말없이 책상에 놓인 자기의 책을 바라보았다.

책에서 자살 운운한 건 여전히 웃기는 짓이었지만 말일세.

살다 보면, ……아니 살려면, 아니 죽지 않으려면 뭐, 다 그렇지요.

……그런데, 자네는 시간이 많이 흘렀는데도 그대로구만.

……선생님도 그대로세요.

청년의 시선이 불안하게 흔들렸다.

얘기는 나중에 하도록 하고 일단 좀 쉬도록 하게. ……막 일을 시작하려던 참이라……

노인은 그에게 아들이 쓰던 방을 내주었다. 오래도록 사용을 하지 않아서 벽지 여기저기에 곰팡이가 피어 있었다.


노인은 평소와 다름없는 일상을 시작했다. 밤새 책상을 한 번도 떠나지 않았고, 단숨에 여러 권의 철학책을 읽었다. 침침한 눈을 부릅뜨고 서재의 낡은 스탠드 백열등에 희미해져가는 활자를 비춰보며 밤을 보냈다. 아침이 되자 위태롭게 서 있는 책기둥을 피해, 책으로 둘러싸인 성벽을 지나 폐허의 정원으로 나와 기지개를 켰다. 이상한 것은 지난밤 찾아왔던 백 군이 인사도 없이 사라진 것이었다. 노인은 괘씸한 생각까지 들었다.

허리를 펴고 기지개를 켜는데 옆집 할머니가 담 가까이에서 이쪽을 바라보고 있었다. 그 모습이 이 세상 사람이 아닌 듯 낯설어서 조금 섬뜩한 기분이 들었다. 안개가 자욱하게 깔려 있어 그 모습이 더욱 신비롭게 느껴졌다. 그녀는 할 말이 있는 것처럼 노인을 바라보았다. 노인이 다가가 시답잖은 말들을 건넸다. 할머니는 가끔 고개만 끄덕일 뿐 별말이 없었다.

그런데, 지난밤에 희한한 일이 있었어요.

그는 담을 사이에 두고 옆집 할머니와 얘기를 나누며 황량하기 그지없는 옆집의 정원을 힐끔거렸다.

예전에 알고 지내던 한 청년이 날 찾아와서, 아들 방을 내주었는데, 아침에 보니 감쪽같이 사라진 거요. 나가는 소리를 못들었을 리 없는데.

그녀가 가만히 고개를 끄덕였다.

평소에 자주 보는 분이세요?

그녀가 평온한 눈으로 노인을 쳐다보았다.

그가 찾아온 통에 어제 읽어야 했던 책을 모두 읽지 못해서 마음이 편치 않은데, 인사도 없이…… 요즘 젊은것들이란……

돌아가라 하시지 그러셨어요. 낯선 사람에게 문을 열어주면 안 됩니다.

근데 신기한 게 하나 있어요. 곰곰 생각해보니, 그 친구 예전과 똑같아. 하나도 늙지 않은 겁니다.

저는 곧 떠나기로 했어요.

할머니가 무표정하게 말했다.

네? 떠나다니요?

노인의 눈이 반짝였다. 그가 담 위로 손을 짚으며 한 발 다가섰다.

어디로 이사를 가는 거요?

그런 건 아니고. 어제 빨간 장갑의 아가씨가 저희 집에도 들렀는데, 좋은 곳을 소개한대요.

아, 도시락을 배달하는 여자 말이요?

교회를 다니지만 무당 같은 여자예요. 그 여자는 기도할 때만 우릴 만날 수 있대요.

무당?

할머니가 다가와서 담 위에 걸쳐진 노인의 차가운 손을 잡으며 말했다. 노인은 조금 쑥스러워져서 손을 뺐다.

이 집에 혼자 너무 오래 있었나 봐요. 외로우니 자꾸 원망이 생기네요. 그런 게 아이들에게 좋지 않답니다.

할머니의 얼굴에는 표정이 없었다. 그런 그녀가 조금 섬뜩하게 느껴져서 노인은 그녀가 하는 말을 잘 이해하지 못했다. 할머니가 옷매무새를 만지더니 허리 숙여 인사를 했다.

할아버지, 안에 계세요?

빨간 장갑의 그녀였다.

아들놈이 보낸 사람인데……

노인이 고개를 돌려 말을 하려다 멈췄다. 할머니는 그새 집 안으로 사라지고 없었다.

그만 오라고 한 것 같은데.

노인이 퉁명스럽게 말을 뱉었다. 조금 전 할머니와 나눈 이야기의 탓도 있었다. 시간이 지날수록 그녀에게 느끼는 감정은 썩 유쾌하지 못했다.

할아버지가 외로울까 봐서 가족들이 걱정을 많이 해요. 물론 제가 잘 계시다고 말씀은 드렸지만.

여자가 조심스럽게 말을 이었다. 노인은 천천히 대문 쪽으로 걸어갔다.

제가 좋은 곳으로 안내해드릴게요. 문 좀 열어주세요. …… 할아버지에게 좋은 일이고 가족에게도 좋을 일이니. …… 저를 믿으시고……

어디선가 힘겹게 언덕을 오르는 버스 소리가 들려왔다. 며칠 전부터 들리기 시작한 버스 엔진 소리가 자꾸 신경에 거슬렸다. 노인은 여자가 하는 말을 잘 이해할 수 없었고, 더 이상 알고 싶지 않았다. 버스 엔진 소리는 멀리서 시작해서 점점 가까워졌다. 산비둘기 한 쌍이 정원에 내려앉았다. 노인은 무심히 아름다운 잿빛의 새들을 바라보았다.

나는 아직 읽어야 할 책이 너무 많아요. 그걸 놓고 어디로도 갈 수 없소. 그만 돌아가요.

버스 소리가 점점 가까워지더니 골목에 멈춰 섰다. 고요했던 골목에 굉음이 가득 찼다. 버스가 시동을 끄더니 '빠앙' 하고 길게 경적을 울렸다. 골목으로는 버스가 다니지 않았는데, 웬일인가 싶어 노인이 놀란 눈으로 담 너머를 흘끔거렸다.

빈집에서 혼자 외로우시잖아요.

조용해지자 대문 밖의 여자가 다시 말을 걸었다.

난 외롭지도 않고, 빈집도 아니오. 내 집은 읽어야 할 엄청난 책으로 가득 차 있어요.

그래서 더 외로운 거잖아요.

……

노인은 멍하니 황량하고 을씨년스러운 정원을 바라보다 발길을 돌렸다.


집을 나서던 할머니가 노인과 눈이 마주치자 멀리서 인사를 건넸다. 노인도 얼떨결에 살짝 고개를 숙였다. 노인은 현관 계단에 서서 그녀가 버스에 오르는 것을 멍하니 쳐다보았다. 이웃집 할머니가 덤덤히 마을버스에 오르고 있었다. 이내 시동을 걸고 천천히 출발한 버스는 굉음을 내며 언덕을 오르기 시작했다.

버스가 떠난 뒤, 녹슬고 삭은 오래된 대문과 담벼락 그늘에 잿빛으로 변한 눈, 담을 가득 메우고 있는 담쟁이덩굴을 그는 아주 오래도록 바라보았다. 빨간 장갑의 그녀는 내일도 찾아오겠지만, 그는 이제 대꾸하지 않을 생각이었다. 아니, 이젠 정원에 나오지 않을 생각이었다. 한참을 옆집 할머니가 사라진 쪽을 쳐다보며 침침한 눈을 끔벅였다.

집 안은 아침이 되었는데도 어두컴컴했다. 흐린 날씨 탓으로, 집을 감싸고 있는 자욱한 안개 탓으로, 또 지붕을 타고 올라가며 창을 뒤덮은 담쟁이덩굴 때문에 집 안 가득 어둠의 빛이 무겁게 침잠되어 있었다. 서재로 가려던 그가 아들이 쓰던 방에서 불빛이 새어 나오는 것을 보고 멈춰 섰다. 열려 있는 문을 가만히 밀었다. 곰팡이 가득 핀 방 안에 백 군이 앉아 있었다.

간 거 아니었나? ……그 방에서 뭘 하고 있는 건가?

백 군은 앉은뱅이책상에 앉아 뭔가를 열심히 쓰고 있었다. 슬쩍 노인을 쳐다보더니 하던 일을 계속했다. 젖은 머리에서 물이 뚝, 뚝 원고지 위로 떨어졌다. 백의 표정은 고통스러운 듯 일그러져 있었다. 그는 만년필을 쥐고 있는 손을 쉬지 않고 부렸는데, 줄이 바뀔 때마다 썼던 줄의 글씨가 하얗게 사라져버렸다. 그의 원고지는 빈 공간으로 남았다.

언젠가는 글자가 날아가지 않고 글로 새겨지는 날도 있겠지요?

백이 원고지에 시선을 박은 채 코를 훌쩍였다.

찬찬히 하게나. 언제 끝날지 모르는 일인데.

노인은 가만히 방문을 닫고서 서재로 향했다. 그는 서재 방

문을 걸어 잠그고 차곡차곡 책을 쌓아 입구를 막아버렸다. 문을 없애고 나니 사방이 빈틈없이 완벽하게 책으로 채워졌다. 한 줄기 빛이 들어올 틈도 없는 암흑의 책방이 완성되었다. 책상의 낡은 스탠드 불빛이 수천 권의 책 모두를 은은히 비추었다.

어둠 속 수천 권의 책이 느릿느릿 움직이는 노인을 바라보았다. 낡은 스탠드의 백열전구 불빛 아래, 주인공이 되길 기다리는 부활의 시간. 그는 위태로운 책 기둥을 지나, 책으로 된 성벽을 지나 책상 앞에 앉았다. 노인은 느긋하게 지난밤 다 읽지 못한 책을 읽기 시작했다. 이제 그는, 책으로 만든 방에서 영원히 나가지 않을 생각이었다.

힌트는 도련님

# 1

아침 먹었어?

엄마는 매일 일정한 시간에 내게 전화를 한다. 대개는 컴퓨터 앞에서 꼬박 날을 새우고 침대에 누운 직후다. 뭐라도 쓴 게 있는 날이면 엄마의 말을 받아줄 만했지만 아무것도 못 쓰고 멍하니 동트는 걸 바라보며 밤을 새운 후라면 말이 다르다. 내 말과 몸은 송곳과 다름없어서 누가 툭 건드리기만 해도 바늘 같은 말들과 몸짓만 쏟아낸다.

아, 왜 또?

나는 이불을 걷어차며 마치 엄마가 바로 옆에 있는 것처럼 신경질을 부린다.

마감일이 일주일이나 지났지만 나는 아무것도 쓴 게 없다. 지난 호, 지지난 호에도 펑크를 냈던 잡지여서 이젠 더 물러설 곳이 없다. 이런저런 핑계거리도 댈 게 없다. 마무리를 지어야 할 시간이 지났지만, 나는 아직도 이불 속에서 웅크리고 누워 이걸 써볼까, 저걸 써볼까 내내 궁리만 한다.

아들, 밥 먹었냐고. 벌써 열두 시잖여…… 근디 그 여자한티 전화했어?

아, 진짜…… 아침부터 왜 그래, 정말.

단편 작업을 시작한 한 달 전부터 소설을 완성하지 못할 거란 걸 나는 알고 있었다. 아니, 이번뿐만이 아니라 이제 소설을 쓰기 힘들 거란 걸 그전부터 명백히 짐작하고 있었다. 뭔가를 써 본 것이 반년 전이었고, 그것을 쓰기 전, 무엇을 써본 것이 또 반년 전이었다. 사람들이 하나 둘 물었다. '왜 요즘에는 소설 안 써요?' 나는 멋쩍어하며 '장편 작업 중이에요' 대답하곤 했지만 거짓말이었다. 장편소설에 대해서라면 구상을 해본 적도 없었다.

애초에 이번 소설만큼은 나만을 위해 쓰기로 마음먹었다. 주인공도, 주변 인물도 내 안에서 파생된 인물만 그리기로 마음먹었다.

원래 내가 쓰고 싶었던 것은 지난한 예술가가 겪는 고통의 시간에 관한 것이었다. 진정한 메타포로 남은 마지막 한 사람을 그리고 싶었다. 그게 나이길 바라며, 폼도 좀 잡으면서 멋있게 남고 싶었다.

꼭 이게 마지막 소설이라고 다짐했기 때문만은 아니다. 솔직히 말하면 소설 안에 나도 좀 끼어들고 싶었다. 왜냐하면 이게 마지막 기회 같아 보였으니까.

승질만 내지 말고, 엄마 체면도 생각해줘야지. 정 권사님한테 사정해서 어렵게 마련한 자린데 니가 그렇게 파토를 내면 어떡혀. 전화라도 해서 그 여자한티 설명을 해줘야 할 거 아녀. 그쪽도 기다리고 있을 텐디. 말해놓은 지 벌써 2주가 넘었는데.

정 권사고 남 권사고, 누가 그러니까 엄마 맘대로 약속 잡으래?

……볼 줄 아는 나는 침묵하고, 보지 못하는 나는 말만 한다. 그게 나다. 각자의 나가 단 한 번만이라도 온전히 눈, 코, 입이 모두 달려 있는 나였으면.

지난밤 써놓았던 마지막 문장은 그렇게 끝을 맺고 있었다. 어제까지 쓴 것은 원고지로 채 열 장이 안 되는 분량이었고, 시간은 일주일이 걸렸다. 이따위 것을 쓰는 데 일주일이나 걸렸다니, 점점 늘어가는 이 자괴감이 내가 이제 글쓰기를 그만두려는 가장 큰 이유이다.


2


내가 아무 반응이 없자 점점 수화기 너머 엄마의 언성이 높아진다. 나는 모니터를 보며 천천히 한 자, 한 자, 지난밤 썼던 원고를 지워나간다. 언제나 그렇지만 뭔가를 쓰고 나서는 한심해서 스스로를 참을 수가 없다. 마지막 문장을 지우면서는 스스로 좀 멋쩍었다. 나는 언제나 속마음과 반대로만 쓴다.

이제 나이 많다고 나서는 사람도 없어. 니가 직업이 뚜렷한 것도 아니고 집 살림이 넉넉한 것도 아니고, 여자가 신앙이 좋다. 귀한 자리니까 한번 봐.

교회 다니는 여자 싫다니까. ……아, 시간 없어. 일 못 해서 죽겠구만. 어젯밤도 한숨도 못 잤단 말야. 정말 신경질 나게 왜 그래, 진짜. 엄마 또……

교회 다니는 여자가 왜 싫어? 그런 말하면 죄 받어.

뚝.

말이 채 끝나지도 않았는데, 한마디밖에 안 했고, 신경질을 다 부리지도 못했는데 엄마는 전화를 끊어버린다.

무의식은 잠결에도 본질의 나를 찾으려고 애쓴다. 눈부시게 하얀 빛 속에서 검은 점들이 무수히 떠다닌다. 저 멀리 검은 점 하나가 나로 변하기 시작한다. 나를 보고 있는 것도 나이고, 나에게 다가오며 점점 비대해지는 그도 나이다. 무릎까지 내려오는 검은 코트를 입은 나가 깃을 세우더니 뚜벅뚜벅 나를 향해 다가온다. 흩어져 있던 검은 점들이 다가오는 나의 등 뒤로 자취를 감춘다. 눈이 마주치자 당황해서 나는 고개를 돌린다. 아뿔싸, 입이 없다. 말하기 좋아하는 내가 입이 없다니.

나는 놀라서 눈을 번쩍 뜨며 잠에서 깬다. 깨보니 책상 밑이다. 침대까지 가지 못하고 의자에서만 내려와 잠이 들었던 모양이다. 지금, 밤인가, 생각하며 시계를 찾는다. 한기가 몸에 스며들어 일단 침대로 기어들어간다.

소설이 작가 자신을 위한 것이라면 충만감이 들어야 할 텐데, 시간이 지나면 지날수록 한없이 나락으로 떨어지는 기분이 든다. 역시 작가라는 건 소설 안에 개입하면 낭패를 볼 수밖에 없는가 보다.


# 3


주방장이 날렵하게 회칼을 던졌다. 보기에도 섬뜩한 회칼이 찬모 아줌마 옆을 지나 세워둔 도마에 무섭게 꽂혔다. 더엉. 칼이 꽂히며 경쾌한 소리가 났다. 도마는 습기를 제거하기 위해 세워두는데, 그는 화날 때면 으레 그곳에 화풀이를 하곤 했다. 도마에 꽂힌 회칼이 부르르 떨었다. 그녀가 자신을 비껴 도마에 꽂힌 칼을 보더니 움찔 놀라 뒷걸음질 쳤다. 에이, 주방장님 아침부터 왜 그러세요. 나는 슬그머니 둘 사이로 끼어들었다. 찬모 아줌마도 말 좀 곱게 하세요. 안 그러는데 꼭 한 번씩 그러셔. 한 번만 참으면 되는데.

슬쩍 겁이 났지만 나는 너스레를 떨며 둘 사이를 가로막고 섰다. 하여튼 바람피우는 것들은 저걸로 잘근잘근 도려내야 혀.

주방장이 천장만큼 높이 솟은 위생 모자를 벗어던지며 그녀를 쏘아보았다. 그녀도 지지 않고 도수 높은 안경을 가운뎃손가락으로 밀어 올리며 그의 눈을 피하지 않았다.

지금 나한테 던진 거야, 저 칼? 그녀는 안경알이 넓은 구식 안경을 쓰고 있었다. 안경의 밑 테가 두툼하게 나온 볼에 닿아 안경이 얼굴에 붕 떠 있었다. 굳이 뜯어보지 않아도 그녀는 보기 드문 박색이었다. 얼굴에 평생 살아왔던 고생이 가득 담겨 있었다. 마흔을 겨우 넘겼지만 겉모습만 보면 쉰이 훨씬 넘어 보였다.

시간이 지날수록 베란다로 나가 담배를 피우는 일이 잦아진다. 원고 마감 시간이 지난 후부터는 안절부절못하고 방 안을 뱅글뱅글 돌거나 뭔가 할 일을 찾아 부엌을 서성거린다.

일부러 일을 만들어 샌드위치나 김밥 같은 것을 만들다 보면 소설 속 완성되지 않은 이야기와 과거의 기억들이 혼동되어 살아나곤 한다. 소설을 쓰려면 기억을 잠재우고 냉정해져야만 한다. 그러나 컴퓨터 앞에만 앉으면 모니터에서 유령처럼 스멀스멀 왜곡된 기억들이 기어나와 내 몸을 타고 오른다. 나는 그것들을 어떻게 조합해야 하는지 완전히 잊어버렸다. 과거의 혼동된 기억과 완성되지 못한 이야기들은 산산이 흩어지고 결국, 현재만 남게 된다. 멍하니 앉아 있는 현실, 지금의 나 말이다. 소설에서 가장 필요 없는 그것만 남게 된다.

# 4

책상에 엎드려 잠깐 잠이 들었다 깨보니 밤인지 새벽인지 분간이 가지 않는다. 시계를 찾아 두리번거리다 아침에 싸두었던 김밥을 본다.

나는 지난밤, 밤을 꼴딱 새우며 새로운 소설에 도전했다. 모든 것을 지우고 초심으로 돌아가자 결심한 후 과감히 붙잡고 있던 소설을 지워버렸다. 아무것도 쓸 수 없는 이유는 모든 것의 처음을 잊었기 때문이라고 생각했다. 어차피 마지막이니 처음처럼 끝내보자 결심했다. 가제는 두번째, 광어였다. 나는 눈을 비비며 프린트해놓은 원고를 본다. 제목에 빨간 사인펜으로 주욱 굵은 선을 긋는다. 다시 한 번 더 굵게 빨간 줄을 긋는다.

나는 잠에서 덜 깬 채로 지난밤 썼던 원고를 읽어내려간다. 인물들에게 신중할 것! 연민을 느끼지 말 것! 이 마지막 문장을 왜 써놓았는지 도통 연유를 모르겠다. 중얼거리며 원고를 다시 읽어보지만 어떤 인물에 대해 무얼 쓰려 했는지 도무지 기억이 나질 않는다.

때로 거울 안의 내 눈은 종종 사라져버린다. 눈이 없는 나는 거짓말하기 좋아한다. 보지 않은 것을 본 것처럼 얘기한다. 보지 못하는 것은 오직 거울 안의 나이고, 거울 밖의 나는 여전히 모든 것을 보고 있다고 생각한다. 때때로 거울 안의 나는 입도 사라지고 귀도 사라진다. 나는 스스로를 모른 척하는 데 익숙하다.

주방장이 그렇게 화를 낸 이유는 어제 그녀가 그에게 말도 없이 일찍 가버렸기 때문이다. 물론 카운터를 보고 있는 내게는 허락을 맡은 뒤였다. 찬모 아줌마가 하는 일 대부분은 나도 할 수 있는 일이라 순순히 사정을 봐주곤 하는 게 언제나 낭패였다. 주방에서 일하는 게 좋아서 나는 그녀의 조퇴를 은근히 반기곤 했다. 탕을 끓이는 일이 카운터에 멍하니 앉아 손님이 나가길 기다리는 것보다 훨씬 의미 있는 일이었다. 주방장은 주방을 향해 큰 소리로 주문받은 것을 외치는데 그것을 받는 것이 썩 기분 좋았다. 뭔가 그럴듯한 일을 하는 기분이었다. 내가 못하는 음식이 없어진 뒤부터는 계속 주방에만 있고 싶었다. 비법을 찬모 아줌마에게서 전수받았는데, 음식의 생명은 조미료에 있다는 것이었다. 무조건 1인분에 한 숟가락. 아낌없이 넣어주면 맛이 살아났다. 어정쩡하게 넣으면 조미료 맛이 남으니까 과감하고 풍족히 넣어야 했다. 조미료를 듬뿍 넣으면 음식의 모든 맛이 평등해졌다.

그나저나 산더미처럼 쌓인 김밥을 보니 한숨이 나온다. 나는 김밥 한 줄을 들고 베어 문다. 김밥 속에는 단무지만 들어 있다. 다른 것을 고르자 이번엔 참치와 김치 두 가지가 들어 있다. 역시 한 입만 먹는다. 나는 김밥 한 줄을 한 입씩만 먹고선 버릴 작정이다. 접시에 아무렇게나 던져진 먹다 만 김밥들이 전쟁에서 팔다리를 잃은 군인처럼 보인다. 신기한 일이다. 김밥과 군인이라니. 기어이 그때가 도래한 것인가 보다. 정말 미칠 것 같고, 미친 게 아닌가 생각되고, 자꾸 눈앞으로 이상한 게 휙휙 지나다니고, 간혹 환청도 들리는 그때. 소설이 결국 날 죽이는 그 순간 말이다.

그녀에게는 남편 말고 13년 동안이나 사귄 애인이 있었다. 결혼한 지도 13년 되었다고 했으니 결혼하자마자 만난 애인이거나 결혼 전에 만난 애인이었다. 그녀의 남편은 트럭 운전사여서 자주 집을 비우는 모양이었다. 남편이 일이 없어 집에 있을 때와 일을 나갔을 때의 그녀 표정은 너무 달랐다. 남편이 트럭을 몰고 지방에 출장을 간 날, 애인을 만나는 날엔 박색인 그녀의 얼굴에도 화사하게 꽃이 피었다. 틈만 나면 오래된 애인 자랑을 늘어놓았지만 남편 얘기가 나오면 욕부터 하는 그녀였다. 주방장은 그걸 참지 못했다.

싸움은 내가 그녀를 억지로 주방으로 밀어 넣고서야 대충 마무리됐다. 주방장은 홀에서 담배를 피우기 시작했다. 주방장님 여기서 담배 피우면 어떡해요. 손님이라도 들어오면 어쩌려구…… 나는 눈치를 보며 슬쩍 주방장을 나무란다. 이거만 피우고…… 근데, 아침부터 어떤 미친놈이 회 처먹으러 온다고 그려. 듣는 듯하더니 주방장이 버럭 내게 소리를 질렀다. 전에 없이 화를 내서 나는 은근히 주눅이 들었다.

사장이 없을 때는 내가 대리 사장이었다. 일식집 돌아가는 돈을 모두 관리하기 때문에 모두 나를 꼬마 사장 취급했다. 종업원 월급도 내가 주었고, 물고기를 들여오고 값을 치르며 흥정하는 것도 내 몫이었다. 사장도 가끔 들러 내게서 돈을 타갔다. 그는 일식집이 어떻게 돌아가는지 아무 관심이 없었다. 이틀 혹은 사흘에 한 번씩 들러 쓱 장부를 보고 그간 쌓인 매출액을 가져가는 게 전부였다. '가게에 있는 돈 모두 가지고 와.' 사장은 간혹 밖으로 나를 불러냈다. 바쁘게 달려가 보면 룸살롱, 혹은 단란주점, 도박하는 하우스, 셋 중 하나였다. 자기 부인이 하는 주점도 있는데 사장은 꼭 다른 곳에서 술을 마셨다. 순천 출신인 사장은 어렸을 적엔 그레코로만형 레슬링 선수였다고 했다. 그런 그가 아무 연고도 없는 강원도까지 와서 살게 된 데는 그만한 연유가 있겠지 하고 짐작했다.

5

웬일이야?

수화기 너머 그녀는 언제나 그렇듯 시큰둥하니 말한다.

그냥, 궁금해서 전화했지. 밥은 먹었어?

뭐야? 바빠, 나.

나는 한 손으로 전화를 쥐고 다른 손으론 먹다 만 김밥으로 사람을 만든다. 잇자국으로 한쪽 끝이 너덜너덜해진 김밥, 정말

총상으로 팔다리가 잘려나간 군인 같아 보인다. 이만하면 사이코패스 다 됐다는 생각이 든다. 사이코패스, 그런 연쇄살인 얘기나 써볼까. 그런데 마감일이 일주일이나 지났는데도 편집자의 전화가 없는 게 불안하기만 하다.

어떻게 지냈어?

뭐, 똑같지 매일.

학원은 안 힘들어? 한번 봐야지 하면서 시간이 안 나네.

그녀가 다른 일을 하는지 대답이 없다.

기연아. 들어?

어, 왜?

못 들었어? 학원은 안 힘드냐구.

학원이야 똑같지. 잘 알면서 그래.

힘들면 다시 시 써보면 어때? 너 학교 다닐 때 글도 잘 썼는데 아깝잖아.

뭐야, 실없는 소리는.

나도 딱 자살이라도 하고 싶다. 소설 쓰느라고 죽겠다, 아주. 마감 시간도 넘겼는데 어떡해야 하는지 도통……

그럼, 쓰지 마. 앓는 소리 하지 말고. 누가 요즘 소설 읽고 쓴다고 청승 떨고 앉았냐.

그녀가 일말의 동정 없이 냉정하게 말한다. 나는 접시에 놓인 김밥을 맥없이 손으로 주물럭거린다. 왼쪽 팔 격인 김밥 속에는 김치가 들어 있었는데 그게 꼭 피 같아 보인다.

나 회의 들어가야 돼. 용건 없으면 다음에 하자.

그래…… 용건은 뭐. 근데, 이번 주말에 시간 돼? 오빠가 맛있는 거 살게. 원고료 들어오거든. 그럼 보러 가자구. 루벤스가 왔대, 서울에.

그녀가 잠시 침묵한다.

이탈리아랑 파리 갔을 때 봤어. 루벤스 안 본 사람이랑 가. ……글고 한 푼이라도 들어오면 좀 아껴. 홀랑 써버리고 굶지 말고. 선배 나이가 몇인데……

그녀가 마지막 말은 하지 않는다. 핑계 삼은 루벤스를 그녀가 이미 봤다니 할 말이 없어진다.

그려, 그럼……

뚝.

내 말은 아직 끝나지 않았는데 그녀는 마지막 인사도 없이 전화를 끊어버린다. 왜 나와 통화하는 사람은 모두 전화를 나보다 먼저 끊는 것인지 부지불식 버럭 화가 난다.

매번 똑같은 반응인데 왜 난 틈만 나면 그녀에게 실없는 전화를 거는지 후회된다. 복학 이후 벌써 10년째다. 내 맘과는 달리 그녀는 일관되게 전혀 관심이 없다. 그런 걸 알면서도 그녀에게 일말의 희망이 있어 전화를 하는 것은 아니다. 단지 그녀가 아직도 결혼을 하지 않았다는 게 나를 설레게 한다. 입장을 바꿔 내가 그녀라면 지겨워서 상대도 안 할 텐데, 그래도 전화라도 받아주는 그녀가 고마워서 순간 났던 화도, 잠깐 들었던 후회도 밀어낸다.

주방장님, 지금 뭐하시는 거예요? 주방장이 기어이 참지 못하고 아침부터 술을 마시기 시작했다. 그가 성깔을 부릴 때 주로 하는 짓이었다. 소주 두 병을 맥주 컵 세 개에 가득 따른 다음 숨도 쉬지 않고 들이켰다. 나는 속으로 빙긋이 웃으며 반겼다. 이런 날은 내가 주방장 역할도 해야 하기 때문이다. 대부분은 월급을 올려달라고 떼를 쓸 때 그러는데, 오늘은 그녀 때문에 속이 많이 상한 것 같았다. 그러거나 말거나 주방장 모자를 쓰고 칼을 쓰는 건 썩 괜찮은 일이었다.

주방장님, 주방장 위생 모자는 왜 이렇게 높아요? 나는 높이 솟은 모자를 쓰고 싶어서 만지작거리며 말했다. 그야, 딱 붙으면 더우니께 그렇지, 그러면 땀도 많아지니께. 인마, 넌 대학 다닌다면서 왜 그렇게 멍청햐? 두툼한 광어 살점을 손으로 집어서 입으로 가져가는 동안 이미 그의 혀는 반쯤 길게 쑤욱 마중 나왔다. 혀로 살점을 받아먹는 것과 입안에 넣어 회를 씹는 것의 차이가 크다는 것을 그를 보고서야 알았다.

6

형식의 시도는 항상 사실적인 서사 앞에 굴복했으며, 나는 그것이 가장 고통스럽다. 결국 내 소설의 맨 처음 시도와 의도는 이미 내게서 빠져나가 사라져버린 것인데도, 나는 안타깝게 그것들을 되살리려 애쓰고 있다. 그것은 일종의 콤플렉스나 다름없다. 비유가 적절할지 모르겠지만 흔히 영화판에서 상업주의 감독들과 작가주의 감독들의 양면적인 콤플렉스 같은 것 말이다. 그나마 다행인 것은 내게 있어 소설은 돈이나 예술성에 관한 콤플렉스가 아니라는 것이다. 여전히 모더니스트인가 리얼리스트인가 하는 것. 구닥다리 같지만 왜 그것에서 자유롭지 않은 것인지, 쓰는 동안에도 왜 자꾸 상대적인 갈구만 남는 것인지 도통 모를 일이다. 이런 관념 때문에 일상의 복원은 소설 작업이 끝나고서도 한참 후에나 이루어진다. 결국 언제나 관념과 현실은 점점 멀어지기만 하는 것이다.

너 전화 아직도 안 했냐? 진짜 어쩌려고 그려.

언제나 같은 시간, 엄마에게서 전화가 걸려온다. 나는 딱히 할 말이 없어서 아무 대꾸도 하지 않는다. 기분이 괜찮은 날에는 반찬이나 찌개 끓이는 것에 대해서, 엄마가 제일 자랑하며 조리 있게 말할 수 있는 부분에 대해서 물어보지만 소설 쓰는 동안에는 전혀 흥미가 없다.

너 이제 마흔이여.

엄마의 목소리에 애절함이 묻어 있어서 신경질이 나려는 걸 꾹 참는다.

……뭔 마흔이야. 이제 서른여섯이구만.

2초도 참지 못하고 버럭 화를 낸다. 오전에 여러 번 전화를 했었지만 일부러, 또 자느라고 전화를 받지 못했다. 이제는 좀 처럼 마음이나 감정의 일정함을 유지하기 힘들다. 순간적인 감정의 기복은 스스로도 받아들이기 힘들다. 툭 뱉어놓고선 엄마에게만 너무한다 싶어 마음이 좀 누그러진다.

소설 쓸 때만이라도 그냥 좀 놔두면 안 돼?

마음과는 달리 입에서는 또 볼멘소리가 불쑥 튀어나온다.

만날 쓰는 그런 놈의 것, 뭐 새삼스럽게 그르냐.

엄마의 말을 듣고 나는 오래 침묵한다. 엄마는 진리를 너무 쉽게 말하는 경향이 있어서 나는 말문이 막히곤 한다.

나는 행복한 작가를 본 적이 없다. 소설은 충족이나 낭만에서 비롯되는 것이 아닌 결핍이나 불합리에서 출발하기 때문이다. 이런 부조리에 대한 욕망을 다루는 것은 인간으로서 불행한 일이다. 부조리함의 해결에 대해, 즉 욕망하는 것에 대해 아는 것이야말로 가장 불행한 일이기 때문이다. 욕심과 욕망을 헷갈리기도 하는데 욕심은 훨씬 낮은 단계의 것이다. 이미 상대적인 것이 고려되는 욕심 따위는 불만이나 질투의 하나일 따름이므로 소설 안에 그리기에는 그 대상이 너무 작다.

욕망을 아는 것은 현실과의 괴리감을 낳으며, 과거의 그 많았던 부조리를 바로잡으려 애를 쓰는 원인이 되기도 한다. 뭐가 잘못된 것일까, 원인을 찾아 깊숙이 자취를 감춘 내면을 스스로 끊임없이 들볶는다. 이런 마음만 본다면 나는 온전한 리얼리스트가 맞을지도 모를 일이다. 고민이 끝났으니 고지를 점령하고 큰 깃발 하나만 꽂으면 될 일이지만, 의심 많은 나는 또 주위를 두리번거린다. 나는 큰 것들만 작품 안에 담고 싶은데, 내 소설 그릇은 언제나 보잘것없이 작기만 하다.

나 바빠, 정말. 시간 없다니까.

나는 엄마에게 가만가만 천천히 얘기한다. 엄마의 말대로 매일 써야만 하는 그런 놈의 것에 유독 왜 나는 유별나게 구는 것인지 고민해본다. 맞는 말만 하는 엄마에게 왜 이유 없이 신경질이 나는 걸까 곰곰 생각해본다.

뭐가 바빠. 허구한 날 집에만 있드만. 어렵게 부탁했으니까 이번 한 번만 봐. 여자가 괜찮댜.

거짓말하지 마. 엄마가 직접 보지도 않고선? 엄마가 해준 여자들 다 폭탄이었어. 모두 나처럼 등 떠밀려 나온 애들이라니까. 심지어 반반한 여자들은 애인이 있으면서도……

너 말하는 게 왜 그렇게 속이 없냐.

점점 언성이 높아지려는 것을 꾹 참는다. 엄마와 나는 언제나 싸우듯 말한다. 실제론 안 싸울 때가 더 많은데 말이다.

아니 그 정도가 아니라니깐. 선보러 나오는 이유가 다 있어요. 엄마는 알지도 못하면서 그래.

너무 이뻐도 못써. 그런데 이번엔 진짜라니까 그러네. 그 뭐냐 직업이 거문고 하면서 방송국 PD래.

나는 피식 웃음이 나온다.

그게 뭐야. 거문고야, PD야?

엄마는 내 마음이 좀 누그러진 걸 알고 신이 나서 전화번호를 또박또박 불러준다.

엄마, 혹시 나 교수라고 뻥친 거 아냐?

아녀. 그런 거짓말했으면 천벌을 받어, 내가.

예전에 선을 보러 나갔더니 내가 교수인 줄 알고 나온 여자가 있었다. 내 나이도 두 살이나 어려져 있었다. 때로 중매쟁이에 의해 내 직업은 교수나 회사원으로 둔갑되어 있었다. 엄마가 보기에도 중매쟁이가 보기에도 전업 작가보다야 그편이 낫다는 말이었다. 나는 자존심이 상해서 엄마에게 불같이 화를 냈다. 내 직업은 시간강사도 회사원도 아닌 소설가라고 화를 냈지만 엄마에게서 돌아온 답은 '누가 뭐랴'였다.

엄마는 내가 번호를 혹시라도 잘못 알아들을까 봐 몇 번을 반복하며 불러준다. 나는 전화번호를 포스트잇에 적어서 화이트보드 한쪽 구석에 붙여놓는다. 내 결혼을 포기하지 않는 엄마가 때론 대견하게 느껴질 때도 있다. 내가 아는 한 엄마는 무엇에 욕심 부려본 적이 없는 사람인데도 말이다. 내 결혼에 집착하는 엄마가 낯설고 간혹 그게 자랑스럽다. 그래서 살짝 미안한 마음이 들기도 한다.

주방장은 아침부터 엉망으로 취해 비틀거렸다. 일본 말로 다찌, 주방에 딸린 바bar에 붙어 있던 메뉴판을 떼어내고 그는 몇 장의 사진을 걸었다. 군부독재의 마지막 상징이었던 대통령과 함께 찍은 사진들이었다. 대통령 말고 몇몇 눈에 익은 정치인의 모습도 있었다. 하여튼 임기가 끝난 후 모두 감옥에 간 사람들이었다. 내가 언젠가 농담처럼 그 말을 한 적이 있었는데, 주방장은 자신이 모욕받은 것처럼 불같이 화를 냈다. 그들의 치적과 행적에 대해 정당함을 피력했다. 그래도 동조하는 낯이 아니면 노골적으로 빨갱이 운운하며 적개심을 드러냈다.

벽에 걸린 사진은 주방장의 가장 큰 자랑거리였다. 청와대에서 조리 보조로 있었던 젊은 날이 그에게는 가장 화려한 추억이었다. 사진 속 화려한 추억을 발판 삼아 한때 그는 고향 군산에서 제법 큰 횟집을 운영하기도 했었다고 했다.

나는 비틀거리는 주방장을 부축해서 일단 방에 뉘었다. 주방장은 엉엉 서럽게 울기 시작했다. 한두 번 있었던 일이 아니어서 나는 대수롭지 않게 생각하며 문을 닫았다. 곧 점심 준비를 해야 하는데 걱정이 이만저만이 아니었다. 일단 주방장 유니폼으로 갈아입고, 모자를 쓰고 다찌에 섰다.

저러니까 마누라가 도망가지. 어느새 왔는지 내 뒤로 찬모 아줌마가 바짝 붙어서 비아냥거렸다. 열 시도 안 돼서 저렇게 술에 찌든 남자랑 누가 살아. 앞뒤로 꽉 막혀가지고서는. 재미라곤 눈곱만큼도 없고. 그래도 성실하잖아요. 나는 사람도 없는데 뒷말하는 그녀가 얄미워서 살짝 주방장 편을 들었다.

넌 결혼 안 해봐서 몰라. 그냥 연애하는 것하고 차원이 달라. 지옥이야, 생지옥. 그게 꼭 남편들 탓만은 아니잖아요. 나는 조심스럽게 양배추를 채 썰며 말했다. 주방장의 칼은 너무도 날렵해서 잠깐만 방심해도 손이 나갈 수 있으니 조심해야만 했다. 잘못하다간 손가락이 나갈 수도 있을 만큼 그의 칼은 예리했다. 하여튼 우리 남편하고 똑같어, 하는 짓이. 아우 정떨어져. 옷 갈아입고 얼른 장이나 봐 와.

그녀가 내민 쪽지에는 하루에 필요한 재료들이 적혀 있었다. 나는 옷을 갈아입을까 하다가 그냥 위생복을 입은 채로 가게를 나섰다. 정말 일식집 주방장이라도 된 것 같았다. 쳐다보는 사람들의 시선이 싫지 않았다. 괜히 당당해져서 물건 값을 하나도 깎지 않았다. 시장 상인들이 전과는 다른 대접을 하는 것 같아 나는 약간 우쭐해졌다.

나는 결국 소설 쓰기를 포기해야만 한다. 아니, 소설이 나를 포기하려 한다. 결국 소설이 절대자로 군림하며 작가로서의 나를 죽일 그때가 온 것이다. 한때 내가 소설을 장악한다고 믿을 때가 있었다. 내가 뭔가를 쓰고 있을 때였다. 내가 만들어내고 숨을 넣은 인물들이 나를 언제까지고 지탱해줄 것이라고 착각한 적이 있었다. 정반대의 상황은 생각해본 적이 없었다. 그러나 얼마 되지 않은 시간이 지나고 한 편의 소설도 발표하지 못하면서 소설은 거꾸로 나를 온전히 지배했다. 소설이 작가인 나를 지배하고, 내가 만들어냈던 인물들이 나를 압박하기 시작한 뒤부터 내 존재는 점점 미약해져만 갔다. 어디서부터 잘못된 것인지 스스로 해결할 방법이 없었다.

나는 방 안을 뱅글뱅글 돈다. 왔다 갔다 안절부절못하고 전화기만 만지작거린다. 이제 편집자에게 이 낭패스러움을 전해야만 하는데, 그냥 무시하고, 외면해버리고, 숨고 싶은 마음뿐이다. 두 계절이나 내 소설을 기다려주었던 편집자에게 나는 또 어떤 핑계를 대야 할지 궁리한다. 내 사악함은 끝에서도 솔직하지 못하다. 막바지에 이른 지금, 어떻게든 주어진 기회를 미루어 다시 받고 싶고 이용하고 싶은 생각뿐이다. 이제는 현실의 내가 너무 비대해져서 아직도 관념 속에 둥둥 떠다니던 인물들이 끝내 서로 관계 맺지 못하고 점점 소멸되어간다. 나는 모든 걸 체념하고 전화를 건다.

나, 고봉산 백 도령일세.

나는 핑계거리를 찾지 못해 편집자에게 전화를 하지 못한다. 출판사로 전화를 걸었다가 상대방이 받기 전에 얼른 전화를 끊어버렸다. 대신 유일한 친구 조 대리에게 전화를 돌렸다.

내겐 소설을 쓰지 못한 완벽한 이유가 반드시 있어야만 했다. 필연적인 이유를 만들어내야만 했다. 현실에서의 나는 서사를 다룰 때와 마찬가지로 거짓말을 해서라도 플롯의 완성을 꿈꾼다. 그냥 안 써져서 쓸 수가 없었다고 말하면 될 것을 솔직하지 못하게 자꾸 그럴듯한 포장지로 감싸려고만 한다.

아이고, 도련님, 웬일이셔요?

친구 조 대리는 자다 깬 목소리다. 여행 가이드인 그는 살벌하게 폭등한 환율 때문에 일이 줄어 요즘은 대부분의 시간을 침대에서 보내는 중이다. 고봉산 백 도령은 내가 일산으로 이사를 한 후 그가 붙여준 별명이다. 전에는 북한산 백 도령, 그전에는 백련산 백 도령이었다. 산 밑으로만 이사를 다니는 내 취향을 비꼬아 그가 붙여준 별명이다.

조 대리, 나 좀 살려주시오, 나 죽기 일보 직전이오. 이 일을 어쩌면 좋소?

왜, 뭔 일인디 그려?

그가 여전히 졸린 음성으로 대답한다. 조 대리는 나의 엄살을 익히 알고 있다. 내 죽는소리나 호들갑에도 절대로 흥분하는 법이 없다.

소설 마감을 못하겠어. 뭐 쓸 만한 얘깃거리 없냐? 나 완전 똥줄이 탄다, 지금.

만날 하던 거, 그냥 하지 그려. 너 잘하는 거 있잖여.

뭐? 내가 잘하는 거 뭐?

나는 다급하게 그를 재촉한다. 잊고 있었던 뭔가가 있을지도 모른다는 생각이 든다.

몇 죽여, 그냥.

나는 그가 준 소재로 몇 편의 소설을 쓴 적이 있다. 파격적이면서 현실을 압도하는 소재를 그가 던져주곤 해서, 혹시나 하고 전화를 걸어보았다.

……사람 죽이는 게 쉽냐. 넌 모른다, 그게 얼마나 고통스러운지.

그럼, 살려. 그믄 되겠네. 죽일라다가 살려.

그의 농담에 나는 길게 한숨이 나온다.

언제까진데 그려? 영 할 거 없으면 내 얘기 써, 그믄.

이미 마감이 열흘이나 지났어.

다급한 내 마음을 알았는지 그가 선심을 쓴다. 실은 그에게 허락을 맡고 싶어서 무의식중에 전화를 건 것인지도 모른다. 그는 서른여섯이 되고 생애 처음 연애를 했다가 실패한 직후였다. 상대는 그보다 한 살 많은 이혼녀였는데 끝내 극복하지 못하고 많은 상처를 그가 안았다.

그건, 진짜 니 얘기잖아. 그럴 수야 없지.

후다닥 써볼까 하는 생각도 잠시 들었지만 진부한 스토리가 될 게 분명하다. 나는 그를 걱정하는 척, 양심이 있는 척하며 소재를 사양한다. 사악하게도 나는 나를 포장하는 기회를 절대로 놓치지 않는다.

……그런 사랑과 전쟁 말고, 옛날 「밤의 조건」같이 신선한 거 없냐?

나 1년 동안 사랑만 했잖여. 내가 뭐가 남았겠냐. 세상일 암 것도 모른다, 요즘은. ……못하겠으면 그냥 못하겠다고 말하고 빌어.

빌어?

빌어. 죽이기야 하겠냐. 빌고 나랑 술이나 마시게, 그냥.


# 8

내 안에는 과거의 기억과 선인들의 반복되는 선험적인 서사를 꿈꾸는 나와 사람 사이의 관계에서 좀더 인문학적 냉정함을 꿈꾸는 모더니스트인 나, 그리고 현실에서의 도련님인 나가 공존한다. 자아를 분리하여 선을 긋고 각자의 삶을 구분 짓는 일은 모더니스트인 나의 몫이다. 모던하고자 하는 나는, 현실의 나와 가장 가까운 백 도령과 손을 잡고 자꾸 서사를 꿈꾸는 나를 몰아낸다. 서사를 꿈꾸는 나는 언제나 모더니스트와 백 도령의 나에게 굴복하고야 만다. 서사가 싸워 이길 때는 소설이 간혹 남기도 하지만 모더니스트와 도련님이 승리한 경우에는 비루한 현실만 남게 된다. 분수 모르고 있는 체, 아는 체하기 좋아하며, 떼쓰고 어리광 부리기 좋아하는 겉멋만 남은 지금, 나의 현실 말이다.

장을 보고 돌아와 보니 가게는 아수라장이 되어 있었다. 서빙을 보는 여종업원은 모두 도망가고 아무도 보이지 않았다. 내가 나간 직후에 출장 간 줄 알았던 찬모 아줌마의 트럭 운전사 남편이 들이닥친 모양이었다.

넓은 식당 홀에 찬모 아줌마의 비명인지 고함인지 모를 악다구니만 쩌렁쩌렁 울렸다. 순간, 가게 앞에 길을 다 막고 세워놓은 20톤 트럭이 떠올랐다. 무서운 속도로 달려왔을 그녀의 남편을 생각하니 섬뜩함마저 느껴졌다. 나는 조심스럽게 장바구니를 내려놓았다. 도망갈 작정이었다. 13년 만에 들킨 불륜이었으니, 남편의 배신감도 13배 내지는 130배 응어리져 터져 나올 것이 분명했다. 나는 슬금슬금 문 쪽으로 발걸음을 옮겼다.

꼬마야, ……나 좀 살려줘. 문을 막 밀고 나서는 나를 찬모 아줌마의 비명이 다급하게 불러 세웠다. 모른 척하고 싶었으나 맘과는 달리 나는 우뚝 멈춰 섰다. 용기를 내어 엉켜 싸우는 그들 옆으로 쭈뼛쭈뼛 다가갔다. 그녀에게 무자비한 주먹질과 발길질을 날리는 트럭 운전사 남편의 탄탄한 등이 한없이 넓어 보였다.

……저기요. 여기서 이러시면 안 되거든요. 그가 꼭 들으라고 한 소리는 아니었다. 속으로 준비했던 말들을 한번에 아주 작은 소리로 쉬지 않고 뱉어냈다. 남편은 그녀를 정말로 패 죽일 작정 같아 보였다. 무슨 일이 나도 단단히 크게 날 것만 같았다. ……저기요, ……이러시면, ……여기서, ……안 되거든요. 좀 전보다 조금 큰 소리로 나는 더듬거리며 말하곤 뒷걸

음질 쳤다. 겁이 나서 오줌이라도 쌀 것 같았다. 남자가 뒤돌아보았다. 그의 눈에서 살기가 느껴졌다. 넌 뭐야? 빵모자 썼으면 가서 빵이나 만들어. 남의 일에 끼지 말고. 니가 해준 게 뭐 있다고 이 지랄이야. 돈을 벌어다 줬어, 호강을 시켜줬어? 지겨워. 차라리 죽여라, 죽여. 남편이 나를 돌아본 사이 찬모 아줌마가 그의 멱살을 쥐고 흔들었다.

……저 주방장 아니거든요. 나는 주방장 모자를 벗어 손에 쥐었다. 전 카운터인데요. 이러시면 영업에 방해가 되거든요. ……나가셔서. 나는 제법 또박또박 말하려고 애썼다. 그니까 나가서 길바닥에서 패란 말이지? 그것도 좋은 생각이네. 남편이 나를 쏘아보며 말했다. 그런, ……그 뜻이 아니고. 이제, 그만…… 내가 머뭇거리는 사이, 갑자기 남편이 바닥으로 고꾸라졌다. 어디서 나타났는지 주방장이 쓰러져 있던 찬모 아줌마를 일으켜 세웠다. 오호라, 바로 너구나? 겨우 붙어먹은 게 이런 늙다리야? 주방장이 설명할 새도 없이 넘어졌던 남편이 주방장에게 달려들었다. 주방장과 남편은 뒤엉켜 바닥을 굴렀다. 그 사이에 찬모 아줌마는 줄행랑쳤다. 뒤도 돌아보지 않고 가게를 빠져나갔다. 나도 일단 다찌 뒤로 가서 쪼그리고 앉아 숨었다.

소설에 대한 모든 것을 체념하자 마음이 한결 가벼워지는 것 같은 느낌이다. 나는 한시라도 빨리 편집자에게 펑크를 알려야 했지만 여전히 망설인다. 어떻게든 난처한 상황, 편집자와의 통화를 피하고 싶을 따름이다. 소설을 쓰지 못하는 것은 괜찮아졌으나 곧 죽을 것처럼 엄살을 떨어야 할 것이 걱정이다.

전화벨이 울리자 나는 화들짝 놀라며 얼떨결에 통화 버튼을 누른다.

너 아직도 전화 안 혔어?

아이, 깜짝이야. 알았어, 하면 될 거 아냐.

나는 엄마에게 소리를 버럭 지르고선 전화를 끊어버린다. 화이트보드 한쪽 귀퉁이에 붙어 있는 선볼 여자의 전화번호를 우두커니 쳐다본다. 어딘지 익숙한 번호 같다.

익산 남광교회 정 권사님 소개로 전화드렸는데요.

상대방은 언뜻 무슨 말인지 알아듣지 못한다.

어디시라구요?

아직은 앳된 목소리에 살짝 긴장이 된다.

제가 소설 마감을 하느라고 전화를 못했어요. 진즉에 했었어야 하는 건데, 죄송합니다.

……아, 네.

글을 쓰는 동안에는 도통 사람 꼴이 아니라서, 이제야 전화를 드리네요. 허허허허.

나는 사람 좋아 보이려고 크게 너털웃음을 웃는다. 이런 가식들은 어디 숨어 있다 나오는 것인지 스스로에게 감탄할 만하다.

주말에 시간 되세요? 광화문에서 보면 어떨까요? 루벤스가 서울에 왔는데, 주말까지거든요. 같이 루벤스나 보러 가실래요?

……누구요? 그리고 주말이면……

지금껏 곧 죽을 것만 같았던 창작의 고통 운운은 언제 그랬냐는 듯 그새 털어버리고 나는 그녀에게 몰입한다.

이탈리아의 유명한 화가요. 평소에 좋아하던 작가라 꼭 보고 싶거든요.

아, 네. 근데 어떤 주말이요?

그야, 이번 주말이지요.

……오늘이 토요일인데.

아, 아, 그렇지요, 참. 그럼, ……오늘 볼까요?

나는 요일을 잊고 있었던 걸 그제야 깨닫는다. 주말에는 출판사 직원들도 쉬어야 할 테니 월요일 아침까지 마감인데 아직 이틀의 여유가 있겠다는 생각이 든다. 뭐라도 다시 시작해볼까 마음이 바빠지기 시작한다.


9


내가 주방장과 남편 사이로 뛰쳐나간 건 주방장이 자신이 가장 아끼는 회칼을 손에 쥔 후였다. 내게 어디서 그런 용기가 숨어 있었던 것인지 모를 일이었다. 남편은 자신의 배라도 갈라보라는 듯 씩씩거리며 상의를 벗어 던졌다.

주방장은 하루도 칼 가는 일을 빼먹은 적이 없었다. 잠깐이라도 한가한 틈만 생기면 그는 숫돌에 정성스럽게 칼을 갈았다.

주방장은 아직도 술에서 덜 깬 표정이었다. 정말 무슨 일이라도 낼 태세였다. 남편도 그제야 주방장의 풀린 눈을 보고는 겁을 먹었다. 호기 좋게 웃통을 벗어젖힐 때와는 달리 슬금슬금 문 쪽으로 걸음을 옮기고 있었다. 그러나 문을 막고 선 주방장을 피할 길이 없어 보였다. 주방장은 아무 말도 하지 않고 칼을 쥔 채 비틀거렸다. 마치 칼을 써야만 할지 참아야 할지를 고민하는 듯 팔을 들었다가 힘을 빼기를 반복하고 있었다.

아저씨, 주방장님은 찬모 아줌마 애인 아니에요.

나는 그녀의 남편에게 떨리는 음성으로 말했다.

왜 상관도 없는 사람에게 행패를 부리시는 거예요? 주방장님은 오늘 아침에도 찬모 아줌마를 그럼, 안 된다고 나무랐었단 말이에요.

⋯⋯아니, 나도 갑자기 달려들기에. 엉겁결에 그런 줄 알았지.

주방장이 한 발짝 다가서자 나는 옆으로 한 발 비켜섰다. 찬모 아줌마 남편은 뒤로 두 걸음 물러섰다.

⋯⋯형씨, 죄송하게 됐수다. 내가 오, 오해를 한 것 같은데.

주방장은 남편 말에는 상관없이 손에 들고 있던 칼을 쳐들면서 한 걸음 더 다가섰다. 주방장이 처연히 날렵한 칼을 쳐다보았다.

이 칼은 꼭 한 사람에게 쓰려고 했었다. 그것은 내 전 부인이다.

주방장이 웅변조로 외치듯 큰 소리로 말했다. 나는 다리가 후

들후들 떨리기 시작했다. 남편도 마른침을 삼켰다. 목울대가 천천히 넘어가는 게 보였다.

언젠가 그 여자를 만나면, 내 인생을 작살내고 내 가족들에게 씻을 수 없는 아픔을 남기고 도망간 죗값을 물으려, 나는 매일 칼을 갈았다. 이 칼에 생명을 바친 수많은 물고기들에게, 살아 있는 그것들의 살을 회 치며, 나는 매번 다짐했다. 그러나 그 칼의 쓰임이 다른 곳에 있다는 것을 나는 오늘에서야 알게 되었다. 바로 너를 보고서 말이다!

주방장의 결의는 웅장하고 비장했다. 주방장이 긴 회칼로 남편을 가리켰다. 남편은 철퍼덕 바닥에 무릎을 꿇더니 빌기 시작했다. 주방장은 아랑곳하지 않고 자신의 말을 이어갔다.

도박으로 내 가족의 모든 인생을 절단 낸 그 여자의 손목을 한번에 자르고 싶었다. 나를 버리고 다른 남자와 도망간 그 여자를 찾아 아랫도리를……, 도려내고 싶었는디……

주방장이 울기 시작하면서 말을 잇지 못했다. 서러움이 복받쳤는지 주방장은 꺼억꺼억 목 놓아 울었다. 무릎을 꿇고 있던 남편이 눈치를 보며 천천히 일어섰다.

끝까지 들어!

주방장이 소리치자 남편은 화들짝 놀라서 다시 무릎을 꿇고 앉았다.

나는 당신 마음 다 안다. 얼마나 화가 나는지, 얼마나 배신감이 드는지 잘 안다. 그러나 우리가 그렇다고 다 죽일 순 없잖여.

주방장이 거기까지 얘기하고 성큼성큼 어항으로 다가가더니 어항 유리벽에 악착같이 붙어 있던 전복 하나를 떼어냈다.

대신, 이제 우리는 모든 것을 다 잊고, 여자 것과 가장 닮은 이걸 회 치자.

주방장은 전복 살을 도려내더니 무릎을 꿇고 앉은 남편에게 다가갔다. 남편이 앉은 채로 뒤로 움찔 물러났다. 주방장은 마치 성체(聖體)를 나눠 주는 신부님처럼 웃통 벗고 꿇어앉은 남편의 입에 전복을 넣어주었다.

이제 너는 다시 사는 사람이니 가서 모든 것을 용서하고 너를 위해……

남편이 벌떡 일어나더니 전복을 입에 문 채 달려 나갔다. 황급히 웃옷을 입으며 가게를 나서는 그를 주방장과 나는 멍하니 쳐다보았다.

좌석버스를 타고 광화문으로 가는 동안 나는 미처 완성하지 못한 소설에 대해서 생각한다. 아직 이틀의 시간이 남았을지도 모른다고 생각하니 가슴이 답답해진다. 이틀이면 미완의 그것을 조합할 수 있을지 가늠해본다.

버스에서 내리기 전 그녀에게서 문자가 온다. '보라색 반코트에 빨간 목도리를 두르고 있어요.' 나는 '저는 군청색 오리털 파카를 입고 있습니다'라고 답장을 보낸다.

미술관 앞에 서 있는 그녀를 나는 한눈에 알아본다. 기대 이상의 준수한 외모에 마음이 설렌다. 엄마가 했던 말이 자꾸 떠오른다. 내가 이번엔 괜찮다고 했잖여, 엄마의 목소리가 들리는 것 같다. 나는 그녀를 곁눈으로 힐끔거린다. 한복을 입고 거문고를 뜯는 그녀를 상상한다.

생각보다 루벤스는 시시하기만 하다. 특히나 루벤스는 그림이 커야 제맛일 텐데, 이번에 전시된 작품들은 아주 작은 소품 몇 점이 전부였다. 그녀가 미술관에 처음 와본다고 해서 나는 신이 나서 이것저것 그림에 대해 아는 체를 한다. 그림들은 좀 시시했고 그녀와 나는 예정보다 일찍 미술관에서 나온다. 딱히 갈 곳도 할 일도 없다.

저기, 제 책 선물해드릴까요?

나는 그녀를 데리고 교보문고로 간다. 문학 부스와 서가를 두리번거리지만 나온 지 이미 꽤 지난 책이 있을 리가 없다. 그것보다도 판매가 신통치 않은 내 책이 부스에 진열되어 있을 리 없다. 그래도 서가에는 한두 권 꽂혀 있을 줄 알았는데 낭패다. 나는 얼굴이 화끈거리는 걸 그녀에게 들키지 않으려고 애쓴다. 전화가 걸려오고 나는 허둥지둥 난처함을 피해보고자 얼른 전화를 받는다. 그녀는 점원에게 다가가 내 책을 찾는다.

선생님, 원고가 아직도 들어오지 않아서요.

……

나는 어떻게든 피하고만 싶어서 그냥 전화를 뚝 끊어버릴까 고민한다. 내 머리는 빠르게 핑계거리를 찾는다. 피치 못할 사정을 찾지만, 솔직하지 않다면 언제나 뻔한 대답뿐인데 나는 끝까지 사과를 하지도 솔직하지도 못하다.

음, ……제가 일산으로 이사도 했구요. 그래서 시간이 부족,
……정말 잘 써서, 거의 다 썼었거든요. 처음 썼던 소설처럼,
써보려고. 아니, 그보다 훨씬 좋은 소설이 거의 다 됐는데. 처음
에는 나도 메타소설이나 써볼까 하다가 그게…… 음, ……그게
시간이 지나면서 횟집 이야기로 바뀌었는데, 알레고리가 안 만
들어지고. ……아이러니도 없고, ……마음에 들지는 않고……

마음씨 좋은 편집자는 닦달하지 않고 청탁을 한 계절 더 미루
어준다. 다음 계절엔 뭐라도 쓸 수 있을까. 그냥 미안한 척 거
절할 것을 전화를 끊은 다음 후회한다. 다음이라고 달라질 게
전혀 없을 테니 말이다. 나는 씁쓸한 마음으로 전화를 멍하니
내려다본다.

찾았어요. 이거 맞죠? 와, 사진이 멋있어요.

나는 멋쩍은 척 머리를 긁적인다.

저 실제로 글 쓰는 작가 처음 보거든요.

별거 없지요, 뭐.

말은 그렇게 했지만 속으론 우쭐한 마음이 들어 어딘지 모르
게 자신감이 생긴다.

이것도 같이 사줄까요? 제가 아주 친하게 지내는 선배거든요.

나는 문학 부스에 산더미처럼 쌓여 있는 한 베스트셀러 작가
의 책을 집어 들며 말한다. 나는 그 책의 작가를 술자리 먼발치
에서 꼭 한 번 본 적이 있었다. 말을 해본 적은 없었고.

그때 낙타가 들어왔다

마흔넷의 그는 동안이다. 동안인 그는 키가 150센티미터이다. 150센티미터의 그는 언제나 키높이 구두를 신는다. 구두 안에는 5센티미터의 깔창이 숨겨져 있다. 키가 얼마나 되지요? 누군가 물으면 그는, 155센티미터예요, 숨겨진 5센티미터를 합해서 말한다. 작은 키만큼 그는 얼굴도 작다. 작은 얼굴은 그를 어리게 보이게 한다.

　뭐 줄까?

　회사 앞 김밥 가게 주인은 그에게 언제나 반말이다. 그는 속으로 기껏해야 동년배이겠거니, 짐작한다. 기분이 나쁘지만 그는 김밥 가게 주인을 내버려둔다.

　참치김밥.

　그는 서술어 빼고 대답한다. 불만 섞인 대답이지만 주인은 알리 없다.

많이 먹어.

주인은 김밥을 내려놓으며 또 반말이다. 그는 군말 없이 김밥을 먹는다. 점심시간이 되면 엄청난 인파가 몰아칠 것이므로 그전에 점심을 먹고 일어설 참이다. 그는 어느 자리건 군중에 휩쓸리는 것이 싫다. 그의 작은 키는 곧 사람들 틈에 묻혀 사라지기 때문이다. 그럴 때마다 그는 자신의 존재가 소멸되는 기분이 들곤 한다. 언제나 그렇듯 그의 점심은 10분 만에 간단히 끝난다. 그가 퉁명스럽게 돈을 카운터에 놓고 가게를 나선다.

어이, 학생. 이거 가져가야지.

밖으로 나와 담배에 불을 붙이는데 서빙을 보는 아주머니가 밖으로 따라 나와 우산을 건넨다.

학생이 아닌가?

아주머니도 끝까지 반말이다. 그는 담배 연기를 길게 내뿜으며 그녀가 건네는 우산을 건네받는다. 날씨 예보와는 달리 화창하다. 우산을 들고 나온 것을, 양복을 입고 올 것을, 그는 후회한다. 캐주얼하게 옷을 입으면 꼭 이런 일이 생기곤 한다. 그는 한마디하려다가 처음 보는 아주머니라서 그냥 참는다. 그가 천천히 발걸음을 회사 쪽으로 돌린다.

동안의 그도 자세히 들여다보면 여지없이 세월의 흔적이 얼굴에 역력하다. 실제 마흔넷이라는 나이가 무색하지 않다. 눈가에는 주름이 자글자글하고, 이마에도 굵은 주름 한 줄이 선명하게 박혀 있다. 염색을 해서 그렇지 머리도 이미 반백이다.

그는 흰 백(白)씨이다. 시조가 성을 왜 백(白)씨로 정했는지 머리를 보면 이해가 간다. 서른이 넘으면서 이미 그의 머리는 세기 시작했다. 그런데 그가 진짜 백씨인지는 확실하지 않다. 그는 갓난아기였을 때 망해사(忘海寺)라는 절에 버려졌다. 그를 키운 무문(無紋) 스님이 그의 성에 백(白)씨를 붙인 것뿐이다. 그래도 그는 자기가 진짜 백(白)씨가 맞을 거라는 믿음 하나는 버린 적이 없다. 그는 머리가 백발이니 정말 백(白)씨가 맞을 거라고 믿는다.

그는 서둘러 걸음을 회사로 향한다. 천천히 걸으려고 마음먹었다가도 걷다 보면 잊어버리고선 뛰다시피 걷는다. 그가 자신이 속한 영업팀에 들어섰을 때 직원들은 점심을 먹으려고 막 자리에서 일어서고 있었다. 개인 칸막이의 높이는 145센티미터. 그가 지나갈 때면 칸막이 위로 얼굴이 살짝 드러난다. 정확하게 머리끝부터 콧등까지, 10센티미터 정도가 보인다. 누구의 눈에도 띄지 않기 위해 사무실 안에서 그의 발걸음은 가볍고 조심스럽다. 사뿐사뿐 자기의 자리로 간다.


백 과장, 백남태 어디 갔나, 또?

저, 여깄습니다.

그가 까치발을 세우고는 칸막이 위로 얼굴을 드러내며 오른손을 번쩍 든다.

뭐, 보여야 말이지.

옷을 챙겨 입던 직원들이 깔깔댄다.

밥 먹으러 가자고.

저는 벌써 먹고 왔습니다.

뭐든 다 짧구만, 정말.

사무실을 나서던 직원들이 키득댄다.

어이, 빽. 그럼, 밥 먹고 올 동안 이것 좀 처리해놔라.

나가봐야 합니다. 고객과 약속이 있습니다.

하고 나가. 업무 시간에 밥 먹고 왔으니, 점심시간에는 일해
야지.

팀장을 기다리던 조 대리가 맞장구를 치며 실소를 날린다. 실
실 쪼개며 그를 쳐다본다. 조 대리는 그보다 열 살이 어리고, 팀
장은 그보다 두 살이 어리다. 직급이 상사니까 반말을 하는 것까
지는 이해하겠는데, 그가 맡아서 할 일은 엄연하게 조 대리의 몫
이다. 신입이나 해야 하는 잔심부름 같은 소소한 일인데, 팀장은
툭하면 그를 시킨다. 그는 군말 없이 팀장의 일을 받아든다.

밥 사라고 안 할 테니, 밥 좀 같이 먹자.

팀장이 조 대리가 열어주는 문을 나서며 뎅그러니 그 혼자 남
은 사무실에 대고 소리친다.

……띠발놈.

그가 자리에 털썩 주저앉으며 푸념처럼 욕을 뱉는다. 그는 시
옷이나 쌍시옷을 쌍디귿으로 바꿔 말하는 버릇이 있다. 띠발놈,

띠발때끼, 개때끼, 땅놈때끼, 띠봉, 떱때 등등.

개때기들, 언제 한번 걸리기만 해봐. 가만 안 둘 테니.

서류를 뒤적이며 아무도 없는 사무실이 쩌렁쩌렁 울리도록 그가 맘껏 욕을 한다. 그는 팀장이 맡기고 간 서류를 바쁘게 정리한다. 잘못하면 약속한 시간에 늦을 것 같아 마음이 바빠진다.

떱때, 내 일도 바빠 죽겠는데.

그가 대충 일을 끝내놓고선 옷을 갈아입는다.

그는 출근할 때 양복을 입지 않고 가방에 싸가지고 오거나 사무실에 놓고 다닌다. 오전 내근이 끝나면 외근을 위해 그는 양복으로 갈아입는다. 나름 이유가 있어서 그렇다. 몸에 꼭 맞는 양복이 없어서, 늘 불편함을 느끼기 때문이다. 너무 큰 슈트 때문에 그의 작은 몸은 더욱 피로해진다. 만원 버스, 발 디딜 틈 없이 꽉 들어찬 출근 지하철 안에서 그는 왜소한 자신의 몸을 가누기도 힘들다. 헐렁한 슈트는 사람과 사람 사이에 끼어 자신의 의지와는 상관없이 끌리고, 당겨지고, 구겨진다. 그에게 버스나 지하철 손잡이는 너무 높게 매달려 있다. 잡으려면 잡을 수 있겠지만, 조금 시간이 지나면 그것에도 매달려 가는 꼴이다.

슈트로 갈아입을 때마다 느끼는 것이지만, 아무리 입어도 자기 옷 같지가 않다. 와이셔츠 단추를 채우며 거울을 본다. 언제나 어색한 순간이다. 넥타이까지 매고선 사무실을 나선다. 그는 정수기를 파는 영업 사원이다. 그는 오후에 정수기를 팔러 동물원에 가야 한다. 운이 좋아 서너 개를 판다면 한 달은 별일 없이 지낼 수 있을 것이다. 그는 뛰다시피 지하철 입구 계단을 내려간다.

길 끝에 작은 절이 있다. 모든 절이 길 끝에 있는 게 어쩌면 당연하겠지만, 망해사는 조금 더 특별하다. 망해사는 길 끝, 바다 앞에 서 있다. 절이 속한 지방은 지평선 축제가 열리는 평야지대로, 한도 끝도 없이 논이 펼쳐져 있는 곳이다. 평야가 끝나고 바다와 만나는 곳, 거기에 망해사가 서 있다. 망해사를 찾는 사람들은 대부분 길을 잘못 든 사람들이다. 길을 따라가다 허물어지는 석양에 넋을 빼앗긴 사람들, 끝없이 펼쳐진 논, 지평선을 향해 돌진하던 사람들이 망해사 앞에서 발걸음을 멈춘다.

그는 갓난아기 때 망해사에 버려졌다. 그의 어미도 석양을 따라왔거나 지평선의 끝을 향해 왔을 것이다. 바다 앞에 서서 망연자실 아이와의 이별을 받아들였을 것이다. 망해사라는 이름은 바다까지 잘못 흘러들어온 사람들에게 말하는 것이다. 바다〔海〕를 잊어〔忘〕라.

그는 망해사에서 자랐다. 그는 가끔 자신을 낳아준 어머니가 망해사를 찾아온 것인지 바다를 찾아온 것인지 궁금했다. 갓난아기와 함께 바다에 몸을 던지려 찾아온 것이 아니었을까. 와서 보니 절이 있었던 게 아닐까. 와서 보니 바다를 잊은 것일까. 후자를 생각하면 어쨌든 그나마 운이 좋다고 느낀다.

그를 키운 것은 무문이라는 비구니이다. 스님은 지금도 망해사를 지킨다. 어렸을 적에는 엄마라고 부르기도 했었다. 절을 드나들던 사람 중엔 그가 무문 스님의 친자식인 줄 아는 사람도 있었을 것이다. 마을과 동떨어져 있으니 내막을 아는 사람이 많을 리 없다.

일동아, 밖에서 힘들면 암 때나 내려오라잉, 망설이지 말고.

스님은 가끔 그에게 전화를 걸어 말한다. 일동(汰童)은 그가 어렸을 적 불리던 법명인데, 해석하자면 물가 언덕〔汰〕의 아이〔童〕 정도 된다. 남태(南太)라는 이름은 나중에 자신이 스스로 붙인 이름이다.

건강하지요?

그는 대답 대신 묻는다. 스님은 이제 꽤 늙었다. 그도 정확하게 스님의 나이를 알지 못한다. 얼굴에 주름도 없어서, 머리카락이 있고 없고의 차이는 나이를 가늠하기 힘들게 만든다. 어렸을 적 그가 물을 때면 '멫 살이나 맥어 보이냐잉?' 스님은 되물었다. 짐작건대, 자신의 나이가 마흔 중반이니 스님은 이제 일흔이나 혹, 여든쯤 되었을지도 모를 일이다. 그는 가끔 스님이 꼭 늙지 않는 것처럼 느껴질 때가 있다. 일생 외양의 모습이 변하지 않고 똑같아서, 헤어스타일도 똑같고 입는 옷도 똑같은 스님의 모습에서는 세월의 모습을 느낄 수가 없다. 몇십 년 동안 바뀐 모습이라곤 단지, 조금 살이 찐 것 정도이다.

동물원으로 가는 지하철 안, 스님에게서 전화가 걸려온다. 근래 전화가 부쩍 많아진 것을 보면 그녀도 이제 외로움을 타는 것 같다.

병원 좀 하나, 알아봐주라고잉. 아무래도, 나, 죽을란갑다.

어디 아프세요?

돈은 내가 낼 팅게, 일동이 너는 신경 쓰지 말고잉.

어디가 아프신데요?

날 잡히믄 전화 주고잉. 끊는다.

스님은 자기 할 말만 하고 전화를 끊는다. 절에서 잡다한 살림을 맡아 일하는 보살이 둘 있지만 스님은 그녀들이 못 미더운 모양이다. 가끔 전화를 해서 그녀들 흉을 보고는 하는데 그런 말도 없는 게 마음이 쓰인다. 그가 다시 스님에게 전화를 해보지만 받지 않는다.

지하철 안은 한산하다. 마주 앉은 노인은 지그시 눈을 감고 있다. 잠을 자고 있는 것인지, 아무것도 보기 싫어 눈을 감은 것인지 알 수가 없다. 그는 의자 끝에 살짝 걸터앉아서 지하철 안을 살핀다. 아무도 말을 하는 사람이 없다. 몇몇은 눈을 감고 있고, 몇몇은 창에 비친 자신의 모습을 우두커니 바라본다.

그가 걸을 때마다 양복바지가 팔랑거린다. 오른발을 내디딜 때면 품이 큰 바지는 왼쪽으로 팔랑댔다가, 왼발을 내디디면 오른쪽으로 바지통이 출렁, 새로 물결을 만들어낸다. 그가 바지를 입고 있는 것이 아니라, 바지가 그를 담고 다니는 꼴이다. 바지 기장은 땅을 질질 끈다. 구두 뒤축에 자꾸 기장 끝이 밟힐 때마다 그는 서서 다리를 턴다. 그가 걸을 때마다 바지통은 팔랑, 팔랑, 리듬을 타며 왜소한 몸을 데리고 간다.

문제는 그가 옷을 자기 몸에 비해 너무 크게 입는다는 데 있다. 양복은 특히 더 그렇다. 변변치 않은 수입에 매번 슈트를 맞춰 입을 수도 없는 노릇이니, 제일 작은 사이즈를 사서 기장을 줄여 입어도 넉넉한 품은 그의 몸을 더욱 왜소하게 만들곤 한다.

그가 바지를 팔랑거리면서 동물원에 들어선다. 월요일 한낮이라 동물 구경 온 사람들은 많지 않다. 분수대 앞에서 노랑 개나리처럼 줄지어 걸어가는 유치원생들 한 무리와 마주친다. 아이들은 동물들이 신기하기보다 무서웠던 모양이다. 모두 겁을 먹은 표정이거나 찡그리고 있고, 눈물자국이 난 아이들도 있다. 그는 걸음을 늦추며 아이들을 바라본다. 아이들은 줄줄이 사탕처럼 손에 손을 잡고 걷는다. 걸으면서도 어쩌면 그렇게 시선이 제각각인지 그는 피식 웃음이 나온다. 같은 곳을 바라보고 걷는 아이가 하나도 없다. 인솔 교사가 아무리 떠들어도 아이들은 그녀를 쳐다보지 않는다. 처음 본 동물 때문에 놀라서인가, 아이들은 살짝 얼이 빠져 있는 표정들이다.

그는 전화를 걸어 어디로 가야 하는지 묻는다.

낙타사를 찾아오시면 됩니다.

아이들을 뒤로하고 부지런히 걷기 시작한다. '낙타?' 그가 속으로 되묻는다.

어렸을 적 동물원에 갔던 기억이 선명하게 떠오른 건 막 장미 정원에 들어서고 난 후였다. 장미 향이 그의 기억을 되살린 것이 분명하다. 그는 걸음을 늦추며 숨을 들이마신다. 만개한 장미 덩굴에 들어서자 진한 장미 향은 그를 어린 시절 한때로 데려다 준다.

초등학생인 그는 전주동물원으로 소풍을 갔다. 방죽을 가득 메운 연꽃이 장관이었던 것이 기억나는 것을 보면 덕진공원이 맞을 것이다. 몇 살 때인지 기억이 나지 않고, 친한 친구가 누구였는지 떠오르지 않고, 담임선생이 누구였는지도 모른다. 그가 또렷하게 기억하는 것은 소풍을 따라온 무문 스님이다. 어린 그는 소풍을 따라온 스님이 창피해서 공작새 우리였던가, 아니면 분홍 연꽃이 만개한 방죽 가상에 있는 솔숲이었던가, 몸을 감추고 나오지 않았다. 모두가 돌아갈 채비를 하고, 없어진 그를 찾아 스님이 정신이 반 나간 채 동물원을 헤집고 다니는 것을 멀리서 지켜보곤, 그는 몸을 더욱 깊이 숨겼다. 아이들이 고함치며 그의 이름을 불렀다. '일동아, 집에 가자. 일동아, 놓고 간다.' 그는 뭐가 서글프고 서운한지도 모른 채 눈물이 났다.

동물원과 붙어 있는 연꽃 방죽에 혹 빠진 게 아닌가, 스님은 혼이 나간 사람처럼 철퍼덕 주저앉아 망연자실 연꽃을 바라봤다. 그가 기억하고 있는 것은 그것이 전부이다. 어떻게 집에 돌아왔는지, 자신을 찾아다니는 스님과는 어떻게 조우했는지 전혀 생각이 나질 않는다.

장미 덩굴을 빠져나오자 조금 맥이 풀리는 기분이 든다. 그는 돌아서 아쉬운 듯 장미 정원을 바라본다. 아내에게서 전화가 걸려온다. 그는 가만히 핸드폰 화면에 뜬 아내의 이름을 내려다본다. 집요하게 진동은 울리고, 그는 망설이다가 전화를 받는다.

…… 밖이야. …… 동물원에 왔어. …… 놀러 오긴. …… 시간 나면 들를게. …… 나야 괜찮지. …… 자기도 잘 지내.

그가 주머니를 뒤져 담배를 찾는다. 그의 아내, 정확히 말하면 이혼한 전 아내는 옆 단지에 살고 있다. 그녀는 재혼은 안 했지만 사귀는 사람이 있다. 막 학교에 다니기 시작한 딸아이는 아내를 닮아 예쁘다. 엄마를 닮아 예쁜 딸의 생일이 주말이다. 그는 가야 할지 말아야 할지 고민스럽다. 아내의 남자 친구도 온다고 했으니, 더욱 그렇다.

그의 전 아내는 미녀다. '아내분과 결혼하시려고 애 많이 쓰셨겠어요.' 사람들이 무슨 의도로 하는 말인 줄 그는 잘 안다. 키도 그보다 15센티미터는 크고 늘씬하고 예쁜 아내가 왜 그와 같은 짜리몽땅하고 사는지 궁금하다는 얘기다. 사람들의 수군거림이 많았던 것은 그의 작은 키보다도 그의 아내가 미녀이기 때문이었을 것이다.

그는 어렸을 적에 그런 소문을 들은 적이 있다. 읍내 한약방 아들이 그의 아버지라는 얘기. 그는 정말로 믿었다. 한약방은 장에서 가장 번성한 철물점과 붙어 있었는데, 철물점 큰딸, 이름이 미숙인가 미자인가가 그리고 초등학교를 같이 다녔다. 그 소문을 물어다 준 것은 물론 미숙인가 미자인가 하는 애이다. 별로 친하지도 않던 아이였는데, 그 애가 일부러 찾아와 그에게 말을 물어다 주었다.

애, 너 절에서 산다며?

그는 대답하지 않았다. 반에서 키가 제일 작은 그는 틈만 나면 힘자랑하며 괴롭히는 또래들을 피해서 숨곤 했다. 그날은 학생들이 체험 실습을 위해 심어놓은 옥수수 밭에 앉아 있었다. 거기 있는 줄 알고 있었다는 듯 미숙인가 미자인가 이름도 생각나지 않는 그 애가 그를 찾아와서 말했다.

니네 할아버지가 거기 널 버렸다며?

눈이 동그래진 그가 키가 한 뼘은 더 큰 철물점 큰딸을 올려다봤다. 살면서 그런 충격적인 말을 들어본 적이 없던 그였다. '할아버지가 버렸다고?' 심장이 벌렁거리며 마음속에서 철물점 큰딸의 음성이 메아리쳐 울렸다.

아버지를 닮아 키가 작은 거구나?

……

뭐라고 대꾸하고 싶어도 할 말이 없는 그였다. 큰 눈만 부리하게 치뜨고 그녀를 올려다보았다.

내 밑 볼래?

미숙인가 미자인가 하는 그 애가 말을 뱉더니 검정색 주름치마를 들어 올렸다. 그는 조금 전보다 더 놀라서 한 발 뒤로 물러섰다. 보지 않으려고 했는데, 막 거웃이 돋아난 여자의 그곳을 그는 처음 보았다.

미친년.

그가 그 애를 밀치고 내달리기 시작했다. 뒤에서 쫓아오며 그녀가 뭐라 그러는 것 같았다. 옥수수 밭을 나와 냇가를 가로질러 숨이 헐떡거릴 때까지 뛰었다. '할아버지가 널 버렸다며?' 그 애의 목소리가 끈질기게 뒤로 따라붙었다.

그는 이튿날, 또 다음 날에도 한약방 주변을 서성였다. 초등학교를 졸업할 나이가 되었어도 그의 키는 초등학교 저학년 수준이었다. 한약방 문에는 발이 쳐져 있었는데 그는 쪼그리고 앉아 안을 들여다보았다. 읍내에 어린 그를 알아보는 사람은 아무도 없었다.


아버지 보러 왔구나?

어느새 철물점 큰딸애가 옆에 같이 쪼그리고 앉아 물었다. 그 애는 옆에 딱 붙어서 알아듣기 힘든 말들을 종알댔다. 누구의 고추는 어떻게 생겼다는 둥, 그는 알지도 못하는 어떤 오빠가 자기를 예뻐한다는 둥, 이제 학교를 다니지 않아도 된다는 둥 우기기도 했다.

정신없으니까 저리 가.

그가 밀쳐도 그때만 멀어졌다 다시 옆에 딱 붙어 종알댔다. 정말이지 귀찮은 아이였다. 그가 한약방 아들을 보게 된 것은 앞에서 서성인 지 사흘째 되는 날이었다. 문에 쳐놓은 발을 들어 올리며 한 남자가 밖으로 나왔다.

왜, 만날 여기 와서 앉아 있어? 누구 찾니?

쪼그려 앉아 있던 그는 너무 놀라서 뒤로 엉덩방아를 찧었다. 갑자기 일어난 일이어서 그는 너무 겁이 났다. 철물점 미숙인가 미자 말대로 남자는 키가 작았다. 하얀 와이셔츠에 감색 양복을 입고 있었다.

이 집 아들이 제 아버지래요.

너무 긴장한 나머지 그의 목소리가 갈라졌다.

이 집에 아들은 나 하나뿐인데, 그럼 내가 네 아버지라는 얘긴데?

......

어린 그는 고개를 숙였다. 언뜻 보아도 자기의 아버지가 되기에 남자는 너무 어려 보였다. 남자가 약방 안으로 사라지고, 그는 낙담했다. 자꾸 눈물이 나와서 고개를 들 수가 없었다. 곧 다시 나온 남자가 어린 그의 손에 뭔가를 쥐여주었다.

얼른 돌아가렴. 집에서 걱정하겠다. 곧 해 질 텐데.

그는 남자가 건넨 것을 쳐다보았다. 처음 보는 나무조각 같은 것이었다.

감초야. 이렇게 씹으면 돼.

남자가 그의 입에 나무조각 같은 것을 넣어주었다. 씹으니 단맛이 났다. 석양을 향해 망해사로 돌아오는 길, 눈물이 주르륵 쉬지 않고 흘렀다. 씹으면 씹을수록 입에서는 단맛이 돌았다. 남자는 단물이 빠지면 감초를 뱉어내야 한다는 것을 알려주지 않았다. 몰랐으므로, 그는 꾸역꾸역 감초를 씹어 목으로 넘겼다. 그때마다 단물 빠진 감초가 목에 걸렸다. 때문에 눈물은 멈추지 않았다.

예외 없이 해는 그의 집, 망해사 너머로 허물어지고 있었다. 아버지를 찾을 뻔했던 좋은 기회가 날아간 것 같았다. 어린 그는 망해사로 돌아오자마자 스님에게 물었다.

한약방 아들이 우리 아버지 아니에요?

아니, 너 입이 왜 그려?

읍내 한약방 할아버지가 여기다 나 버렸다면서요.

뭔 소리여, 그게.


코뿔소, 코끼리사를 지나는데 전화벨이 울린다. 딸아이다.

아빠 뭐 해?

다음 날, 미숙인가 미자인가 이름도 가물가물한 그 애를 옥수수 밭으로 불러내 주먹을 휘둘렀다. 한약방 아들이 아버지가 아닌 게 그 애 탓 같았다. 아무리 주먹을 휘둘러도 그 애는 꿈쩍도 하지 않았다. 울지도 않았다.

아빠, 동물원이야.

그가 걸음을 멈추고 코끼리를 바라본다. 처음에는 그게 살아 있는 동물일 거라는 생각을 못했다. 움직이지 않고 가만히 서 있는 코끼리가 동상이나 혹은 큰 바위처럼 느껴진다. 코끼리는 꿈쩍도 하지 않고 서 있다.

아빠, 나 이번 생일에 뭐 사줄 거야?

아이를 본 지 두 주가 지난 것을 깨닫는다. 아내에게 남자 친구가 생겼다는 것을 딸아이가 알려주었다. 아내의 남자 친구는 딸애에게 무얼 사준다고 했는지 묻고 싶지만 참는다.

뭐 갖고 싶은데?

나 파워레인저 사줘.

장난감?

아니, 장난감 말고. 진짜 파워레인저. 아저씨가 그건 아빠에게 사달라고 하라는데?

대기 통화가 걸려온다. 동물을 구경하다 보니 시간이 길어진 탓이다. 그는 황급히 딸아이 전화를 끊고 다시 받는다. "낙타를 못 찾아서요. 근처니까 금방 갑니다." 코끼리는 여전히 그대로다. 가서 살아 있는 게 맞는지 만져보고 싶다는 생각이 든다.

"띠봉, 애한테 구라를 치다니." 걸음을 바쁘게 옮기며 그가 중얼거린다. 뛰다시피 걷던 그가 우뚝 멈춰 선다. 낙타가 눈에 들어왔기 때문이다. 침을 질질 흘리며 졸린 눈을 하고 있는 낙타가 키 작은 그를 멀뚱히 쳐다보며 구경하고 있다.


낙타사는 코끼리사와 붙어 있다. 그는 어디로 가야 할지 몰라 두리번거린다. 둘러보아도 사무실 같은 게 보이지 않는다.

왔다 갔다 하는 그를 낙타 두 마리가 곁눈질한다. 한 마리는 다리를 접고 엎드린 채 고개를 세우고 있다. 또 한 마리는 코끼리처럼 가만히 서 있다. 코끼리는 가만히 있으면 바위 덩어리 같아도, 낙타는 낙타 같다.

사무실을 못 찾겠는데, 어디로 가야 합니까? ……네, 낙타 앞에 서 있겠습니다.

그는 낙타 앞에서 고객을 기다린다. 물론 낙타도 실제로 본 것도 처음이고 낙타 앞에 이렇게 가까이 있기도 처음이다. 그가 한 발 다가서자, 낙타는 움찔하지만, 물러서지는 않는다. 낙타에게도 키 작은 그는 만만하게 보이는 모양이다. 찬찬히 그것들을 살펴본다. 그는 속으로 굉장히 놀란다. 낙타 얼굴이 꼭 사람처럼 느껴졌기 때문이다. 자세히 보니 눈썹도 있고, 머리카락도 있다. 무엇보다 입술도 있다. 그는 거울을 보는 느낌이다.

전화벨이 울린다. 놀랄 만도 한데 낙타들은 그대로다. 그가 전화를 받으며 두리번거린다. 전화 속의 남자가 그를 지나쳐 간다.

저, 여깄습니다.

아, 죄송해요. 구경 오신 분인 줄 알고……

으레 그렇듯 남자는 그를 보자 아래위로 스윽 훑는다.

이리 오시면 됩니다.

남자는 사무적으로 그를 대한다. 남자는 코끼리사와 낙타사 사이에 있는 바위 속으로 사라진다. 그는 멈칫한다. 큰 바위가 여러 개 겹쳐져 있는 모양인데, 언뜻 봐서는 틈이 있는지 보이지도 않는다. 눈앞에서 갑자기 남자가 사라진 것 같은 착각이 든다. 그가 천천히 다가선다.

뭐 하세요?

사람이 하나 지나갈 만한 작은 틈 안에서 남자가 소리친다.

네, 갑니다.

장식된 바위들 사이의 틈으로 사라진 키 작은 그를 낙타 두 마리가 곁눈으로 쳐다본다.

사무실 안에 들어와서도 그는 두리번거린다. 아무리 보아도 신기하다. 동굴 안에 사무실이 있는 것 같은 느낌이다. 그는 자리에 앉으며 주섬주섬 카탈로그를 꺼낸다. 남자의 상관으로 보이는 사람이 그를 신기한 듯 쳐다본다. 그가 재빨리 명함을 건넨다.

이 팀장이요. 그냥, 간단히 합시다.

그는 대답하지 않고 허리를 가볍게 숙인다. 이 팀장은 자리에 앉지 않고 선 채로 남자가 하는 양을 내려다본다. 그는 보기 편하도록 여러 종류의 카탈로그와 팸플릿을 탁자 위에 늘어놓는다.

아니, 이 대리, 그냥 이분과 계약하지. 여러 군데 할 것 없이. 다 비슷할 거 아냐.

귀찮다는 듯 말했지만, 분명 거기에는 동정이 숨어 있다. 그는 제품 설명도 하지 않고 동물원에 정수기를 다섯 개나 판다. 아마도 그의 작은 키가, 양복 입은 모습이 그런 감정을 불러온 모양이다.

그는 바위틈에서 나와 자기 얼굴을 닮은 낙타를 본다. 한 달 동안은 외근을 핑계로 아무 일 하지 않고 지낼 생각이다. 벤치에 앉아 낙타와 이런저런 생각을 나눈다. 낙타들은 아까 그 모습 그대로이다. 가끔 큰 눈을 껌벅이거나, 침이 주욱 흘러내리는 것을 빼곤 미동이 없다. 그는 코끼리도 그렇고 낙타도 그렇고, 움직임이 없는 것이 신기하다. 따뜻한 햇살은 졸음을 몰고 온다. 회사로 들어가지 않고 바로 퇴근할 생각이었는데, 시간이 너무 많이 남는다. 두 시간은 충분하다.

낙타를 보면서 생각한다. 햇빛이 모자라거나 사막이 없어서 움직이지 않는 건가. 너는 뜨거움과 목마름이 있어야만 걷는 건가. 어쨌든 '사막의 신기루로 꿈을 엮던 낙타'*는 졸린 눈을 가졌다. 낙타와 눈이 마주치니, 그는 졸리다. 고개를 뒤로 젖히고 눈을 감는다. 따뜻한 햇살이 그와 낙타 사이에 내려앉는다.

한기가 들어 눈을 뜬다. 벤치에 웅크리고 잠이 든 모양이다. 그는 주위를 두리번거린다. 낙타는 사라지고 없다. 주위에 사람들도 없다. 시계를 보니 두 시간이 훌쩍 지나 있다. 그가 벌떡 일어나 허겁지겁 걷기 시작한다.

그는 버스를 탄 걸 후회한다. 퇴근 시간까지는 넉넉히 남은

---

* 허수경의 시 「그때 낙타가 들어왔다」에서 인용.

듯해 버스를 탄 것인데, 시내에 가까워질수록, 사고가 난 것인지 차도 막히고 승객도 많다. 곧 자리가 나겠거니 한 것도 잘못된 생각이다. 결국 퇴근 시간과 맞물려 버스 안은 사람들로 꽉 들어찬다. 발 디딜 틈 없이 꽉 찬 버스 안, 그의 왜소한 몸은 사람들에 밀리고 당겨져, 이리저리 떠다닌다. 떠다니는 자기의 몸을 붙잡으려고 그는 안간힘을 쓴다. 뉘엿뉘엿 해가 지고 버스는 달릴 줄을 모른다. 버스에서 내려 지하철로 갈아탈까 망설이지만, 뭐 다를까 싶어 금세 단념한다.

사람들이 키가 작은 그를 배려하기란 쉽지 않다. 그는 어린애가 아니다. 과천을 벗어나는 마지막 정류장, 한 무리의 사람들이 버스에 오른다. 의지와 상관없이 사람과 사람 사이, 틈이 없어지며 새로운 관계의 지형이 형성된다. 그는 가까스로 잡고 있던 의자 손잡이를 놓치고 사람과 사람 사이에 붕 뜬다. 버스가 흔들리건, 사람에 떠밀리건, 그가 의지할 것은 이제 자신을 둘러싸고 있는 사람들밖에 없다. 물론 의도한 것이 아니다. 옆에 서 있는 여대생이 버스에 올라탄 한 무리의 사람들에게 떠밀려 그의 쪽으로 몸을 돌린 것, 그의 몸이 아직 수줍음을 벗지 못한 여자의 가슴께에 밀착된 것은 순식간에 벌어진 일이다. 민망하기는 그도 여자도 마찬가지다. 여자가 가까스로 손을 올려 자신의 가슴을 감싼다. 가냘픈 여자의 숨이 남자의 얼굴을 때린다. 그는 고개를 돌릴 틈도 없다. 그냥 버티는 수밖에. 버스가 달리기를 간절히 바란다.

집 근처 정류장까지 오는 데 꼬박 두 시간 반이 걸린다. 이제 두 정류장 후에는 내려야 하는데 어떻게 사람들 틈을 비집고 내릴까 엄두가 나질 않는다. 힘을 주고 뒷문을 향해 몸을 비틀어보지만 꿈쩍도 하지 않는다. 바로 옆에 붙어 있는 사람들에게만 알력이 전해져 그들은 노골적으로 불쾌한 얼굴을 숨기지 않는다.

내리는 것도 문제지만 30분쯤 전부터 쉴 새 없이 전화벨이 울려대는 통에 그는 난감하다. 주머니까지 손을 내려서 전화기를 꺼내 받는 게 그의 상황에서는 불가능에 가까운 일이다. 에델바이스, 전화벨이 쉬지 않고 계속 울린다. 안 그래도 너나없이 짜증이 물밀듯 몰아치는 버스 안, 쉬지 않고 울리는 벨 소리의 주인을 사람들이 찾고 있다.

누군 줄 몰라도 전화 좀 받으쇼. 진동으로 좀 바꾸어놓든가.

어디선가 들려오는 목소리에 그는 태연할 수가 없다. 전화기를 꺼내려고 손을 내린다. 앞에 서 있는 여자의 허리와 골반을 훑을 수밖에 없다. 여자도 난감하지만 어쩔 수 없다는 듯, 숨소리만 조금 거칠어질 뿐, 별말이 없다. 그가 힘들게 망해사에서 걸려온 전화를 받는다.

스님, 지금 전화를 받을 수가 없어요.

……저기, 시님이 아니고, 공양보살인디요.

제가 지금……

시님은 절대 안 된다고 혔지만, 아무래도 말씀을 드리는 게……

공양보살은 남자의 말을 자른 채 자기 얘기를 잇는다. 남자는 말없이 가만히 수화기에 귀를 대고 있다. 핸드폰 너머에서 들려오는 공양보살의 목소리는 주위의 사람들 모두가 들을 수 있을 만큼 쩌렁쩌렁하다.

실은 시님이 많이 아팠시오. 그니까 작년 가을잉게, 벌써 반년이 뭐여, 달로 따지면, 겨울 지났신게 한 8개월은 됐는가 보요. 전주 예수병원서 자궁암 말기라는디, 자궁뿐만이 아니라, 폐로 간으로 암 덩이들이 다 옮겨갔다고, 6개월이나 살랑가 모르겠다고……

전화 내용을 모두 듣고 있는 그 주위의 사람들이 전화기 주인을 찾아 두리번거린다. 키가 제법 큰 여자에 가려 그의 존재는 쉽사리 드러나지 않는다. 그가 내쉬는 긴 한숨 소리만 남는다.

근디, 옆에서 보니께 얼매 안 남은 거 같애요. 시님은 일똥 시님이 병원을 알아봉다고 하셨다고 하시는디, 그보다도 여기 한번 내려오셔요. 깨딱허다간 시님 간 다음에 오시겠어요. 그 말을 꼭 좀 하려고, 제가 시님 졸라 번호를 알아냈시오. 구니께 이해 좀 허시고……

네, 알겠습니다.

그가 전화를 끊는다. 내막이야 모르지만 대충의 내용을 들은 사람들의 숨소리가 여운을 남긴다.

전화를 황급히 끊은 이유는 이제 내려야 하기 때문이다. 그는 앞으로 나아가기 위해 안간힘을 쓴다. 사람들이 좀체 틈을 내어 주지 않는다. 누군가 이 와중에 방귀를 꿰었는지 탁한 냄새가 사람들을 자극시킨다. 벨을 눌러야 하는데 손이 닿질 않는다. 그는 살을 맞대고 같이 왔던 여자에게 천장에 붙어 있는 벨을 눌러달라고 부탁한다. 여자가 벨을 눌러준다. 손이 빠져나간 그녀의 가슴에 그의 턱이 가 닿는다. 물론 의도한 것은 아니다. 여자도 알고 있는지 별로 기분 나쁜 기색이 아니다. 문제는 사람들을 뚫고 정류장에 내리는 일이다. '독해져야 한다.' 그는 속으로 다짐한다. 앞에 서 있는 여자에게 양해를 구하고 몸을 억지로 틈 사이로 밀어 넣는다. 그의 왜소한 몸이 조금씩, 조금씩 사람과 사람 사이, 틈 없던 틈으로 천천히 밀려 들어간다.

결국 그는 내려야 할 정류장에서 내리지 못한다. 버스는 잠깐 정류장에 섰다가 내리는 사람 없이 출발한다. 버스는 금세 다음 정류장을 향해 가고 그의 마음은 복잡해진다. 다음 정류장을 넘기면 버스나 택시를 타고 돌아와야만 한다. 그는 기를 쓰고 사람들 틈을 비집는다. 버스가 서고 몇몇이 힘들게 출입문을 빠져나온다. 버스는 잠시 서 있더니 다시 출발한다.

저, 여깄습니다.

사람들 틈에 끼어 꼼짝도 하지 못한 채 그가 작은 소리로 외친다.

내립니다.

좀 전보다는 더 큰 목소리로 말한다. 옆에 있는 사람들이 그의 말을 받아 반복한다. '내린답니다.' '사람 내려요.' 그가 있는 힘을 다해 앞으로 나간다. 사람들도 조금이라도 도움이 되도록 그를 위해 틈을 만들어준다. 사람들은 소리만 나고 보이지 않는 키 작은 그의 존재를 처음으로 알아차린다. 드디어 사람들 틈을 비집고 버스에서 내린다. 밀려 나온 그는, 마치 닭의 똥구멍에서 계란이 빠지듯 쏘옥 문밖으로 튕겨져 나온다. 튕겨 나오는 마지막 순간, 쥐고 있던 핸드폰을 놓친다. 버스는 그가 내리자마자 핸드폰을 주울 새도 없이 출발한다. 그가 망연자실 버스 뒤꽁무니만 바라본다.

잃어버린 것은 핸드폰만이 아니다. 슈트 앞 단추 하나도 떨어져나가고 없다. '아, 띠발.' 그가 속으로 외친다. '아, 띠봉 낙타 때문에, 정말.' 푸념이 는다. 벤치에서 잠이 든 자신이 원망스럽다. 그는 집을 향해 터덜터덜 걷는다. 이참에 스마트폰으로 바꿔볼까 생각하다, 오늘 판 정수기 다섯 대 중 한 대가 날아간 기분이 들자, '아, 띠발' 한다.

집으로 가는 길, 그는 대형 마트에 들른다. 천천히 장을 본다. 어차피 집에 가봤자 할 일도 없고 반기는 사람도 없으니 저녁까지 먹고 들어갈 셈이다. 장을 보는 것은 자기 자신에게 전하는 핑계에 불과하다. 휴대폰 매장에 들러 슬쩍 가격을 흘끔거린다. 라면, 우유, 빵, 소시지, 즉석 미역국, 뭐 살 게 없나 두리번거린다. 시식 코너를 돌며 이것저것 집어먹는다.

떨어져나간 단추가 매달려 있던 자리가 허전해서 그는 만지작거린다. 사라진 후에야 드러나는 존재감, 하나가 없어진 뒤에야 생기는 나란히 붙어 있던 남은 단추의 존재감, 그는 사라진 단추가 그립다. 실밥만 남은 자리를 손으로 훑으며 별 필요 없는 인스턴트 음식들을 카트에 던져 넣는다.

그는 완구 코너를 한참 서성인다.

뭐, 찾으시는 거 있으세요?

매장 담당자가 묻는다.

네, 그게……

남자아이세요? 여자아이세요?

여자아이긴 한데, 파워레인저 있어요?

담당자는 대답 없이 사라졌다가 순식간에 뭔가를 들고 나타난다. 하나는 파워레인저 변신 로봇이고 또 하나는 다섯 명의 용사들이 포즈를 취하고 있는 장난감이다. 딸아이가 말하는 게 무엇인지 망설여진다.

저기, 이런 게 사람만 한 거 없습니까?

그는 농담으로 말하는데 담당자는 다시 또 뭔가를 들고 나타난다. 그는 이게 뭔가, 당황한다. 담당자가 그에게 건넨 것은 파워레인저 복장이다. 헬멧에 장화까지 들어 있다. 그는 받아든 파워레인저 복장을 우두커니 내려다본다.

집으로 돌아와 그는 장바구니를 밀어놓고 옷을 갈아입는다.

그가 파워레인저로 변신한다. 체구가 작은 그는 어린이용으로 나온 복장이 꼭 맞는다. 여러 가지 포즈를 취하며 거울을 본다. 딸아이가 좋아할 것을 생각하니 웃음이 절로 나온다. 마음에 걸리는 건 아내의 남자 친구뿐이다. 가족끼리만 있다면 창피할 것이 없겠지만, 낯설고, 더군다나 아내의 남자 친구 앞에서 파워레인저라니, 생각이 미치자 기운이 빠진다. 그가 힘겹게 파워레인저 헬멧을 벗는다. 거울 안의 그와 눈이 마주친다.

낮에 보았던 낙타가 거울로 들어온 것은 그때다. 파워레이저 슈트를 입은 낙타가 거울 밖의 그를 쳐다본다.

* 이 작품의 제목은 허수경의 시 「그때 낙타가 들어왔다」에서 가져왔다.

통(痛)

# 1

원덕 씨가 자리에서 일어나지 못한 날은 올해 들어 가장 추웠
다. 그가 죽기 사흘 전이었고, 화요일이었다. 도심의 수은주가
영하 17도까지 내려가 온 세상이 바짝 얼어붙었다.

그는 때때로 의식이 돌아왔지만 몸을 전혀 움직일 수 없었다.
현실과 몽환 사이를 넘나들고 있었다. 어떤 게 현실이고 무엇이
환상인지 구분할 수 없었다. 온기가 없는 방 안은 바깥 한파의
날씨와 별 차이가 없었다. 낡은 집의 무수한 틈으로 칼바람이
넘나들었다.

그는 눈앞에 펼쳐진 환영에 빠져 있었다. 노란 빛깔의 손톱만
한 작은 꽃잎이 천장에서 우수수 떨어져 내렸다. 눈꺼풀이 파르
르 떨렸다. 간혹 서늘한 바람과 잿빛의 함박눈이 펑펑 쏟아져
내렸다. 얼굴에 닿아도 차갑지 않았다. 눈앞으로 노란 빛깔의

꽃잎과 잿빛의 함박눈이 어지럽게 몰려들었다. 원덕 씨는 침침한 눈을 채 뜨지도 못하고 연신 깜박였다. 무수히 쏟아져 내리며 흩어지는 움직임을 그는 똑바로 쳐다볼 수 없었다. 머릿속에서는 약 기운 때문이라고 생각했지만, 얼굴로 쏟아지는 빛깔과 움직임이 너무나 아름다웠다. 간간히 약 기운에 너무 취한 것이 아닌가 하는 불안감이 들었다. 그럼에도 간지럽게 얼굴을 때리는 노란 빛깔과, 닿자마자 가벼운 촉감만 남기고 사라져버리는 잿빛이 그런 마음을 떨쳐버리게 만들었다.

때때로 의식이 돌아올 때면 환영은 순식간에 사라지고 누렇게 뜬 벽지와 우묵하게 내려앉은 천장이 눈에 들어왔다. 그는 천천히 눈을 껌벅이며 오래도록 비루한 현실을 바라보았다.

그러다가도 시선을 한곳에 오래 두지 못하고, 눈은 뒤집어졌다. 천장이 빙글빙글 돌기 시작하며 점점 허공 속으로 멀어져갔다. 그의 의식도 따라서 소용돌이치며 천장이 사라지고 생긴 무한의 공간으로 빠져들었다. 그 움직임을 좇느라 반쯤 감긴 눈을 쉴 새 없이 껌벅였다. 그러면서도 노랑 꽃잎과 잿빛 눈이 쏟아지는 무한한 공간의 끝을 황홀하게 바라보았다. 그것은 거리가 가늠되지 않는 어떤 한곳을 중심으로 천천히 소용돌이치고 있었다. 아득히 멀리 떨어져 있는 그 중심에 그의 시선이 가닿았다.

## 2

그 전날, 그가 죽기 나흘 전 월요일에는 많은 눈이 내렸다. 마당의 앙상한 매화나무 위로 소복소복 쌓이는 눈을 그는 오후 내 멍하니 바라보았다.

날이 저물 무렵이 다 되어서야 그는 부랴부랴 집을 나섰다. 걸을 때마다 발목까지 눈이 차올랐다. 폭설로 거리는 한산했다. 아주 간혹, 차들이 도로 위를 느리게 지나갔고, 가끔 마주치는 사람들의 발걸음은 위태로웠다. 병원으로 가는 길이 평소보다 두 배는 멀게 느껴졌다. 웬만해선 외출을 하지 않는 그였지만, 엄청나게 내리는 눈발을 무릅쓰고 병원에 갔다.

할아버지, 약 그렇게 한번에 드시면 더 못 드려요. 거기 수면 제랑 진통제랑 같이 들어 있어서, 많이 드시면 환각 와요.

젊은 의사가 진료실로 들어선 그를 외면한 채 말했다. 그는 평소에 진료를 받던 의사가 아니어서 조금 당황했다.

그분은 오늘, 쉬시는가?

그는 의자에 앉아야 하나 말아야 하나 고민스러워서 문가에 어정쩡하게 서 있었다.

다른 병원으로 가셨어요. 할아버지, 저는 그분처럼 정량 이 상 약 못 드려요. 아셨죠?

말귀를 못 알아듣는 사람처럼 원덕 씨는 진료실을 두리번거렸다. 몇 년을 보았던 의사가 갑자기 약 처방을 바꾼 것을 그는 그제야 알 수 있었다.

……도무지 약발이란 것이 들어먹어야지.

원덕 씨가 눈을 연신 깜박이며 느릿하게 말했다.

약은 얼마나 남으셨어요?

젊은 의사는 컴퓨터 화면에서 눈을 떼지 않고 무심히 말했다.

뭐 좀, 개얀을 땐 두 봉도 먹고, 심헐 땐 다섯 봉도 먹고. ……인자 얼매 안 남었지.

그러다 약물 중독돼요. 더 못 드리니까 정해진 날에 다시 오셔요. 아셨죠?

의사가 여전히 화면에서 시선을 떼지 않고선 짐짓 친절한 말투로 말했다.

원덕 씨가 고개를 숙인 채 잠잠히 듣고 있다가 천천히 옷을 벗기 시작했다. 그가 뭔가를 얻고자 할 때 익숙한 방식이었다. 점퍼를 벗고, 목까지 올라오는 얇은 티셔츠를 벗었다. 그제야 젊은 의사는 눈이 휘둥그레져서 그를 멍청하게 쳐다보았다. 그는 점퍼 안에 달랑 얇은 티셔츠 한 장과 바지만 입고 있어서, 그것을 벗어버리자 금세 알몸이 되었다. 헐렁한 바지 안에도 속옷을 입고 있지 않아서, 혁대를 풀자마자 바지가 홀러덩 발목으로 내려갔다. 쪼그라든 성기가 순식간에 드러났다.

지금, 뭐 하시는 거예요?

그의 몸에는 온통 붉은 반점, 새끼손톱만 한 돌기와 수포로

166

가득했다. 젊은 의사는 당황한 기색이 역력했다. 그의 몸은 보는 사람에게 혐오감을 불러일으키기에 충분했다. 그의 몸을 보는 것만으로도 누군가는 가려움이 일기에 부족함이 없었다.

나는 한겨울에도 거시기를 하나도 못 걸친당게. 날씨가 아무리 추워도 난 집에서 이러고 있소. 이 개라움을 누가 알겠소잉. 그래도 겨울이 젤 살 만함시도, 갑작스럽게 피는 열꽃 땜시 개라워서 좀체로 정신을 못 차리것다 이말이요잉. 어제는 칼을 들고 내 살거죽을 모두 벗겨내려고 했는디. …… 개라운 것보다 그게 훨 낫지 않겠소잉.

원덕 씨가 몸 구석구석을 벅벅 긁기 시작했다. 금세 피부는 벌겋게 달아오르더니 여기저기 살갗이 벗겨지고 피가 터졌다. 그럼에도 그는 손을 멈추지 않았다. 아예 손톱으로 피부를 벗겨내기라도 할 듯 인정사정없었다.

알았으니까 그만하세요. 일단 한 달치 드릴 테니, …… 그래도 약 줄이려고 노력하셔야 돼요.

의사의 말이 떨어지기 무섭게 원덕 씨는 바지를 추어올렸다.


3


원덕 씨는 죽기 사흘 전 황홀한 환영에 휩싸였다. 일찍이 그는 인생에서 그런 아름다운 장면을 본 적이 없었다. 단지 약 기운 때문이라고 생각하기에는 눈앞에 펼쳐지는 풍경이 너무나 생경하고 아름다웠다. 그가 본 무아경은 가진 것 모두를 내놓는 다 하더라도 부족함이 없었다. 그것은 꿈이 아니었다. 고통스러 웠던 지난날의 한 부분이 가감없이 펼쳐지기도 했고, 망각 속에 묻혀버린 어느 한때가 재현되기도 했다. 생전 본 적 없는 오묘 한 풍경과 이미지들이 눈앞에 떠오르기도 했다.

처음에는 그게 새로 처방받은 약 때문인 줄 몰랐고, 많이 먹 을수록 효과가 있는지도 알지 못했다. 의사가 일러준 대로 정량 만 복용했던 자신이 원망스러웠다. 죽기 보름쯤 전이었다. 그저 푹 잤으면 하는 바람으로 일주일치 약을 한번에 먹은 것뿐이었 다. 현실 너머에 신세계가 있다는 것을 그는 그날 처음 알았다.

그는 가려움 때문에 반평생 깊은 잠을 자지 못했다. 햇빛을 쐬지도 못했다. 그의 얼굴은 언제나 누렇게 떠 있었다. 햇빛을 받으면 수만 마리 구더기가 온몸에서 구물거리는 것 같았다. 잠 깐이라도 햇빛을 받으면 극심한 가려움증이 일었다.

그가 한 일이라고는 온종일 파리채를 들고 앉아 자신의 알몸 을 지체없이 가격하는 일이었다. 긁는 것보다 때리는 편이 나았 다. 가려움증을 이기는 유일한 방법은 철썩, 철썩 파리채로 몸 이곳저곳을 세차게 때리는 방법뿐이었다. 다른 어떠한 방법도 소용이 없었다. 고통은 더 큰 고통으로 이긴다는 것이 그의 신 념이었다. 언제나 벌겋게 살이 달아올랐지만 자신에게 가하는 매질을 멈추지 않았다.

겨울은 완숙하게 제 갈 길을 가고 있었고, 날씨는 점점 더 나빠졌다. 몸의 상태도 날씨에 따라 오락가락했다. 오랜 시간이 지났지만, 가려움증에 익숙해지기는커녕 고통이 더욱 커졌다. 그럴수록 자신의 몸을 향한 매질도 나날이 세졌다. 가려움이 심해지면 가끔 자신의 혁대를 풀었다. 가죽의 민첩함은 살에 쩍 붙었다가 살점을 들고 일어서는 것 같은 고통을 안겨주었다. 살이 터지고 상처가 남았지만 그때만은 가려움을 잊을 수 있었다.

4

그가 약봉지 한 달치를 입에 털어넣은 것은 죽기 사흘 전이었다. 예순여덟번째 생일을 넉 달쯤 남겨놓은 어느 겨울, 일주일치 약을 한번에 먹었다가 하루 만에 깨어난 후였다.

겨우 의식이 돌아온 그는 뭔지 모를 공허함과 허탈함에 감정을 추스를 수가 없었다. 손끝 하나 움직이지 못했지만, 의식만큼은 또렷했다. 약발이 떨어지자 더 이상 환각은 재생되지 않았다. 그는 절실하게 다시 이전의 세계로 돌아가고 싶었고, 고통 없는 그곳에서 나오기 싫었다. 문제는 약 기운이 가시자 극심한 가려움증이 한꺼번에 몰려오는 것이었는데, 긁을 수도 때릴 수도 없는 처지여서 이전보다 몇 배 더 고통스러웠다.

어찌 된 영문인지 몸에 마비가 와 누운 자리에서 옴짝달싹할 수 없었다. 그는 꼬박 한나절을 눈만 끔뻑이며 천장만 바라보았다. 신기한 일은 의식이 돌아온 뒤에도 약에 취해 보았던 환영들이 너무나 생생하게 기억나는 것이었다.

그는 약 생각이 간절했지만 몸을 움직일 수 없으니 낭패감은 크기만 했다. 약봉지는 팔을 뻗으면 닿을 만큼 가까운 곳에 있었으나 손가락 하나 까딱할 수 없었다.

의식이 또렷해질수록 온몸이 가려워 죽을 것만 같았다. 움직일 수만 있다면 시멘트 바닥에 등짝을 대고 갈고 싶었다. 그가 할 수 있는 일이라곤 멀뚱멀뚱 천장을 쳐다보며 마비가 풀리기를 기다리는 것이었다.

그는 누운 채로 찬찬히 방을 둘러보았다. 사람 손을 타지 못한 집은 이미 생명력을 잃은 지 오래였다. 살림하던 부인이 집을 나간 지도 20여 년이 흘렀으니, 집은 폐가나 다름없었다. 그는 땀을 흘리면 안 되었기 때문에, 어떠한 노동도 하지 않았다. 땀이 나면 가려움증은 극에 달했다. 약으로도 파리채로도 해결할 수 없는 고통이 찾아왔다. 그는 가급적 움직이지도 않았다. 집을 손본다는 것은 생각할 수도 없었다. 그의 오래된 집도 그의 몸처럼 죽어가고 있었다.

그는 서른다섯에 늦장가를 들었다. 늦게 본 두 아이는 모두 얼마 살지 못했다. 모두 선천적인 기형을 안고 태어났다. 그때만 해도 자신 때문에 아이들이 그렇게 됐다는 것을 그는 몰랐다.

의사 말로 사지장애는 둘째치고 뇌가 없다고 했는데, 그래도 며칠을 살았다. 아이는 울지도 않았고, 눈을 뜨지도 않았고, 움직이지도 않았다. 그럼에도 젖을 먹고 변을 보는 것이 신기했지만, 며칠을 가지 못했다.

둘째 아이는 3년을 살았다. 의사 말로는 외적으로 보이는 기형보다 장기 기형이 더 심각하다고 했다. 3년이라도 산 것이 기적에 가까웠다. 그는 기형으로 태어난 아이들이 자신의 천형처럼 느껴졌다.

거뭇거뭇 곰팡이 피고 누렇게 뜬 벽지에 스며든 아이들의 얼굴을 바라보았다.


## 5


그는 그저 자고 싶었던 것뿐이었다. 처음, 일주일치 약을 한번에 먹은 것은 2주쯤 전이었다. 새로이 처방받은 약에 환각 효과가 있다는 것을 그날 알았다. 환각은 꼭 늘어난 약만큼의 효과가 있었다. 정량 이상의 약을 먹으면 가려움증도 사라졌고, 잠도 푹 잘 수 있었다. 더군다나 황홀한 환영에 그는 좋아 죽을 지경이었다. 자신이 왜 이런 것을 알지 못했는지, 겪었던 고통의 시간과 자신의 무지를 원망했다. 그러므로 그가 기억하는 행복은 죽기 전, 약에 취해 환영 속에 살았던 보름뿐이었다.

원덕 씨는 몸을 움직일 수 없는 것이 단지 진통제 때문이라고

믿었지 다른 후유의증이라고는 생각하지 못했다. 정신은 몽롱
했지만 기분은 썩 나쁘지 않았다. 그렇든 그렇지 않든 상관없는
일이었다. 몸이 가려운 것보다야 그편이 나았다.

그는 죽기 보름 전, 간만에 편안한 잠을 잤다. 아주 오랜만이
었다. 다디단 깊은 잠에 빠져 꿈속에서 과거의 한때를 밤새 헤
맸다. 그는 꿈속에서 어머니를 보았다. 44년 만이었다. 꿈이 아
니라 약이 준 환영일 수도 있었지만 상관없었다. 생전에 서로
악연이라고 믿었던 때문인지, 어머니는 죽은 후에도 꿈속에 단
한 번도 찾아오는 법이 없었다.

어린 시절이었고, 전쟁 전이었다. 모두 평온했던 시절, 그의
나이 다섯 살이나 여섯 살 무렵, 기억에서 이미 소멸되고 자취
를 감춘 한때였다.

어린 그는 볕이 따뜻한 늦봄, 아카시아와 라일락의 꽃잎과 향
기가 천지를 뒤덮던 계절의 한 자락을 보고 있었다. 툇마루에
한가로이 앉아서 어머니가 내올 점심을 기다리고 있었다. 부엌
을 오가며 분주하게 밥상을 차리는 어머니의 앳된 얼굴에 평온
함이 넘쳐흘렀다. 그런 표정은 기억 속에 존재하지 않는, 처음
보는 것이었다. 그는 툇마루에 앉아 바람에 눈처럼 흩날리는 아
카시아 꽃잎을 바라보았다. 간혹 따뜻한 바람이 꽃향기를 싣고
와 코끝이 간지러웠다. 그는 햇빛에 실눈을 뜨고 이마에 손으로
차양을 만들어 맑은 하늘을 올려다보았다.

하얀 와이셔츠 차림의 아버지가 마당에 들어섰다. 어머니가

물 묻은 손을 치마에 닦으며 수줍게 웃었다. 마을 초등학교에서 교사로 일하는 아버지는 점심을 먹으러 집에 들렀다. 어머니를 바라보는 아버지의 눈에 사랑이 가득했다.

같이 손 씻고 밥 먹자.

그는 한달음에 달려내려가 아버지와 함께 손을 씻었다. 달콤하게 풍겨오는 아버지의 땀 냄새가 그를 감쌌다. 그가 아버지의 품에 안긴 채 얼굴을 마주 보았다. 기억에 없는, 처음 보는 얼굴이었으나 낯설지 않았다. 따뜻한 햇살과 선선한 바람이 싸리문을 돌아 나갔다.

세 식구가 툇마루에 앉아 소박한 점심을 정겹게 먹고 있었다. 밭에서 막 딴 풋고추와 상추쌈, 된장국. 어렸을 적 맛보았던 미감을 그는 여전히 기억하고 있었다.

점심을 먹고 싸리문을 나서는 아버지의 얼굴에 서리가 내려앉아 있었다. 아버지가 두 사람을 돌아보았다. 아버지를 바라보는 어머니의 얼굴이 흙빛으로 일그러지며 웃음기가 사라졌다. 그도 무슨 이유에서인지 겁을 먹고 울먹였다. 아버지는 말없이 한동안 문가에 서 있었다.


6


아내하고는 10년 남짓 부부로 살았다.

다리에서 시작된 붉은 반점은 처음에는 좁쌀만 하게 두드러 기처럼 올라왔다. 문제는 가려움증이었는데, 무슨 약을 써도 가라앉지 않았다. 병원에 가도 병명을 알지 못했다. 작은 돌기와 반점은 점점 온몸으로 퍼져나갔고, 새끼손톱만 했던 크기도 커지기 시작했다. 얼굴을 빼고 온몸을 뒤덮은 돌기, 그 가려움증 때문에 그는 잠을 잘 수 없었다. 피가 배어 나오도록 긁고, 고름이 잡힐 정도로 긁어도 가려움증은 잦아들지 않았다. 살이 터지고 상처가 난 자리에서 다시 돌기가 올라왔다. 발병, 그의 나이 마흔다섯이었다.

그 무렵 그는 같이 참전했던 동료들이 비슷한 병에 걸렸다는 것을 알게 되었다. 심한 경우엔 이미 죽음으로 내몰린 사람도 여럿이었다. 어느 날, 갑자기 찾아온 김 중사가 그에게 병명을 일러주었다. 87년, 제대한 지 20년 만이었다.

이제, 우리의 권리를 찾기 위해서 뭉쳐야 할 때가 오지 않았는가 말이다. 특히나 이렇게 어수선한 상황에서는 더욱 우리의 전투력이 발휘될 때지.

그는 김 중사를 보자 순식간에 20년 전 몸서리쳐지는 한때로 돌아간 듯했다. 김 중사는 정체를 알 수 없는 군복 차림이었다. 코가 뾰족하고 번쩍번쩍 광을 낸 군화가 눈부셨다. 김 중사는 그와 동향이고 동갑내기였다. 3년을 내리 같이 지냈지만 김 중사에 대해서 아는 것은 별로 없었다. 그가 아는 전부는 김 중사가 성질이 포악하고 사람 됨됨이가 저질이라는 것이었다. 김 중사는 까닭 없이 졸병들을 괴롭혔는데, 전쟁에서 살아남는 것보다 그것이 더욱 힘들었다. 더군다나 동향이라는 빌미로, 동갑내기라는 핑계로 김 중사는 자신이 모의한 위악질에 그를 끌어들이곤 했다. 그는 진심으로 김 중사를 싫어했지만, 거부할 수 없었다. 그는 피해자이면서 가해자였다.

제대한 지 20년이나 흘렀지만 천연덕스럽게 다시 선임의 자리로 들어오는 김 중사를 밀어낼 수 없는 자신이 잘 이해되지 않았다.

갑자기 찾아온 김 중사는 하루가 멀다 하고 집에 들렀다. 그는 자기 집처럼 들락거리는 김 중사에게 한마디도 하지 못했다. 김 중사는 아내에게 밥을 차려 오게도 하고 안방에 누워 잠을 자기도 했다. 아내를 옆에 끼고 술을 마시기도 했다. 그는 20년 전 그랬던 것처럼 옆에서 비위를 맞추었다. 자신이 한심해서 참을 수 없었지만 거절하는 방법을 알지 못했다. 김 중사는 주말을 내내 그의 집에서 보내기도 했다. 그때마다 그와 아내는 김 중사의 수발을 들고 심부름을 했다.

오늘은 장어를 구워볼까, 심 상병.

김 중사가 말하면 불편한 몸을 이끌고 그는 시장에 가서 장어를 사오고 숯불을 피웠다. 불평을 늘어놓던 아내도 언젠가부터 잠잠해졌다. 술상을 차리고 김 중사를 거들었다. 그는 술을 전혀 마시지 못했는데, 술이 한 모금만 들어가도 온몸이 벌겋게 달아오르고, 죽을 만큼 심한 가려움증이 찾아왔다. 그가 술을 할 수 없으니, 아내가 김 중사의 술 시중을 들었다. 처음에는 분명 그렇게 시작했다.

아내가 집을 나간 후 돌아오지 않는 이유가 김 중사와 무관하지 않은 것을 그는 짐작했지만, 드러내놓고 물어보지도 못했다. 갑자기 아내가 사라지고, 김 중사의 발길도 몇 년간 뜸해졌다.


## 7


원덕 씨는 깊은 잠에서 깨어났다. 그렇게 편안한 잠을 잔 것은 실로 오랜만이었다. 그가 본 것이 꿈 같기도 하고 오래전 자신의 기억 같기도 했다. 잘 분간이 가지 않았다. 잠을 잔 것 같기도 하고, 안 잔 것 같기도 했다. 그는 현실과 환영의 경계를 명확하게 구분할 수 없었다. 어쨌거나 그것은 중요한 일이 아니었다. 메마른 눈가에 살짝 눈물이 맺혔다.

원덕 씨는 실제로 아버지의 얼굴을 기억하지 못했다. 기억 속에 남은 것이라곤 모두 남에게서 들은 얘기뿐이었다. 환영 속에서 보았던, 집을 나서던 아버지의 모습이 마지막이었는지는 알수 없었다. 그런 기억은 없었다. 어머니는 일생 동안 남편에 대한 이야기를 일절 입에 담지 않았다. 그도, 그의 여동생도 사리분별을 할 줄 아는 나이가 되어서는 아버지라는 말을 입 밖에 꺼내는 일이 없었다.

아버지는 전쟁이 나기 한 해 전 갑자기 사라졌다. 아무도 그의 행방을 아는 사람이 없었다. 마을에는 실체 없는 흉흉한 소문만 무성했다.

한 해 뒤 소문으로 맴돌던 그 이야기들은 모두 현실이 되어 돌아왔다. 전쟁과 아버지에 대한 소문 모두 그냥 떠돌던 이야기가 아니었다. 마을은 혼란에 휩싸였다. 뭐가 옳고, 어떻게 되어야만 옳은 것인지를 놓고 사람들은 반으로 갈렸다. 전쟁의 상황은 때때로 변했고 예측할 수도 없었다. 아버지는 다시 사라졌고 이번엔 돌아오지 않았다. 오랜 시간이 지났지만, 그에게는 여전히 현재인 이야기였다.

원덕 씨는 습기를 먹어 곰팡이가 핀 벽지와 배를 볼록하게 내민 천장을 바라보며 아주 오래전의 일들을 떠올렸다. 꿈이건 환각이건 자신이 본 것이 너무 생생해서, 정말로 60여 년 전 실제로 있었던 일에 대한 기억의 편린 같았다.


8


김 중사가 다시 나타나기 시작한 것은 몇 년이 지난 후였다. 그사이 정권이 바뀌었다. 새로운 시대에 발맞추어 김 중사는 돌아왔지만, 아내는 돌아오지 않았다.

제수씨는 집을 비운 모양이지?

김 중사가 딴청을 피우며 슬쩍 말을 던졌다. 그는 못 들은 척 파리채로 허벅지를 세차게 때렸다.

파리 잡듯이, 이렇게 하면 되는 건가?

짝. 김 중사가 파리채를 뺏어 들더니 잽싸게 그의 등짝을 후려갈겼다. 살갗이 터지고 벌겋게 일어섰지만, 그는 아픈 줄도 몰랐다.

어떤가? 시원한가? 가려운 곳도 서로 긁어주는 것이 바로 전우애지. 안 그런가?

김 중사는 인정 넘치게도 파리채로 그의 몸 구석구석을 쩍, 쩍 소리가 나게 때려주었다.

그 무렵 김 중사는 단체 결성에 온 힘을 기울이고 다녔는데, 몇 개의 단체에서 일을 하는 모양이었다. 정권이 바뀌고 후유의 증을 앓는 참전 군인에게 조금씩 지원금이 나오기 시작했는데, 그의 몫을 모두 김 중사가 좋은 일에 쓰겠다며 가져갔다.

이게 다 전우를 위해서 하는 일인 걸 심 상병도 잘 알 것이다. 이렇게 모은 돈은 우리의 미래를 위해 공평하게 쓰일 것이다.

그는 입이 없는 사람처럼 생활비를 모두 빼앗기고도 아무 말도 하지 못했다. 김 중사가 말하는 일이 그가 생각해도 꼭 필요한 듯 느껴졌기 때문이었다.

너뿐만이 아니다. 내가 받는 지원금도 하나도 남김없이 단체에 기부하고 있고, 다른 전우들 모두 이 일에 동참하고 있다. 그러니 어떻게 심 상병만 빠질 수 있겠는가.

그는 살아갈 방도가 전혀 없었음에도 김 중사에게 아무런 말도 하지 못했다. 가끔 김 중사가 선심 쓰듯 들고 오는 쌀과 김치로 겨우 연명했다.

피부병은 날이 갈수록 심해져서 진물이 흐르고 고름이 터지기가 다반사였다. 병원에 가지 않고 약도 없이 고통을 참기만 했으니 상황이 나아질 리 없었다. 그는 상처에 실없이 부채질이나 하고 있었다.

드디어 심 상병에게 임무가 주어졌다. 오래도록 기다려온 전투이니, 목숨을 걸고 진지를 사수하도록.

그가 멀뚱히 김 중사를 쳐다보았다. 지원금 나오는 날에만 들르던 김 중사가 느닷없이 찾아와 뜬금없는 말을 하는 통에 그는 어안이 벙벙했다.

경례해야지.

그가 한참을 쳐다보다가 어정쩡하게 "필승!"하며 경례를 올렸다.

그런데 군복은 있나? ……예전에 입던 군복은 맞지 않겠군. 군인이 군복이 있어야지, 지금까지 무얼 한 건가.

근디, 통체 무신 말씀을 하시넌지……

그가 보기에 김 중사는 정신이 나가서 전쟁놀이라도 하려는 사람 같았다. 김 중사의 옷차림은 현란했다. 베레모에 라이방 선글라스, 군복은 어느 나라 것인지 얼룩무늬가 너무 요란해서 눈이 어지러웠다.

이제 출정이다. 단단히 마음먹고 있도록. ……경례.

김 중사가 작은 소리로 채근해서 그는 또 어정쩡하게 "필승!" 했다.

며칠이 지나 김 중사가 돌아왔다. 어디서 구했는지 야전 상의와 예비군 모자를 그 앞에 던져놓았다.

군화는 조금 기다리도록. 요즘 보급이 원활하지가 못하다.

전쟁놀이에 푹 빠진 김 중사가 혼잣말하듯 내뱉었다. 그는 멀뚱히 김 중사가 부려놓은 것을 쳐다보았다.

5월의 어느 한낮, 제법 더운 바람과 햇볕이 자연스러운 날이었다. 김 중사는 그에게 야전 상의와 낡은 군복 바지를 입게 하고, 끈도 없는 군화를 신게 했다. 예비군 모자도 머리에 얹었다. 김 중사는 그를 데리고 시내로 향했다.

야전 상의를 걸치자 집을 나서기도 전에 온몸이 벌겋게 일어섰다. 걸을 때마다 참기 힘든 가려움에 눈앞이 캄캄해졌다. 그는 걸으면서 야전 상의 위로 긁적긁적 손을 바쁘게 움직였다.

근데, 어디로 가는 것인지. ……몸이 너매 개라와서.

그가 김 중사를 똑바로 쳐다보지도 못하고선 뒤따르며 중얼거렸다.

심 상병은 내가 시키는 대로 하기만 하면 된다. 별로 어려운 일 아니니 걱정 말고.

# 9

그가 어머니를 마지막으로 본 것은 월남으로 떠나던 해였다.

파병되기 전 그는 마지막 짧은 휴가를 받아 집을 찾았다. 어머니는 고향을 떠나지 않고 평생 집을 지켰다. 아버지가 다시 돌아오리라는 믿음 때문이었는지는 알 수 없었다. 반대로 그와 여동생은 어렸을 적 집을 나와 외지를 떠돌았다. 언제나 아버지의 전력이 그들의 앞길을 가로막았다.

청년의 그는 툇마루에 걸터앉아 볕을 쬐고 있었다. 전쟁이 끝난 지 15년이 흘렀지만, 그의 집에는 아직도 전쟁이 남긴 상처들이 진행 중이었다. 그는 어머니를 기다리다 그냥 돌아갈까 망설였다. 계절은 봄을 지나 여름으로 가고 있었다. 꽃잎과 햇살과 바람은 여전했으나, 아름답지도 향기롭지도 않았다. 그는 툇마루에 대자로 누워 하늘을 올려다보았다. 구름은 느릿하게 흘러갔고, 하늘은 낮았다.

너, 왔냐?

밭일 나갔던 어머니가 마당에 들어서며 몇 년 만에 보는 아들에게 무심히 말했다. 눈을 감고 있던 그가 천천히 몸을 일으켰다.

웬 군복이여잉. 그새 군대에 갔었냐?

느닷없이 나타난 아들도, 그를 맞는 어머니도 몇 년 동안 떨어져 있던 모자 지간이라고 하기에는 서로 건네는 말에 정이 없었다.

아주 나온 것은 아니고, 아직도 있소. 배고풍게, 얼릉 나, 밥 좀 주소잉.

요즘 군대는 밥도 안 멕이고 총질 시킨다냐. 몇 년 만에 집 찾아와 보자마자 거렁뱅이마냥 밥 타령이라냐?

어머니가 머리에 두르고 있던 수건을 풀어 옷을 털며 불퉁거렸다.

나, 뻴갱이 잡으러 월남 간다 않소. 그래서 왔당게.

어머니가 멈칫했다.

······뻴갱이는 사람 아니대냐. 말을 험하게 함시롱 전장 나간다는 아가. ······올 거믄 기별이라도 넣지 그랬냐. 대충 먹던 밥이라, 찬이 변변치 않을 틴디.

어머니는 아들의 눈을 피했다. 그녀는 살짝 눈물이 맺히려는 것을 스스로 모른 체했다. 맥없이 옷의 먼지만 털었다.

됐소, 상추에 된장이면. ······글고 엄니, 말을 좀 ······그렁게 사람덜이 우리보고 거시기하다 근거요.

머가 거시기하다냐. 사람 목숨 귀한 건 옳은 거제.

어머니가 아들의 시선을 외면한 채 부엌으로 들어갔다. 아들은 마루에 걸터앉아 천천히 군화 끈을 풀었다. 어디선가 풀벌레 소리가 구슬프게 들려왔다.

엄니, 계숙이 소석은 없당가?

뜬금없이 여동생의 안부를 물었지만, 부엌에서는 아무 소리도 들려오지 않았다.

대충 주소. 밥만 묵고 얼렁 가불 팅게.

마지막으로 어머니를 보았던 그날, 어머니와 마주 앉아 밥을 먹었는지는 잘 기억이 나질 않았다. 그는 하룻밤도 머물지 않고 집을 나섰다.

어머니도 애써 그를 잡지 않았다. 마을 사람들의 눈을 피해 담 안쪽에서 까치발을 하고, 멀어져가는 아들의 뒷모습을 오래도록 바라보았다.

그는 동네를 빠져나오면서 한 번도 뒤돌아보지 않았다.


## 10


그는 어느 시위 현장에 도착했다. 한 신문사 앞거리를 막고 과격한 집회가 진행되고 있었다. 그 주변에서는 막아서는 경찰과 격렬한 몸싸움이 벌어지고 있었다. 간혹 LPG가스통들이 허공에 불길을 내뿜으며 경찰과 행인들에게 위협을 가했다. 그는 도대체 무슨 일인가 싶어 연신 두리번거리며 김 중사의 뒤를 쫓았다. 모인 사람들은 그들과 마찬가지로 모두 군복을 입고 있었다. 마이크를 잡은 연사의 입에서 '빨갱이' 소리가 나올 때마다, 그는 자기를 탓하는 것 같아 오금이 저리고, 몸이 움츠러들었다.

그는 김 중사에게 떠밀려 맨 앞줄까지 가게 되었다. 스피커의 울림이 너무 커서 그는 연사가 무슨 말을 하는 것인지, 무슨 일 때문에 이렇게 많은 참전 군인들이 모인 것인지 알지 못했다. 그는 처음으로 베트콩과 교전을 벌이던 때와 비슷한 기분에 휩싸였다. 두렵지만 흥분되고, 뭐가 뭔지 모르게 정신이 하나도 없고, 떠밀리고 떠밀려서 어딘가로 흘러가는 느낌, 강렬한 의지와 체념이 뒤섞인 어떤 감정의 폭발 직전이었다.

얼른 올라가라니까, 야, 뭐 하는 거야?

김 중사가 그에게 고함치고 있었다.

얼른 올라가서 옷 벗으라고. 전우들에게 보여주라고.

그는 떠밀려서 연단 위로 올라갔다. 마이크를 쥐고 있는 사람이 어디 소속이냐고 물었다. 그는 오랜 시간이 지났지만 잊지 않고 자신의 부대와 이름, 관등 성명을 댔다. 위에서 내려다보니 군복을 입은 노병들이 얼룩무늬 점으로 흩어졌다. 그는 현기증을 느꼈다. 그의 손은 쉬지 않고 야전 상의 위를 긁적거렸다.

뭐 하는 건가?

짙은 라이방 선글라스를 끼고 있는 사람이 물었다. 그는 움찔했다. 쓰고 있는 모자의 계급이 대령이었는데, 그는 그것을 보자 본능적으로 오금이 저려왔다. 김 중사가 연단 위로 뛰어올라와 그의 옷을 강제로 벗기기 시작한 것은 동시였다.

겨우 팬티만 남긴 채 그는 벌거벗겨졌다. 김 중사는 그의 몸이 잘 보이게 빙그르르 돌게 했다. 여기저기서 탄식이 쏟아졌다. 각종 욕설과 구호가 뒤섞여 함성을 만들었다. 사람들은 그

의 몸을 보자 흥분하기 시작했다. 그의 옆에 또 한 사람이 올려
졌다. 곧 그 사람도 발가벗겨졌다. 그 사람은 양쪽 다리가 없었
다. 온몸에 뼈만 앙상하게 남아 있었다. 살이 썩어들어가는 병
이라고 했다. 마이크를 쥔 대령은 흥분했다. 대령이 말할 때마
다 노병들은 다시 총이라도 들고 싸울 태세였다.

그는 아무 얘기도 들을 수 없었다. 멍하니 휠체어에 앉아 있
는 옆사람의 몸을 쳐다보았다. 그 사람은 고개를 푹 숙인 채 침
착하게 앉아 있었다. 그의 표정엔 체념이 서려 있었다. 집회 현
장에서 상황에 동요하지 않는 유일한 사람 같았다.

자, 모두 진격하라, 빨갱이 신문사를 다 때려 부수자.

아수라장이 되어버린 것은 대령의 명령이 떨어진 후였다. 여
기저기서 경찰과 충돌이 벌어졌고, 한 무리는 정말로 신문사를
향해 돌격했다.


11


마지막으로 그가 고향을 찾은 것은 월남에서 돌아온 직후였
다. 꼭 3년 만이었다. 그간 쌓인 피로가 한꺼번에 몰려오는 것
같았다. 어머니가 보고 싶었다. 죽을 고비를 여러 번 넘기고 보
니 원망스럽기만 했던 어머니가 너무 그리웠다. 그는 강가 억새
밭에 누워 해가 뉘엿뉘엿 넘어가길 기다렸다가 집을 향해 지친

군화를 끌었다. 그의 집은 사람이 살지 않아 폐가가 되어 있었다. 그는 선뜻 들어서지 못하고 이제는 사라져버린 싸리문 앞에 멍하니 서서 황량한 풍경을 바라보았다. 수풀 우거진 마당에 아무렇게나 낙서한 듯 보이는 팻말 하나가 박혀 있었다. '빨갱이 심원수의 집.' 그는 성큼성큼 다가가 팻말을 걷어차버렸다.

이런, 어떤 놈이건…… 뻘갱이라 하기만 혀. 나보다 뻘갱이 더 많이 죽인 넘 있음 나와보라 햐.

혼잣말처럼 그가 중얼거렸다. 그는 목울대 안으로 소리를 삼켰다. 울분이 치밀었지만, 그러면서도 혹 자기를 보는 이가 없나 주위를 두리번거렸다.

어머니는 죽었다. 그가 전쟁에 나가던 해 겨울을 넘기지 못했다고 했다. 사촌 집에 들러 소식을 들었다.

성님, 볼 면목이 없음시, 사는 꼴이 그랴서 큰엄니 장례도 변변찮었소잉.

사촌은 그의 눈을 피했다. 그도 말없이 담배만 피웠다.

전장 끝난 지가 20년이 다 돼가넌디, 우리 꼴은 아적도 이렁게…… 막막함시룽.

동상, 그런 말 말당가.

그가 마지막 담배 연기를 깊게 빨아들이고 꽁초를 발로 비벼 껐다.

장가는 갔등가?

장가는 무신, 꿈도 못 꾼디…… 자석 나면 줄줄이…… 몹쓸

짓 아니겄소잉. 그냥 대충 살다 죽을라요. 내막 모르는 디 가서 적당히 살다 죽고 싶소잉.

서른도 안 된 사람이 말이, 심허고잉.

사촌은 큰어머니를 남의 땅에 몰래 묻느라 봉분을 세우지 못했다고 했다. 묘를 찾았지만 어머니를 묻은 곳은 알 수 없었다.

실은 큰엄니 묻고 처음 오는 것이라…… 성님이 살아 돌아올 줄은 몰랐소잉.

사촌이 미안해서 어쩔 줄 모르며 고개를 처뜨렸다. 어머니를 묻었던 겨울에는 땅이 평평하고 풀이 없었지만, 3년의 시간이 지나면서 잡목과 잡풀이 우거져, 사촌은 대충 언저리만을 짐작할 뿐 정확한 위치를 기억하지 못했다. 풀이 사람 키만큼 우거져서 어머니를 묻은 곳을 정확히 알고 있다 하더라도, 봉분이 있다 하더라도 헤맬 판이었다. 어쩔 수 없이 그는 가운데 서서 동서남북 각 방위를 향해 절을 두 번씩 여덟 번을 하고는 후다닥 산을 내려왔다. 가져간 막걸리도 사방 원을 그리며 군데군데 뿌렸다. 서럽고, 불쌍했지만 그는 입술을 깨물고 눈물을 삼켰다.


12


그는 그날 옷을 잃어버렸다. 시위 현장이 아수라장이 되어버리는 바람에 김 중사도, 입고 갔던 야전 상의도 사라졌다. 그나마 바지는 찾은 게 다행이었다.

양손으로 몸을 감싼 채 터덜터덜 시위 현장을 빠져나오는 그를 경찰이 불러 세웠다.

저, 저는 뭐 하는지도 모르고잉, 고참이, 데불고 와가지고잉. 여, 와서 봉게……

아저씨, 그게 아니라, 뭐라도 입고 가시라고요…… 사람들이 놀라겠어요.

누군가 재빠르게 반소매 셔츠를 그에게 건넸다. 옷을 건네는 손길이 떨리고 있었다. 그가 편히 지나갈 수 있도록 시민들과 경찰들이 길을 터주었다. 군복 바지에 경찰 상의를 입은 그가 고개를 수그린 채 터덜터덜 걸었다. 치욕스러움과 혼란스러움에 지독한 가려움증도 잠시 잊었다.

그는 자리에 누운 채로 거의 한나절 동안이나 꼼짝하지 못하고 멀뚱히 천장만 바라보았다. 그가 죽기 사흘 전이었다. 과거의 여러 순간이 그의 머릿속에서 혼란스럽게 재구성되었다. 그런 와중에도 가려움증은 지독하게 그의 몸을 잠식했다. 그는 무슨 생각을 하고 있다가도 가려워서, 긁고 싶은 충동에 모든 것을 새하얗게 잊어버리곤 했다. 아무리 체념한다고 해도 절대로 해소되지 않는 것이 있었다.

마비 증세가 조금 풀리고 몸을 움직일 수 있게 된 것은 하루가 저물 무렵이었다. 그는 힘겹게 벽을 짚고 일어나서 방에 불을 켰다. 냉골의 찬 습기가 그의 알몸을 감쌌다. 그는 파리채를 들고 몸 여기저기를 세차게 때리기 시작했다. 마음대로 몸을 움직일 수 없어서 매질이 시원찮았다. 시원하게 긁어주던 아내의 손길이 새삼 생각났다.

반복된 매질에 금세 진물이 터지고 피고름이 질질 흘러내렸다. 그럼에도 그는 매질을 멈추지 않았다. 때리면 때릴수록 가려움증은 더욱 심해졌다. 그는 더욱더 세차게 파리채를 휘둘렀다. 오른쪽 다리는 이미 피범벅이었다.

엄청난 한파가 몰아치고 있으나 그는 추운 줄도 몰랐다.

김 중사는 그의 알몸이 필요할 때만 간혹 찾아왔다. 세상이 바뀌자 살 만해진 모양이었다. 몇 년간 가로채던 지원금도 더이상 가져가지 않았다. 선심을 쓰듯 그의 몫으로 나온 정부의 지원금을 그 앞에 돌려주었다.

벌써 20년째였다. 때마다 그는 벌거벗겨졌다. 치욕스러웠지만, 그래도 살 방도는 그것밖에 없었다. 지원 단체의 도움이 없었다면 진즉 어떻게 됐을지 모르는 목숨이었다. 그는 진심으로 전우들에게 고마움을 느꼈다. 자기가 보답할 길은 몸을 보여주는 것밖에 없다는 것을 잘 알고 있었다. 그들이 원하면 알몸이라도 주어야 한다고 생각했다.

집회가 열릴 때면 동원되던 전우들은 거의 죽고 몇 사람 남지 않았다. 어쨌든 시간은 쉬지 않고 흘러, 아픈 과거와 고통을 거둬갔다.

김 중사는 한 단체의 간부를 맡은 모양이었다. 병원 매점을 여러 개 갖고 있는데, 돈을 엄청나게 번다고 했다. 집회에 같이 동원되던 사람이 부러운 듯 말하곤 했다. 매점 하나만 생기면 이런 데 다니지 않아도 될 텐데, 푸념을 늘어놓았다. 그 사람은 양쪽 다리가 없었고 식도암과 폐암 말기였다. 그래도 10여 년 봐오던 터라 간혹 속말도 나누던 사이였는데, 요새 보이지 않는 것을 보면 죽은 모양이었다.


13


그가 한 달치 약을 모두 입에 털어넣은 것은 죽기 사흘 전이었다. 겨울 최고의 한파가 몰아쳐서 세상 모든 것이 얼어붙던 날이었다. 그는 너무 가려워서 어쩔 수 없는 선택을 한 것뿐이었다. 죽을 거라고는 생각하지 못했다. 죽을 수 있을 거라고도 생각하지 못했다. 가려워서 그런 생각을 할 겨를이 없었다. 약을 먹자 모든 것이 편안해졌다. 눈앞의 세상이 환해졌다.

그는 황홀한 환영에 휩싸였다. 늘어난 약의 양만큼이나 강력한 환각이 그에게 찾아왔다. 그는 무엇을 보고 있는지, 무엇을 봤는지 이제는 알지 못했다. 그의 의식은 환영 안에서 영원히 머물 수밖에 없었다.

그의 의식과 육신이 모두 얼어붙고 있었다. 그는 군복을 입은 채 홀로 밀림에 서 있었다. 따뜻한 날씨였다. 수십 년 전 그가 보았던 밀림 속 힌두 사원 앞이었다. 사원의 입구는 서쪽으로 나 있었다. 죽음의 신을 모시는 사원 외곽은 사방이 해자로 둘러싸여 있고, 해자를 건너는 다리가 사원을 드나드는 유일한 문이었다. 이승과 저승 사이에 놓인 유일한 통로 같았다. 오래전 사원 안에서 그의 소대는 전멸했다. 여전히 억울한 혼들이 사원 안에 머물 터였다. 죽음의 사원에서 살아 나온 사람은 김 중사와 그, 둘뿐이었다. 그는 사원 앞에 서자 그 옛날 치열했던 전투가 생생하게 기억났다.

그때와 달리 고요하고 평온한 사원 앞에 그는 서 있었다. 천천히 죽음의 사원 안으로 들어갔다. 안으로 들어서자 오랜만에 보는 익숙한 풍경이 펼쳐졌다.

사원 한가운데에는 신당이 모셔져 있고, 사방을 회랑이 둘러싸고 있었다. 가운데 위치한 신당에는 상은 없고, 그림이 하나 걸려 있었다. 눈이 부리부리하고 혓바닥이 길게 나온 사신은 물소를 타고 있고, 손에는 올가미가 들려 있었다. 사신의 발밑으로 수많은 사람이 아우성쳤다. 죽음을 피해 도망가는 사람들, 군데군데 이미 죽은 듯 보이는 혼들이 겁에 질려 일그러진 표정이었다. 아름답지만은 않은 그림이었지만 그것을 보자 그는 이상하게 마음이 편안해졌다.

그는 회랑을 따라 걸으며 조각된 벽화를 한가로이 바라보았다. 벽화에는 여러 신들의 모험담이 조각되어 있었다. 신의 모습은 무서운 괴물처럼 과장되게 그려져 있었지만, 그의 눈에는 정겹게 느껴졌다. 어디선가 맑은 새소리가 들려왔다. 혹 새들을 볼 수 있을까 싶어 두리번거렸지만 보이지는 않았다. 그는 회랑을 따라 천천히 걸었다.

한참을 걷다 그는 우뚝 멈춰 섰다. 신당 뒤쪽 계단에 까만 고양이 한 마리가 눈에 들어왔다. 고양이는 깊은 눈으로 그를 노려보았다. 그는 어쩔 줄을 몰랐다. 이상하게 왈칵 눈물이 쏟아지기 시작했는데, 왜 그렇게 서럽게 우는지 스스로도 알 수 없었다.

그는 약을 먹고도 사흘 동안이나 그런 상태에 놓여 있었다. 눈을 반쯤 뜬 가수면 상태에서 그는 환각 속에 숨겨진 많은 것을 보았다. 대부분이 전쟁 전의, 잠깐이나마 평화로웠던 한때였다. 때때로 잘록한 허리, 검은 생머리가 엉덩이까지 내려오는 베트남 여인의 유혹을 즐겼다. 땅을 뚫을 것 같은 시원한 빗줄기를 알몸으로 맞기도 했다. 이제는 망각 속에 파묻힌 고향, 가족들과 마지막으로 조우했다. 환영 속에서 만났던 사람들 머리 위로 아름다운 빛깔이 어려 있었다.

고요하고 무한한 공간에서 퍼져 나오는 노란 빛깔의 작은 꽃잎이 우수수 떨어져내렸다. 그는 눈을 찡그렸다. 간혹 서늘한 바람과 잿빛의 함박눈이 펑펑 쏟아져 내렸다. 그것들은 얼굴에 닿아도 차갑지 않고 움직임이 현란했다. 눈앞으로 몰려드는 꽃잎과 함박눈 때문에 원덕 씨는 침침한 눈을 연신 깜박였다. 무수히 쏟아져내리는 그것들을 그는 똑바로 바라볼 수 없었다. 홉

사 고요한 우주, 그곳은 한곳을 중심으로 천천히 소용돌이치고 있었다. 그의 의식도 그 무한한 공간 속으로 천천히 빨려들어가더니, 곧 사라져버렸다. 마비된 사지가 한파 속에서 꽁꽁 얼기 시작했다.

그가 숨을 내려놓기 전 마지막으로 보았던 것은 하늘에서 낮게 날아오는 C-123기였다.

오렌지 온다!

누군가 외치자 참호를 파던 병사들이 환호했다. 긴 날개에서 하얀 액체가 뿜어져 나오는 모습이 포근한 구름을 만드는 것처럼 보였다. 마치 팔을 활짝 벌리며 안아주려는 듯, 멀리서 백색의 수증기 같은 것을 뿜으며 다가오는 비행기를 그도 들뜬 마음으로 바라보았다. 병사들은 비행기가 보이자 궤적을 따라 몰려들었다.

비행기는 굉음과 함께 천지를 뒤흔들며 순식간에 멀어져갔다. 희뿌연 안개가 밀림을 뒤덮었다. 하얀 가랑비가 천지사방에 뿌려졌다. 병사들은 하늘에서 날리는 액체를 서로 더 받기 위해 아우성이었다. 비행기가 뿌려대는 하얀 비가 밀림의 고약한 모기들을 쫓는다고 믿었기 때문이었다. 비행기가 지나가고 구름이 내려앉은 자리에는 나무들이 말라 죽으며 밀림이 사라졌다.

신이 나서 비행기가 날리고 간 하얀 비를 받아 몸에 바르는, 젊은 날 자신의 모습을 그는 슬프게 바라보았다. 메마른 그의 눈에 마지막 눈물이 맺혔다.

# 14

죽은 원덕 씨를 발견한 사람은 김 중사였다. 선거가 다가옴에 따라 부쩍 많아진 집회에 그를 데려가기 위해서였다. 마당에서 불러도 기척이 없자 김 중사는 군화를 신은 채 성큼성큼 마루를 가로질렀다.

어허, 동작 봐라.

방문을 열며 죽어 있는 그를 향해 김 중사가 소리 질렀다. 그의 몸은 이미 뻣뻣하게, 꽁꽁 얼어 있었다. 입은 벌어지고 눈은 반쯤 감겨 있었다.

김 중사가 어디론가 전화를 걸었다.

대대장님, 보고드립니다. 심 상병이 전사한 것 같습니다. 집회에 데려가려고 들렀더니, 죽어 있었습니다. ……그럼 어디로 보고를 할까요? ……죄송합니다.

통화를 마친 김 중사가 전화기를 만지작거리며 평생 자신의 진정한 졸병이었던 원덕 씨를 선글라스 너머로 내려다보았다. 그는 죽었지만 붉은 반점과 돋아난 돌기, 수포는 더욱 싱싱하게 살아 있는 듯 보였다. 그것을 보면 긁지 못하는 그를 위해 누구라도 대신 긁어주어야 할 것만 같았다. 김 중사가 조용히 방문을 닫더니 그대로 집을 나섰다.

쓰이거나 쯔이거나

노모가 맨발로 마을 어귀까지 아들을 마중 나왔다. 쉰이 넘은 아들을 부여잡고 뺨을 어루만졌다. 노모는 시종 씨의 뒤에 어쩔 줄 모르고 서 있는 쯔이를 보더니 인상을 찌푸렸다.

야여? ……야가, 아직 앤개벼.

짐을 받아 들며 노모는 큰아들이 데리고 온 여자를 아래위로 훑어봤다. 그러곤 고개를 숙이고 서 있는 쯔이를 눈으로 채근했다.

엄니한티 인사드래야지.

쯔이가 눈을 마주치지 못하고 까딱 고개를 숙였다.

이름이 뭐이?

이름이 쁘이여.

쁘이? 우리말은 전혀 못 하능 갑네. ……피부가 너매 까맨

게 아녀? 니 말론 한국 사람 같다도만, 통 아니고만. ……아를 나면 튀기 표가 팍 나겄시. ……이렇게 쪼맨헌 야가 밭일이라 도 할 수 있겄냐?

시종 씨는 헛기침을 하더니 둘의 시선을 피하곤 앞서 걸어 갔다.

오매, 너 우냐? 왜 우냐잉?

눈물이 터진 건 시종 씨가 성큼성큼 멀어져간 순간이었다. 돌아서 가는 그의 등을 보자 서러움이 한꺼번에 몰려나왔다. 믿고 싶었던 무엇이 막 허물어졌다. 가까스로 붙잡고 있던 가느다란 줄이 툭, 하고 끊어졌다. 막막함이 자꾸 눈앞을 어지럽게 만들었다. 그녀는 쭈그려 앉아 서럽게 울기 시작했다. 집 앞까지 갔던 시종 씨가 뛰어 내려왔다.

엄니, 왜 아를 울리고 그려요.

얼레, 내가 멈시롱 했다 그러냐. 그냥 주저앉아 울고만. 아직 시엄니한티 인사도 없음시, 얘 나라 예법이 이렇다냥? ……기가 맥히구마잉.

시간이 흘러도 쯔이가 그날 처음 느꼈던 막막함은 사라지지 않았다. 가족들의 사랑이 유일한 위안이 될 수 있었겠지만, 그러기엔 아직 서로에게 시간이 부족했다.

쯔이의 유일한 위안거리는 가족들이 아니라 바로 TV를 보는 것이었다. 쯔이는 한국에 온 뒤로 온종일 TV 앞에 앉아 있었다. TV를 보는 동안은 외롭고 서러운 생각이 들지 않았다. 음악 방송과 재방송되는 드라마 안에 그녀의 많은 오빠들이 있었다. 그녀의 코리안드림은 가요와 드라마에서 시작했다고 해도 과언이 아니었다. 쯔이에게 그들은 천상에 사는, 이상과 꿈속에 사는 사람들이었다. 고로 그들의 나라, 한국은 쯔이에게 이상과 꿈이었다.

이 사람들이 가수란 말여? 당최 이런 걸 몰라서……

쯔이가 수첩에 가지고 다니던 동방신기의 사진을 내밀었다. 시종 씨는 양손으로 양쪽 옆머리를 긁적였다. 벗어진 정수리를 가린 부분 가발이 답답해서 죽을 지경이었다. 가려운 곳은 못 긁고 옆머리를 연신 긁어댔다.

한국 가면, 동방신기, 볼 수 있어?

동방신기? 그럼, 만날, 테레비 나와. 서울에 방송국도 많아. 한국에 가자마자, 쫙악 서울 귀갱부터 하잖게.

쯔이는 시종 씨에게 처음으로 웃어주었다. 시종 씨는 뭐가 뭔지도 모르면서 그녀가 자신을 보고 웃어주는 것이 좋아서 따라 웃었다. 그는 확신할 수 있었다. 이번에는 장가갈 수 있겠다고.

우리, 서울, 가요?

별 볼 것도 읎어. 사람만 많고, 정신없고. ……엄니가 눈 빠지게 기다림시롱, 얼렁, 가자고잉.

쯔이는 비행기에서 내리자마자 남편과 함께 공항버스를 탔다. ……네에.

별일 아니었지만 그녀는 불안해졌다. 사소한 약속을 지키지 않는 것이 더욱 그러했다.

앞으로 살아야 할 집으로 가는 길이 아주 멀게 느껴졌다. 이상하게도 베트남에서 한국까지의 거리보다도 공항에서 집을 찾아가던 그 길이 더욱 먼 것 같았다. 공항에서 탔던 버스는 전주에서 섰고, 다시 버스를 갈아타고 구불구불한 산길을 두 시간 가까이 달렸다. 쯔이는 남편과 함께 외진 마을, 동안리라는 곳에 내렸다. 덕유산 자락, 시종 씨의 고향 마을이었다. 그곳은 인천공항에서도 너무·멀었고, 서울에서도, 하물며 가까운 대도시인 전주에서도 먼 곳이었다. 쯔이는 난감한 마음이 들었다. 그때서야 자신이 꿈꾸었던 코리안드림은 화려한 도시, 대도시 안에 있다는 것을 알았다.

어따? 산 좋고, 물 좋고. 내가 농사지으며 평생 산 곳이여. 이제 알콩달콩 쯔이랑 함께 살 곳이고.

쯔이는 시종 씨의 말에 아무 대답도 하지 않았다. 시종 씨는 버스에서 내려 성큼성큼 걸어갔다. 동네 입구에서부터 신이 나서 고함치며 자기 어머니와 동생을 불렀다.

엄니, 엄니! 색시 왔슈. 기종아, 기종아! 얼렁 와서 형수님한테 인사드래라.

쯔이는 시어머니와 시동생과 함께 사는 줄은 몰랐었다. 인천으로 오는 비행기 안에서 그의 가족에 대해 처음 들었다. 생각해보니 남편에 대해서 아는 것이 거의 없었다. 남편도 마찬가지였겠지만. 쯔이는 현실에 직면하고서야, 뭔가 잘못됐다는 것을 뼈저리게 느꼈다.

쯔이는 버스에서 내린 자리에서 쉽사리 발을 떼지 못했다. 금방 울음이 빵, 하고 터져 나올 것만 같았다. 꼭 다문 입술이 부들부들 떨렸다. 당장 뒤돌아 도망치고 싶고, 이제 먼 나라가 되어버린 자기 고향으로 돌아가고 싶었다. 가족을 떠나 낯선 이국에 펼쳐진 운명을 받아들이기에 그녀는 너무 어렸다. 자기가 왜 이곳에 있어야 하는지, 자신의 어리석음이 무엇이었는지 판단하기에 쯔이는 아직 어린 나이였다. 저 멀리서 맨발로 달려오는 그의 어머니가 보였다.

시종 씨는 한국으로 시집온 뒤로 매일같이 울고만 있는 어린 신부를 다독이느라 애를 먹었다.

쪼매만 지나면 괜찮아질 거랑게롬.

쯔이도 그의 말을 믿고 싶었지만 그가 자신에게 아무것도 줄 수 없다는 것을 알았다. 그녀가 원하는 것에 남편은 없었기 때문이다.

시어머니의 유별난 아들 사랑도 남편과 가까워지는 것을 막는 이유 중 하나였다. 쉰이 넘은 노총각 아들이었지만, 시어머니에게는 아직 어린애 같은, 금쪽같은 큰아들이었다. 남편은 그녀와 관계 맺지 않는 날이면 노모와 함께 잤다.

시종 씨도 점점 지쳐 쯔이에게 시큰둥해졌는데, 예외로 잠자리에서는 열정적이었다. 쯔이는 남편과 관계 맺을 때를 빼고는 언제나 혼자였다. 남편이 그녀를 찾는 횟수는 점점 늘어났지만,

마음은 더욱 멀어져만 갔다. 남편은 이제는 아예 서둘러 일을 치르고, 노모의 방으로 건너갔다. 쯔이는 벌거벗은 채 남편이 사라진 문을 멍하니 바라보았다. 힘들었지만 매일 밤마다 치근덕대는 늙은 남편, 시종 씨를 거부할 수가 없었다.

　남편, 오늘은 쉬어요. 저, 몸 아파요.

　얼레, 만날 집이 있는 애가, 니가 뭘 혔다고 아프냉. 내가 금방 끝낼 팅게. 쪼매만 참어.

　왕성한 남편의 성욕 때문에 그녀의 몸은 편치 않았다. 쯔이는 저녁을 먹은 후에 밖으로 나가 오래도록 서성였다. 남편을 피할 수 없다는 것을 알고 있었지만, 마음이 답답하고 방 안에 가만히 있을 수가 없었다. 축사에 쭈그리고 앉아 그가 잠들기를 기도했다. 거실로 나와 함께 TV를 보거나 가족과 함께하는 것을 시어머니가 싫어해서 거실로 나올 수도 없었다. 시어머니가 집에 있을 때엔 그녀는 방에서 나오지 않았다.

　시종 씨가 나름 성교에 집착하는 데에는 이유가 있었다. 쯔이에게 들인 돈 때문이었다. 그냥 잠자리에 들면 마음이 뒤숭숭해졌다. 쯔이를 그냥 내버려두는 것이 왠지 뭔가를 손해 보는 느낌이 들었다. 들인 돈이 아까운 것은 아니었지만, 쯔이를 가만히 놔두는 것도 찜찜했다. 장가 못 간 동생을 생각하면 더욱 그랬다.

　소개비로 선금 8백만 원을 내고, 원정 선을 보러 나갈 때마다 3백만 원씩을 더 내야 하는 고비용 결혼 프로젝트를 통해 쯔이를 만났다. 그는 벌써 베트남에만 두번째였고, 중국과 우즈베키스탄에도 한 번씩 다녀왔었다. 그녀를 만나기 전, 이미 선금 포함해서 2천만 원가량이 들어갔다. 들어간 돈 때문에라도 결혼이 더욱 절실했다. 결혼을 하게 되면 신부 집에 지참금으로 5백만 원을 더 지불해야 했으니, 이만저만 돈이 들어가는 것이 아니었다. 촌에서 기를 쓰고 농사를 지어보아도 1년 남짓 걸려야 버는 돈이었다. 자기 먼저 얼른 장가를 가고, 뒤이어 동생, 마흔여덟 살 먹은 기종 씨도 장가보내줄 참이었는데, 계획대로 되지 않아서 시종 씨는 동생 기종 씨를 볼 면목이 없었다. 불만없이 사정을 기다려주는 동생에게 그는 더욱 미안했다. 돈 때문에 동생 기종 씨는 해를 넘겨야만 했다. 예상했던 것보다 돈이 두 배로 들어갔기 때문이었다.

성이, 꼭 장가보내줄게. 쪼매만 참아라잉. 니 형수처럼 젊고 이쁜 여자로잉. ……내가 가본께 너는 활달해서 우주베키스탄 애들하고도 잘 어울릴 것 같아. 그쪽도 아주, 갠찮애. 늘씬하고 아주 갠찮애.

동생 기종 씨는 뒷머리를 긁적이며 쑥스러워했다. 시종 씨는 베트남에서 돌아온 후, 돈을 너무 많이 들인 것이 미안해서 동생을 볼 때마다 하루에도 몇 번씩이나 같은 말을 반복했다. 그는 동생 장가보내줄 몫까지 돈을 써버렸다는 사실에 마음이 착잡하기만 했다. 화장실에 가는 기종 씨를 붙잡고, 젖소에게 여물을 주고 있는 기종 씨를 붙잡고, 세끼 밥상에 마주 앉을 때마다 같은 말로 미안함을 표현했다.

아이고, 성, 난 갠찮애. 천천히 햐. 성 장가간 지 얼매나 됐다고 그려. 사정이 그리 있는 것도 아니고. ……찬찬히.

아녀, 내가 니 몫까지 써갖고, 마음이 그래 그려. 동상, 내년 봄인 무신 일이 있어도, 젖소를 다 팔아서라도 장개보낼 팅게.

참으로 우애 좋은 형제였다. 동생 기종 씨가 고등학교를 다니느라 전주에서 보낸 3년을 빼고는 둘은 50 평생 같이 붙어 있었다. 형은 동생을 최고로 똑똑하고 진득한 사람으로, 동생은 형을 가장 부지런하고 능력 있는 사람으로 알고 살았다. 그렇게 붙어 있었어도 살면서 서로 큰소리 한번 오고 간 적이 없이 우애가 돈독했다. 흔히 남자 형제들이 자라면서 벌이는 우격다짐도 그들에겐 없었다.

……정, 못 참겠음시 니 성수 함 빌려주고.

동생 기종 씨의 눈이 휘둥그레졌다. 젖소에게 착유기를 달고 있던 기종 씨가 뻔히 형을 쳐다보았다. 착유기가 젖꼭지를 벗어나며 엉뚱한 곳에 붙었다.

성님, ……그시, 무신……

엉뚱한 곳에 착유기가 물린 젖소가 움머, 하고 울었다.

에고, 이놈아 농담이여. 허허허허. 너, 깨딱허단 소까정 잡겄다. 언릉 바로 혀. 소 젖퉁이 아프다잖여.

기종 씨가 고개를 돌려 착유기를 제대로 소에게 달아주자 소가 울음을 멈추었다. 아무리 농담이라지만 기종 씨는 당황한 마음을 감출 수가 없었다. 모든 것이 다 까발려지고 들켜버린 것이 아닌지 조바심이 일었다. 화들짝 놀란 것이 티 나지 않았을까, 그는 슬금슬금 형의 눈치를 보았다. 혹시라도 형이 모든 것을 눈치채고 자기를 채근하는 것은 아닌지 두려웠다.

성님도, 참. ……그런 농담 마랑게. 안 그려도, 여자 하나 없시 속이 시커먼디. 그리 놀리고……

너, 내가 농담했다고 성났냐?

기종 씨가 토라진 듯 축사를 나갔다.

야, 야. 미안타. 정말, 장난이여. ……성이 잘못혔어.

멀어져가는 기종 씨를 보며 형은 난감한 표정을 지었다. 성큼성큼 막사를 벗어나는 기종 씨의 마음은 도무지 진정이 되지 않았다. 이 일을 어떻게 수습해야 할지 막막했다. 울음이 터져 나오려는 것을 그는 꾹 입술을 깨물며 참았다.

살면서 형제간에 처음으로 생긴 작은 틈이었다. 서로는 그것이 어색해서, 저녁 밥상에 마주 앉았을 때도 다른 날과는 달리 많이 웃지 않았다. 형이 슬쩍 동생의 기분을 떠보았으나, 맘이 풀리지 않았는지, 동생은 그냥 건성으로 형의 농을 받아주기만 했다.

시종 씨는 동생을 무슨 일이 있어도 해를 넘기지 않고, 장가 보내야겠다고 다짐했다. 내일이라도 당장 농협에 가서 대출이라도 알아볼 참이었다. 자기 인생 없이 형의 농사일을 뒷바라지하느라 늙어버린 동생이 안쓰러워 마음이 착잡했다. 고개를 숙이고 밥만 먹는 동생이 불쌍해서 형은 괜스레 눈물이 나왔다.

남편은 어린 신부에게 순간마다 모든 게 잘될 거라고 말했다. 이상하게 남편이 하는 그 말을 들을 때면, 쯔이는 모든 것이 엉망이 되어버릴 것만 같았다. 그녀는 지금, 남편과 함께 있는 이 순간이 불행하다고 느꼈다. 이런 감정이 미래에 더 큰 불행을 몰고 올 것만 같았다. 쯔이는 얼마 전, 시종 씨 몰래 읍내에 있는 산부인과에서 낙태를 했는데, 그게 다시 불행의 시작처럼 느껴져서 두려웠다. 한국에 온 지 다섯 달째, 그녀의 눈은 허공만 바라보고 있었다. 쯔이의 시간은 한없이 더디게 흘렀다.

멍하니 앉아 있는 시간이 많아졌다. 쯔이가 해야 할 일은 매일 산더미처럼 쌓여 있었지만, 그녀는 아무것도 하지 않았다. 시어머니의 구박이 느는 것은 당연했다. 모든 것이 싫고 귀찮아졌다. 한국에서의 결혼 생활은 시작도 해보기 전에 벌써 실패한 것 같았다. 무엇보다, 믿고 살아야 하는 나이 많은 남편, 시종 씨가 사랑스럽지 않았다.

남편, 씻고 와. 몸에서, 이상한, 냄새, 나.

아니, 뭔 냄새가 난다고 그래. 방금 씻고 온 사람헌티.

시종 씨는 킁킁거리며 자신의 몸 구석구석 냄새를 맡았다. 쯔이는 남편이 옆에 오면 가급적 숨을 참았다. 그에게서 참을 수 없는 역겨운 냄새가 났다. 실제로 냄새가 나는 것인지 아닌지는 확실하지 않았다. 냄새 때문에 그녀는 점점 남편 옆에 있기가 고통스러웠다. 관계 맺을 때마다 숨을 참느라 그녀는 죽을 지경이었다. 그나마 관계 후에 남편이 노모의 방에서 자는 게 차라리 다행이었다.

뿌이, 사랑혀.

남편이 그렇게 말할 때면 쯔이는 팔에 오소소 소름이 돋았다. 남편은 가끔 그녀에게 연민을 느낄 때면 사랑한다 말했다. 간혹, 나이 어린 신부가 먼 타국에서 자신에게 시집온 것이 안쓰럽고 불쌍하게 느껴질 때가 있었다. 고단하기만 한 농촌에서의 삶 때문에 시종 씨는 더욱 미안한 마음이 들었다. 쯔이는 그런 시종 씨의 마음이 고맙기는커녕 불편하기만 했다. 시종 씨와 관련된 무엇도 도무지 마음에 드는 게 없었다. 처음부터 그랬다.

쯔이는 그저, 시종 씨에게서 벗어나고, 집에서 도망치고 싶었다. 그뿐이었다. 그냥, 싫어진 것을 참고 싶지 않았다. 도망친다고 하더라도 그녀는 딱히 갈 곳이 없었다. 물론 돈도 한 푼 없었다. 시종 씨는 쯔이에게 돈을 일절 주지 않았다. 그도 쯔이를 완벽하게 믿지 못했다. 쯔이가 한국에 와서 알게 된 사람이라곤, 남편과 관련된 사람들밖에 없었다. 그녀는 다문화가정 모임에도 나가지 못했고, 말이 통하는 같은 나라에서 온 친구도 주변에 없었다.

실제로 남편은 쯔이가 가진 전부였다. 그녀는 그에게서 도망치겠다고 결심했을 때에야 그 사실을 깨달았다. 그렇지만 적절한 기회와 시간이 오게 되면 결코 찾을 수 없는 곳으로 도망갈 생각이었다. 그럼에도 그런 생각의 끝은 여전히 막막하기만 했다. 그래도 떠나갈 어딘가는 있을 것만 같았고, 누군가를 다시 만날 것만 같았다. 새롭게 시작할 수 있을 것만 같았다. 그것은 불행하기만 한 일은 아니었다. 다시, 한국에서 인생을 새롭게 시작할 수 있을지도 모른다고, 그런 생각의 끝에는 왠지 자신이 곧 행복해질 것 같은 희망이 생겨났다.

쯔이는 오솔길을 따라 마을 뒷산에 올라가곤 했다. 한 시간쯤 작은 산길을 따라가다 보면, 큰 나무들이 여러 그루 모여 있는 평평한 곳이 나왔다. 뒷산에서 자라는 나무들은 키도 작고 볼품없는 것들이 대부분이었는데, 그곳의 나무들은 크기부터 분위기가 달랐다. 나무 한 그루의 넓이가 어른 서넛이 팔을 벌려 안아도 그 품이 넉넉히 남을 만큼 거대했다. 쯔이는 거대한 나무에 기대고 앉아서 노래를 불렀다. 「아름다운 대나무」라는 노래를 좋아했다. 사랑을 잃고 떠도는 아름다운 처녀를 대나무에 비유한 노래였는데, 자신의 처지가 그런 것 같아 구슬펐다. 고향의 대나무 사이를 오가는 바람 소리가 그리워졌다.

한번은 남편이 그곳으로 쯔이를 찾아 올라온 적이 있었다. 올해로 53세인 시종 씨는 땀을 뻘뻘 흘리면서 처음으로 무서운 표정을 지었다.

쯔이, 일하다 말고 사라지면 어쩌자는 것이여?

화가 났다기보다는 이곳까지 쯔이를 찾으러 온 것이 짜증이 난 모양이었다.

이곳에 오면 안 뒈야. 여긴 성황당이라 무당들이나 오는 곳이여. 무당 알아? 무당 말이여. 요롷고롬 생긴 것 걸치고 춤추믄서, 하는 무당 말이여.

시종 씨가 무당들이 추는 춤을 흉내 냈다.

쁘이, 아냐. 뿌이, 아냐. ……쯔이, 오케이? 내 이름 쯔이.

쯔이는 자기의 이름을 또박또박 말해주었다.

그러니깐, 쁘이. 하여간 여기 오면 안 된다고. 여기, 귀신 살아. 귀신 알아? 요롷게롬 생겨갖고……

내 이름, 쯔이. 쯔이입니다!

토라진 쯔이가 성큼성큼 앞서 산을 내려갔다.

뿌이, 아니, 쁘이, 거 서봐. 왜 성을 내고 그려.

그가 뒤에서 불렀지만, 쯔이는 못 들은 체했다.

쯔이는 제법 한국말을 잘했다. 말을 잘 알아듣고, 한글도 제법 쓰고 읽을 줄 알았다. 그런데 막상 한국에 와서는 한국말을 쓰기가 싫어졌다. 그냥, 알아듣지 못하고, 말하지 못하는 척하는 게 쯔이는 편했다. 그녀는 하노이에 있는 외국어학교에서 한국어를 2년 동안이나 공부했다. 일반적인 고등학교 말고 전문적인 외국어학교에 진학해서 쯔이는 한국어와 영어를 전공했다.

쯔이는 고등학교를 졸업하자마자 한국으로 시집을 오게 되었다. 한국에 가게 되었다는 사실만으로도 반은 성공한 것처럼 보였다. 모든 것이 기대했던 것과는 정반대였지만.

쯔이는 누군가 훔쳐보는 것을 진즉에 알고 있었다. 욕실에 나 있는 조그만 창은 누군가 일부러 부순 것처럼 보였다. 아니, 그렇지 않을 수도 있지만 쯔이는 누군가 일부러 그래 놓은 것이라고 확신했다. 욕실의 작은 창문은 창틀의 홈이 뒤틀려 언젠가부터 닫히지 않았다. 창문은 화장실에 나 있는 것치고는 꽤 커서, 보려고 마음만 먹으면 멀리서도 안이 훤히 들여다보였다.

화장실 창문, 안 닫혀. 시종 씨가 고쳐줘.

나이도 애린 년이, 남편에게 시종 씨가 뭐여. 시방님, 여보님, 요롱코롬 불러야지.

시어머니가 옆으로 누운 채로 그녀를 나무랐다.

이 산골에서 누가 본다고 그랴. 죄다 노인네들밖에 없구만. 걱정 말어, 쁘이. 나중 시간 나면 고쳐놀 팅게.

노모 옆에 누워 있던 남편이 무심하게 말했다.

가족들은 그냥 저렇게 시간을 좀 보내면 좋아지겠지 했다. 농사의 일손이라야 이제껏 해오던 것이었으니, 특별히 더 일손이 필요한 것도 아니어서 시종 씨는 쯔이가 하고 싶은 대로 그냥 내버려두었다.

무신, 돈 처발러서 들인 며느리라는 것이 할 줄 아는 게 암껏도 없음시. 밥만 늘었네, 허이고, 참.

노모의 타박에 남편은 머리만 긁적였다. 남편은 쯔이가 점점 나아지고 있다고 생각했다. 쯔이의 표정은 더욱 심드렁해지고 우울해졌지만 그는 알지 못했다. 시골 생활에 적응하지 못하고 답답해하는 쯔이를 위해 매일 전주로 놀러 나갈 수도 없는 노릇이었다. 전주에 가봐도 뾰족한 수가 없었다. 쯔이는 오래되고 점잖은 도시의 풍경이 흥미롭지 않았다. 트럭을 몰고 나가 외식도 하고, 향수를 달래기 위해 베트남 쌀국수도 먹어봤지만, 그때 잠시뿐이었다. 더군다나 남편은 점점 쯔이와 함께 외출하는 것을 꺼렸다. 사람들의 곱지 않은 시선 때문이었다.

그래도 봄 햇살은 가끔 매혹적이었다. 겨울이 끝나가던 무렵, 쯔이가 맛보았던 한국의 추위에 비하면 가히 아름다운 날씨임이 분명했다. 쯔이가 처음 한국에 왔던 3월, 봄이 시작되는 날씨였음에도 쯔이는 꼭 얼어 죽을 것만 같았다.

지렇게 오돌오돌 떰시롱, 겨울은 어떻게 함시롱 견딜까잉.

시어머니가 이불을 뒤집어쓰고 TV만 보고 있는 어린 며느리를 쳐다보며 푸념을 늘어놓았다. 완전한 봄이 되자 쯔이는 조금 달라졌다. 밤에는 제법 쌀쌀했지만 낮에는 춥지도 덥지도 않았다. 고향의 겨울과 제법 기후가 비슷해지는 시기였다. 쯔이의 마음도 날씨 탓에 조금은 누그러졌다.

지천에 핀 벚꽃이 쯔이의 마음을 다스려주었다. 다음은 라일락, 그리고 아카시아까지 연이어 터지는 꽃 잔치에 어린 이국의 신부 마음도 조금 누그러지는 것 같았다. 아카시아 향기가 바람을 타고 깊숙한 산골 마을에 떠다녔다.

어둠 속에서 지켜보던 눈길을 알아챈 건 쯔이가 아카시아 향기에 흠뻑 취해 있을 무렵이었다. 그 향기는 기분을 좋게 만드는 마력이 있음이 분명했다. 소리를 지르지도 않았고 겁이 나지도 않았다. 처음부터 자신의 알몸을 훔쳐보는 사람이 누구인지 그녀는 알고 있었다. 어쩌면 창틀이 휘어져서 창문이 닫히지 않았던 때부터 누가 이런 짓을 했는지 쯔이는 짐작하고 있었다. 여자의 본능이고 직감이었다.

쯔이는 모른 척, 샤워를 할 때면 그쪽에서 자신의 알몸이 더욱 잘 보이도록 창문에 정면으로 섰다. 쯔이의 작지만 굴곡 있는 몸이 주위 어둠 속에서 적나라하게 드러났다.

아카시아 아래 웅크리고 앉은 어둠 속의 눈을 그녀는 똑바로 바라보았다. 그녀는 오래도록 욕실 창가에 서 있었다. 비누칠을 하며 자신의 몸을 어루만지기도 하고, 자신의 은밀한 부분을 의도적으로 만지기도 했다. 모든 행동은 아카시아 아래 어둠 속을 향해 있었다. 시간이 흐르면서 쯔이는 뭔가 확신을 할 수 있게 되었다. 아카시아 뒤에 숨어 자신의 몸을 훔쳐보는 그가 이곳을 벗어날 수 있게 해줄 거라는 희망이 그것이었다. 생각이 거기에 이르자 쯔이의 몸짓은 더욱 적극적으로 변해갔다.

기종 씨가 어린 형수의 알몸을 처음 본 것은 순전히 우연이었다. 상황이 이 지경까지 이른 것에 그는 죽고 싶은 심정이었다. 이런 결말을 가져올 것이라는 것을 전혀 상상도 하지 못했었다. 쯔이도 조금은 의도적이었음을 그는 전혀 알지 못했다. 모두 자기의 잘못으로 생긴 일이라고 생각했다.

설거지도 미룬 채, 저녁 밥상을 옆으로 물려놓고 가족들 모두 꾸벅꾸벅 졸고 있었다. 켜놓은 TV에선 오래전 방영됐던 드라마가 나오고 있었다. 노모는 코까지 골며 다디단 초저녁잠에 빠져 있었고, 형도 졸다 깨다를 반복하고 있었다. 기종 씨도 하릴없이 무슨 내용인지도 모르는 저녁 드라마를 건성으로 보고 있었다. 아주 일상적인 저녁의 풍경이었다. 오줌을 누려고 화장실에 갔던 기종 씨는 안에서 샤워를 하고 있는 소리를 듣고 밖으로 나갔다.

기종 씨는 그 처음을 떠올리면 절대로 의도적이 아니었음을, 스스로에게 변명하곤 했다. 때때론 그 순간이 억울하게 느껴지기도 했다. 집 뒤곁에서 오줌을 누던 기종 씨는 우연히 화장실 창문 틈으로 샤워를 하고 있는 어린 형수의 몸을 보게 되었다. 한 뼘쯤 열려 있는 문틈 사이로 쯔이의 아름답고 매끈한 몸이 감칠맛 나게 엿보였다. 그의 발걸음이 자기도 모르게 그쪽으로 향했다. 그는 넋을 놓고 문틈에서 뿜어져 나오는 강렬한 빛 앞에 서 있었다. 가무잡잡한 피부와 작은 몸, 잘록한 허리에서 엉덩이로 이어지는 아름다운 곡선, 몸에 비해 제법 큰 가슴에 그는 정신을 빼앗겼다. 군살이라곤 찾아볼 수 없는, 작지만 매끈한 몸매에 그는 혼을 빼앗겼다. 그 작은 문틈 사이로 쯔이의 모든 것을 보았다.

샤워가 끝나고 쯔이의 모습이 작은 틈에서 사라지자 그는 미쳐버릴 것만 같았다. 심장이 벌렁벌렁 요동쳤다. 곧 욕실의 불이 꺼지자 그는 심한 낭패감에 사로잡혔다. 그는 그 자리에 쭈그리고 앉아 조금 전 문틈으로 엿보았던 강렬한 환영을 되살려

내려 애썼다.

오밤중에 어딜 갔다 오냐?

한참 만에 들어온 기종 씨에게 형이 무심히 말했다.

……이잉, 63번에서 송아지가 나올 때가 돼서, 전등 좀 켜주고 왔당게. ……오늘벌, 허잖여.

기종 씨는 아직도 채 흥분이 가라앉지 않은 걸 들킬세라 얼른 망설이지 않고 둘러댔다. 형 시종 씨가 구성지게 방귀를 부웅, 뀌었다. 그의 외국인 형수는 방에서 음악을 듣고 있었다. 형이 사다 준 조그만 시디플레이어에서 현란한 음악이 작게 새어 나오고 있었다.

하따, 오늘은 졸립다잉. ……자야겠당.

그의 형이 늘어지게 하품을 하며 기종 씨의 눈치를 보았다. 말을 하고서도 한참 동안 TV에서 눈을 떼지 않은 채로 배를 긁었다.

기종 씨는 늙은 엄마 옆에 슬며시 누웠다. 고단한 늙은 엄마의 코 고는 소리가 적막한 밤을 더욱 쓸쓸하게 하는 것 같았다. 형이 슬쩍 일어나 기종 씨를 힐끔거리더니 방으로 들어갔다. 기종 씨는 눈을 감았다. 감은 눈 속에서 어린 형수의 몸이 어른거렸다. 곧 슬며시 방문이 열고 닫히는 소리가 들리고, 찰칵, 문을 잠그는 소리가 들려왔다. 방 안에서 현란한 아이돌 그룹의 노래가 밀려 나왔다 사라졌다.

기종 씨는 눈을 껌벅이며 천장을 멍하니 바라보았다. 이제 팔

순이 가까운 노모의 코 고는 소리가 귓가에 쩌렁쩌렁 울렸다. 기종 씨가 고개를 돌려 고단한 잠을 이어가고 있는 노모의 얼굴을 바라보았다.

방 안에서 어린 형수의 가느다란 신음 소리가 들려왔다. 그것은 꼭 환청 같아서 신경을 곤두세우며 들으려고 하면 어디론가 날아가버렸다. 그의 가슴이 다시 요동치기 시작했다. 가늘게 새어 나오는 이국인 형수의 신음 소리와, 늙은 엄마의 코 고는 소리와, 아이돌 그룹의 노랫소리와, 낮은 볼륨의 TV 소리가 외롭고 적막한 산골의 고요함을 더욱 침잠시켰다.

기종 씨가 늙은 엄마를 거칠게 흔들어 깨웠다.

엄니, 엄니. ……언능 들어가서 자. 감기 걸링당게.

기종 씨는 다음 날, 아예 문이 닫히지 않게 펜치로 화장실 창틀을 휘어놓았다.


그녀가 감쪽같이 사라졌다. 베트남에서 한국으로 시집온 지 반년이 지나고 있었다. 남편은 어안이 벙벙했다. 집집마다 돌아다니며 수소문해보았지만, 그녀를 봤다는 사람은 없었다. 마을로 들어오는 버스 운전기사에게 물어보았다. 운전기사는 친절하게 무전으로 사정을 알아봐주었다. 무전으로 마을에서 버스를 탄 외국인이 아무도 없었다는 소식이 날아왔다. 시종 씨는 안절부절못했다. 지난 여섯 달 동안 들었던 정 때문에 마음이 미어지는 것 같았다. 그보다 그녀를 데려오는 데 값비싸게 치른

돈 때문에 그의 마음이 더욱 공허해졌다. 꼭 사기라도 당한 기분이었다. 아직 사실을 모르는 동생에게 무어라고 얘기해야 할지도 난감했다. 어렵게 마련한 결혼 생활이 이렇게 허무하게 마무리되리라곤 예상치 못했다. 시종은 꽁꽁 숨겨두었던 그녀의 여권을 꺼내보았다.

이거 없인, 암 데도 못 가는디, 도대체 어디로 간겨.

남편은 신부의 여권을 펼쳐 사진을 멍하니 바라보았다. 맥없이 눈물이 흘렀다. 그녀의 물건이라고 해봐야 별 게 없었으니, 사라진 물건이 도대체 무엇인지도 그는 알 수 없었다. 시종 씨의 늙은 엄마는 집 안에 없어진 물건이 없는지 확인하고는 머리를 싸매고 앓아누웠다. 그녀의 입에서 상스런 욕들이 쉴 새 없이 방언처럼 터져 나왔다. 늙은 남편은 도대체 그녀가 어떻게 어디로 간 것인지 궁금해서 죽을 지경이었다. 별의별 생각이 짧은 시간에 복잡하게 얽혔다. 혹시라도 뭐가 잘못된 것이 아닌지 걱정이 앞섰다. 심정은 더욱 암울해졌다.

형수님. ……이럼시롱 안 되는디, 시방 내가 뭔 짓을 하는 거시……

뒤따라온 기종 씨가 성황당에서 어린 형수를 후박나무 아래, 우악스럽게 눕혔다. 용기와 자제력의 상실이 순식간에 교차됐다. 그녀는 아무런 반항을 하지 않았다. 시동생과 형수의 밀회는 그렇게 시작되었다.

처음이 어려웠지, 두 번, 세 번, 이후는 대수로운 일이 아닌

게 되었다. 시간이 지날수록 시동생도 형수도 아무런 가책이 없어졌다.

쯔이는 낮에는 시동생을 상대하고, 밤에는 남편을 상대해야 했다. 작은 몸은 두 남자를 상대하기에 버거웠지만 악착같이 참아냈다. 아버지뻘 되는 두 남자를 상대하는 것이 여간 곤혹스러운 일이 아니었다. 그녀는 꾹 참았다.

나, 임신했어. 시동생, 아기.

기종 씨는 이제껏 자신이 무슨 짓을 한 것인지 그 말을 듣고서야 깨달았다. 쉰이 다 된 나이였지만 이러한 상황을 어떻게 해결해야 하는지 알지 못했다. 혹시라도 엄마와 형이 이 일을 알게 되기라도 할까 봐 전전긍긍했다. 그가 더욱 두려웠던 것은 바로 형의 부인, 자기의 아이를 임신했다고 말하는 어린 외국인 형수였다.

나, 어떡해. 시동생.

그녀가 또박또박 시동생을 발음할 때면 차라리 마을 둠벙에라도 빠져 죽고 싶었다.

나, 애기, 나? 형, 알면, 죽어. ……엄마, 알면, 나, 죽어.

쯔이는 자기가 임신한 아이가 누구의 아이인지 알지 못했다. 어떻든 상관없었다. 어차피 낳아서는 안 될 아이임이 분명했고, 이렇게 어린 나이에 아이를 낳아서 기르고 싶은 생각도 없었다. 어떻게든 이곳을 벗어나 도망치기 위한 방법이라고 그녀는 밀려드는 가책을 마음 가장자리로 밀어냈다.

기종 씨는 형수를 산부인과에 데리고 갔다. 이런저런 핑계를 둘러대느라 그는 애를 먹었다. 물론 엄마와 형은 아무런 낌새도 채지 못했다. 의심을 사지 않기 위해 산부인과에 다녀온 날에도 그녀는 남편을 받아들여만 했다. 읍내에서 몇몇 사람이 알은체를 해서 기종 씨의 얼굴은 사색이 되었다. 좀더 먼 곳으로, 전주로 나갈 것을, 하고 그는 후회했다. 쯔이의 말만 믿었지, 그녀가 임신한 아이가 자기 아이가 아닐지도 모른다고 생각한 건 한참 후였다. 그렇든 그렇지 않든 상관없는 일이었다. 어차피 낳아서는 안 되는 아이라는 것만은 그도 분명히 알고 있었기 때문이었다.

어떻게 이렁 수가 있냐잉.

집으로 돌아온 동생을 붙잡고 형이 울면서 혀 꼬부라진 소리를 했다. 그는 얼마나 울었는지 눈두덩이 팅팅 부어 있었다.

……내가 욕심이 많아가지고잉, ……니 돈까장 다 써불고잉, ……니 장개도 못 보내주고잉……

시종 씨는 목이 메어 말을 잇지 못했다. 형의 말을 모른 척 들어야만 하는 동생의 마음도 함께 찢어지는 듯했다. 기종 씨는 형의 넋두리를 아무 말 하지 않고 들어주었다. 완전히 술에 취해 고꾸라진 형을 기종 씨는 업어서 방에 뉘었다.

쯔이를 군산의 미군 클럽 근처에 데려다 준 것은 기종 씨였다. 짓누르는 양심의 가책 때문에 그는 한집에서 쯔이와, 형을 마주 보기가 힘들었다. 누군가는 집에서 나가야 했지만, 갈 곳

없기로는 기종 씨도 쯔이와 마찬가지였다. 도망치겠다고 제안한 그녀가 오히려 고맙기까지 했다.

　시동생, 도와줘, 아무 곳에나, 데려다 줘.

　그, 시동생이라고 부르지 좀 말랑게. ……아주, 기냥 섬뜩햐.

　잠시 고민할 틈도 없었다. 그는 군산 어딘가에 있다는 미군 부대가 떠올랐다. 차라리 그 편이 서로들을 위해 낫겠다는 생각이 들었다. 결심하자 모든 것이 순조로워졌다. 쯔이는 들뜬 표정을 지었다. 그는 조금도 망설이지 않고 쯔이를 그곳에 데려다주었다. 물론 아무도 눈치를 챈 사람도, 그들을 본 마을 사람도 없었다. 쯔이는 감쪽같이 사라져버린 게 되었다.

　일주일도 못 돼서 그녀를 다시 데려와야겠다고 결심한 것은 형과 늙은 엄마 때문이었다. 생각했던 것보다 그들이 겪는 충격은 꽤 큰 듯했다. 도무지 마음을 잡지 못하고 형 시종 씨는 술만 먹었다. 먹었다 하면 전에 없었던 술주정을 부리며 울고불고 난리가 아니었다. 쯔이를 그리워하는 마음, 쌓였던 정 때문이 아니었다. 욕심 부려 과용해서 얻은 결혼이 실패로 끝나버린 것과, 또 동생에게 미안해서 그는 매일 술을 마셨다.

　노모는 금쪽같은 큰아들이 그렇게 된 것이 마음 아파 견딜 수가 없었다. 노모의 입에서는 입에 담기조차 더러운 쌍욕들, 쯔이를 저주하는 말들이 쉴 새 없이 터져 나왔다. 형과 노모를 보며 기종 씨도 참혹한 마음을 감출 길이 없었다. 형에게 시집온 그녀가 원망스럽기까지 했다.

지난밤, 술에 취해 쓰러졌던 형이 잠에서 깨자마자 또다시 소주를 대접에 부어 마셨다. 그의 눈은 며칠 동안 이어진 폭음으로 빨갛게 충혈되어 있었다. 동생이 술을 따르던 형의 손을 붙잡았다.

성님, 미안혀어. ……내가 쥑일 놈이랑게.

동생 기종 씨는 형 시종 씨에게 형수와 있었던 일을 하나도 빠짐없이 얘기했다. 동생의 말을 가만히 듣고 있던 형의 손이 부들부들 떨렸다. 울먹이며 말하는 동생에게 형이 소주를 대접에 가득 부어주었다.

……일단, ……찾아오고 보자잉.

시종 씨의 입에서 차분하게 가라앉은 쉿소리가 흘러나왔다.

다행이 쯔이는 군산을 떠나지 않았다. 한 클럽에서 그녀를 찾아냈다. 다시 집으로 데려오는 일은 간단했다. 월세방을 얻느라 빚진 돈만 물어주었다. 쯔이를 차에 태울 때까지 동생 기종 씨는 그녀의 허리춤을 움켜쥔 손을 한 번도 놓지 않았다.

저는, 행복하고, 싶어. 놓아줘. 부탁입니다.

지럴허네, 시벌년.

운전대를 잡은 시종 씨가 험악하게 쯔이를 째려보았다. 시종 씨와 기종 씨 형제 사이, 그녀는 아무 말도 하지 못하고 앉아 있었다. 만약, 둘 중 한 명이 나타났다면 어떻게든 설득하고 저항도 해보았을 테지만, 둘이 같이 나타난 것이 예사롭지 않았다. 그것이 두려워서 쯔이는 얌전히 형제를 따라 그들의 집으로 돌아왔다.

지나놓고 보면 살면서 후회되지 않는 일이란 매 순간 거의 없는 것이겠지만, 쯔이는 그날, 형제들이 모는 트럭에 절대로 올라타서는 안 되었다. 그녀가 그들의 집으로 돌아왔을 때, 이제는 누구도 호의적인 사람이 없었다. 심지어 노모는 그녀를 보자마자 머리채를 휘어잡았다.

이런 도독년, 오늘 내 손으로 작살을 낼 것이여.

노모의 부아가 얼마나 들끓었던지, 형제가 아무리 떼어놓으려 해도 그녀의 머리카락을 휘어 감은 손을 놓지 않았다.

쯔이를 찾으러 가는 트럭 안, 형제는 한참 동안 서로 아무 말이 없었다. 두 시간가량을 달려 군산 초입에 다다랐을 무렵, 형이 무겁게 입을 열었다.

······니 말을 듣고 봉게, 내가 너한티, 더 참, 미안터라고잉. ······ 원래는 화가 나고잉, 너를 때려 쥑여버려야는디잉, ······ 암시랑통 안 허드랑게.

······

그려서잉, 곰곰맨치로 생각 좀 해본게······, 내가 말여, 갸를 부인으로 생각한 게 아니드라고. 나이 차도 많이 나기도 허고. ······좀체 들어간 돈 생각만 나고, 그러드란 말이여잉, 좀체가 뿌이가 평생 베필이라든지, 아도 낳고, 그런 부인처럼 느껴지가 않았던 말이여잉. 기냥, 돈 주고 사온 여자맨치롬 기냥 그렸단 말이여. 물론 잘도 해보려고 노력도 해봤쌓었는디. ······잘 안 되드라고잉. ……그려서 곰곰맨치로 더 생각 좀 해본게. ……너만 갠찮음, 같이 셋이 잘 살아봄시롱, 어떨까 하더란 말이여잉. 그려도, 난 갠찮을 것 같더라고.

운전을 하며 형의 말을 무거운 마음으로 듣고 있던 기종 씨의 눈이 휘둥그레졌다.

그렁게롬, 성님, 말씸이……

긍게, ……그려어, 거시기 하잔 말이여잉.

그들의 집으로 돌아온 후, 쯔이는 방 안에 갇혔다. 밖에서 자물쇠로 문을 잠그고 식구들은 일을 나갔다.

오메, 이젠, 내가 며누리 요강까지 비워주면서까정 살아야겄네잉.

시어머니가 요강을 방에 던져 넣으며 그녀를 타박했다.

쯔이는 방 안에서 하루 종일 TV를 보거나 음악을 들었다. 예전만큼 아이돌 그룹의 노래가 좋지 않았다. 드라마에 완전히 흥미를 잃어버렸다.

쯔이는 며느리도, 부인도, 형수도, 아무것도 아니었다. 형제는 그녀를 공유했다. 노모도 그 사실을 알고 있었다. 나무라기는커녕, 여전히 우애 좋은 형제로 남은 것을 다행으로 여겼다.

형제는 번갈아가며 시도 때도 없이 그녀를 탐했다. 축사에서 키우는 젖소만큼의 사랑과 배려도 쯔이는 받지 못했다.

쯔이는 모든 것을 포기했다. 그녀의 코리안드림은 거기까지였다.

방의 자물쇠를 풀고 쯔이를 꺼내준 것은 낮에도 일을 시키기 위해서였다. 형제들은 노모의 일이 줄어들게 된 것이 기뻤다. 효도하는 기분이 들었다.

쯔이가 성황당 후박나무에 목을 맨 것은 방에서 풀려난 다음 날이었다. 그녀가 한국으로 시집온 지 반년이 지났다.

후박나무에 대롱대롱 매달려 죽어 있는 쯔이를 마을 사람이 발견했다. 형제는 그녀가 다시 도망을 친 줄 알고 군산으로 트럭을 몰고 가던 중이었다. 후박나무 밑 놓여 있는 시디플레이어에서는 신인 아이돌 그룹의 현란한 노래가 흘러나오고 있었다. 시디플레이어는 베트남에서 쯔이가 늙은 남편에게서 혼수로 받은 것이었다.

쯔이의 장례식은 간소하게 치러졌다.

아무리 연락혀도, 연락이 안 닿는당게요. 이사 가버린 모양 이요잉.

시종 씨가 난감하다는 듯이 형사에게 푸념을 늘어놓았다.

쯔이는 장례 의식 없이 화장해서 성황당 근처에 뿌려졌다. 그녀의 죽음에 관한 토막 기사가 신문 한구석을 장식했는데, 그녀의 이름이 쁘이로 잘못 나왔다.

쯔이의 유골을 뿌리고 산에서 내려오면서 형 시종 씨가 동생 기종 씨에게 말했다.

한 1년쯤 있다가 말이여잉. 이번엔 니가, 장개가라고잉. 평생 이렇고롬 살 수는 없응게. ……내가 가본께 너는 활달해서

우주베키스탄 애들하고도 잘 어울릴 것 같아. 그쪽도 아주, 갠
찮애. ······ 늘씬하고 아주 갠찮애.

　　기종 씨가 생각만 해도 벌써부터 좋아 죽겠다는 듯 형을 보며
헤벌쭉 웃었다.

p

수화기 너머 상대방은 다짜고짜 자기를 기억하냐고 물어왔다. 희경은 막 간판의 불을 끄고 살림집으로 돌아가려던 참이었다. 그녀는 상대방의 물음에는 대답하지 않고 짤막하게 "솔숲펜션입니다" 하고 말했다. 희경은 상대방이 말하기 전 길게 한숨을 들이쉴 때 상대방이 P일지도 모른다는 생각을 했다. 그러니까 솔숲펜션 너, 날 기억하냐고. 남자는 재차 물었지만 희경은 아무 대답도 할 수 없었다.

희경이 한밤중에 남자의 전화를 받은 것은 일주일 전이었다. 일주일 동안 희경은 지나온 날들보다 더 고독하고 쓸쓸했다. 일주일 동안 펜션에 투숙한 손님은 늙은 부모를 모시고 찾아온 어느 한 가족뿐이었다. 인터넷으로 예약한 그 대가족은 예약한 이틀을 다 채우지 못했다. 미리 입금한 이틀치 숙박 요금에서 하루치를 돌려달라고 떼를 썼다. 정말 이곳에서는 할 것이 아무 것도 없다구요. 그러게 잘 알아보고 오셨어야지요. 희경도 아직 새색시 티를 벗지 못한 여자에게 지지 않고 대답했다. 아이는 무서워서 밖에 나가기를 꺼려 하고 부모님들도 을씨년스럽다고 거동도 안 하시구. 희경은 여자와의 말다툼이 귀찮아져서 하루 숙박 요금의 반을 젊은 엄마에게 건넸다. 그녀도 이 동네가 얼마나 을씨년스러운지를 잘 알고 있었다. 아줌마, 이건 사기라구요. 홈페이지 사진도 현실과는 너무 다르고. 이 동네가 이렇게 변한 게 제 탓이 아니잖아요. 제가 당신들을 부른 것도 아닌데 왜 제게 그러세요. 1년 동안 계획한 가족 여행이 엉망이 됐다구요. 다시 오지 않으면 되잖아요. 희경이 작은 체구를 꼿꼿이 세웠다. 빨간 장화를 신은 여자아이가 젊은 엄마의 바지춤을 잡고 늘어졌다. 나이 많은 노부부와 나이에 맞지 않게 머리를 가지런하게 빗어 넘긴 남편이 짐을 든 채로 여자의 뒤편에 어정쩡하게 서 있었다. 남편이 다가와 아이를 엄마에게서 떼어내려고 했지만 아이는 희경을 올려다보며 더욱 꼭 엄마의 바지춤을 움켜쥐었다. 희경이 더 속이 상한 것은 모든 것을 외면하고 상황을 떠넘긴 단정한 머리의 남편 때문이었다. 희경은 아이와 눈이 마주치자 애써 외면했다. 택시비라도 더 빼주세요. 희경이 신경질적으로 만 원짜리 지폐 한 장을 내밀었다. 가족들은 서둘러 솔숲 펜션을 빠져나갔다.

제가 왜 당신을 도와야 하는 거죠? 수화기 너머 P는 대답 없이 숨만 거칠게 내쉬었다. 입에서 나는 술 냄새가 수화기를 타고 희경에게 전해지는 것 같았다. 그런데 넌 왜 아직도 그곳을 떠나지 않은 거니? 그건 내가 바라는 대답이 아니잖아요. 말해보세요. 내가 왜 당신의 기억을 도와야 하는 건지. 그건……너에게도 나에게도 서로가 잃어버린 기억의 책임이 있기 때문이야. 너나 나나 어쨌든 함께했던 시간들이니까. 희경은 작은 몸을 더욱 작고 둥글게 움츠렸다. 여전히, 당신은 충분히 이기적이군요. 그녀는 한참 만에 겨우 들릴락 말락 작은 소리로 말했다. 흐허허. 아직 날 다 잊은 건 아니었군.

솔숲펜션은 솔숲에 있지 않았다. 드문드문 인공호수를 둘러싸고 있는 여러 펜션들 중에 하나였다. 서둘러 댐을 만들기 위해 수몰 위기에 몰린 주민들을 달래느라 급조된 마을의 일부였다. 마을은 온전히 호수뿐이었다. 중요한 상수원 보호 구역이라 호수 위에 오리 배를 띄울 수도 없었고, 물가를 따라 근사한 산책로가 나 있는 것도 아니었다. 그렇다고 소문난 맛집이 몰려 있는 것도 아니었다. 사람들은 기분 좋은 주말 호수 주변으로 흘러들어올 이유가 없었다. 마을은 생성되자마자 급격하게 쇠락하기 시작했다. 준공이 덜 된 채로 버려지는 집들이 늘어났다. 개발 제한이 많은 이곳에 펜션 건축이 시도된 것 자체가 이해하기 힘든 일이었는데 거기에는 그만한 이유가 있었다. 호수마을의 한가운데에는 둘째가라면 서러워할 만한 굵직한 건설회사의 K콘도가 버젓이 버려져 있었다. 각종 로비로 탄생된 거대한 K콘도 개발 붐을 타고 펜션 업자며 수몰된 동네 주민들은 앞다투어 펜션을 마구 짓기 시작했던 것이다. 자금이 탄탄하다던 우리나라 굴지의 K콘도도 비리가 폭로되어 개장 3년 만에 문을 닫고 방치 상태에 놓였다. 규제가 완화되면 다시 문을 연다는 소문이지만 그럴 가능성은 희박해 보였다. 희경은 그렇게 버려진 펜션에, 모두가 떠나고 빈 마을에 홀로 남았다. 이제 마을로 들어온 지 햇수로 10년이 다 되어갔다. 그러니까 그 많은 콘도와 펜션들이 버려진 지도 10년이 되어간다는 말이었는데, 그 황량하고 시체 같은 건물들은 이제 온전히 하나의 풍경으로 녹아 있었다.

그런데 이제 와서 잃어버린 기억을 찾아서 뭐하려고요? 음, 그게 자전소설을 하나 써야 하는데, 헷갈려. 결국 그거군요, 소설. 그래서 언제나 그랬듯이 내가 필요한 거군요. ……이제 날 그만 팔아먹을 때도 되지 않았어요? 희경의 말에서 냉정함이 묻어났다. 남자는 우물쭈물 한동안 말이 없었다. ……그냥, 보고 싶어 전화했어. 희경은 꺼놓았던 간판의 전원 스위치를 다시 올렸다. 군데군데 어둠 속에 숨어 있던 버려진 펜션들이 일제히 솔숲펜션으로 시선을 돌리는 것만 같았다. 실은 우영에게 전화했었어. 호재 동생 우영 말야. …… 희경은 이제 그만 전화를 끊고 싶어졌다. 언제나 그랬던 것처럼 무례하고 이기적인 P에게 화가 나기 시작했다.

호재는 북알래스카인가 하는 산으로 원정 등반을 갔다가 눈

사태를 만나 왼쪽 무릎을 다쳐서 돌아왔다. 다행히 목숨을 잃은 사람은 없었으나, 호재는 원정대 중 가장 큰 부상을, 같이 등반에 나섰던 희경은 골반이 깨지는 중상을 입었다. 넌 군대 안 가서 좋겠고, 너는 애기를 낳지 않아도 되니 좋겠다. 생각 없이 던진 말에 호재는 화가 났는지 처박아두었던 구식 가방을 P에게 던졌다. 한쪽 구석에 누워 있던 희경은 벽을 보고 돌아누웠다. P는 그런 버릇이 있었다. 해야 될 말이 있고, 참아야 될 말이 있고, 걸러서 사실대로 말하지 말아야 될 말이 있음에도 P는 모든 것을 사실대로, 생각나는 대로 시부렁거렸다. 분명 그가 뱉은 말로 난처한 상황에 직면했음에도 불구하고 P는 사과를 하는 데에도 인색했다. P의 내면에 화는 언제든지 넘치도록 준비되어 있었으므로 한번 한 실수를 슬기롭게 넘어가기란 어려운 일이었다. 오히려 무안해서 더욱더 화를 내기 일쑤였다.

뭐 말이야 바른 말이지. 그 먼 델 뭐하러 가가지고. 히말라야도 아니고, K2도 아닌 아무도 알아주지 않는 그 산을 뭐하러 오르냐 말이야. 미국도 아니고 소련도 아니고…… 호재는 오히려 욱했던 감정이 잦아드는 듯싶었지만 P는 말하면 할수록 아무것도 아닌 일에 화가 나기 시작해서 더욱 말이 거칠어졌다. 북알래스카라고 해서 미국으로만 갈 수 있는 게 아냐. 무식한 놈. ……그럼, 어딨는데? 북알래스카, 알래스카의 북쪽에 있는 거 아냐? 일본. ……일본? P는 말문이 막혀서 멍하니 호재만 바라보았다. 호재는 자신이 던졌던 그의 구식 가방을 천천히 집어 들어 한쪽 구석에 다시 던져놓았다. 그게 왜 거기에 있어, 인마. 그럼 어디에 있어야 하는데? 희경이 조용히 벽을 향해 한숨을 내쉬자 둘은 잠깐 말을 멈추고 벽 쪽으로 돌아누운 희경을 잠시 쳐다보았다. 알래스카지, 당연히. 북알래스카는 알래스카에 있어야 되는 게 맞지. 그럼 너, 일본 갔다 온 거야? 일본 사람들이 조난당한 널 헬기로 구해준 거야? 그만하고 이제 학교로 돌아가는 게 어때요? 벌써 며칠째야. 희경이 조용히 벽을 향해 얘기했다. 헬기 한번 타봤으면 좋겠네, 나도…… 희경 씨 말대로 그만하고 이제 돌아가는 게 어때? 너 좋아하는 운동을 하든 소설을 쓰든. 호재가 짐짓 어른스럽게 말했지만 P는 계속 북알래스카를 생각하는 듯 딴청이었다. P도 단지 며칠만 지내다 갈 생각이었지만 딱히 어디로 가야 할지를 정하지 못했고, 학교로는 안 돌아가겠다고 큰소리쳤으니 스물넷의 P는 그저 막막하기만 했다. 해서 별수 없이 무작정 호재와 희경의 단칸방에 얹혀 있었다. 그러게 휴학을 하지. 등록금 내고 학교를 안 나가는 것은 또 뭐냐. 학사 경고를 면하자는 게 아니라 부모님을 생각해봐. 니네 집이 무슨 갑부집도 아니고. 다 사정이 있어서 그래. 니가 뭘 알겠어. 사정? 그 알량한 운동한답시고? 저런 책 들고 다닌다고 그게, 어디서 본 것은 있어가지고…… 그만들 좀 해. 희경이 소리치자 호재는 마지막으로 하려던 말을 멈추었다. 하지만 호재도 이미 할 말은 다 한 후였다. 예전 같았으면 P도 호기 좋게 자존심을 내세우며 짐을 쌌겠지만 이젠 그도 정말 돌아

갈 곳이 없었다. 학교로 돌아가지 않을 거면 군대를 가든가. 아
님 일을 하든가. 당신이 더 짜증 나 그만 좀 하라구. 희경이 돌
아보지 않고서 벽을 향해 소리쳤다.

희경은 말없이 전화를 끊어버렸다. 간판 전원 스위치도 다시
내렸다. 달도 뜨지 않아 완전한 암흑이 호수 주변에 내려앉았
다. 곧바로 전화벨이 다시 울렸지만 희경은 수화기를 들지 않았
다. 어둠 속에서 계속 울어대는 전화기만 넋을 놓고 바라보았
다. 당신은 변한 게 하나도 없어서 좋겠어. 희경이 울어대는 전
화기에 대고 힘없이 말했다.

첫번째 전화가 걸려온 이후 P는 일주일 동안 매일 밤 일정한
시간에 전화를 걸어왔다. 대부분 종일 손님을 기다리다 지쳐 하
루를 정리하는 때였다. 이제 작업을 시작하려고 책상에 앉았어.
P는 인사나 하루의 안부 같은 것 없이 본론을 얘기했다. 시간이
라도 되면 내려가서 얼굴이라도 보고 싶은데, 이미 마감을 넘겨
서 말이야. 희경이 아무런 동조 없이 가만히 수화기를 들고 있
자면 P는 자신의 상황을 거만하게 엄살떨었다. 엄살이 아니야.
단편 하나를 쓰는 데도 전혀 아직도 적응이 안 된다구. 죽을 맛
이야, 정말. 등단 몇 년째인데 단편 하나에 쩔쩔매는 꼴이라니.
당신도 소설 써봤으니까 잘 알 거 아니야. P는 처음 전화를 걸
어왔을 때 기억의 복원 운운하며 거창한 화두 같은 것을 던져놓
더니 이후에는 전화 건 이유를 잊었는지 시시콜콜한 잡담만 길
게 늘어놓았다. 희경은 가만히 그가 하는 말을 듣고 있을 뿐이

었다. 그의 말을 듣고 있다가 이따금 질문을 하곤 하는 정도였다. 그러니 애초에 잃어버린 기억 같은 것은 있지도 않았다. 그건 과거에 대해 일종의 동의를 구하는 것이었다. 원래 작가라는게, 그런 게 아니겠어? 남의 기억과 과거 같은 것도 내 것으로 가져오는 것. 쓰지 못할 일이라는 것은 없는 거야, 결국은. 당신의 글 때문에 상처받는 사람들을 떠올려봐요. 당신 소설 안에 당신의 얘기나 당신이 없는 것도 그것 때문 아니었어요? …… 그건 아니야. 내 얘기보다도 훨씬 중요한 이야깃거리가 있었기 때문이야. 거짓말 마요. 낭만적인 조작 같은 것은 우리 사이에 필요 없지 않아요? ……낭만적 조작. 난 지금 그게 필요해. 그런데 장사는 잘돼? 여전히 말 돌리는 데는 선수군요.

어쩌다가 P가 호재와 희경을 따라 이상한 버섯 마을로 흘러들어간 것은 1995년 가을쯤이었다. 스물넷이나 스물다섯. 기억은 언제나 편리한 것들만 남겨두기 마련이다. 불편한 기억들은 굳이 애를 쓰지 않아도 자연스럽게 잊거나 왜곡되어 쌓이곤 한다. 시간이 흐르면 어떤 현상이나 상황이 자신의 기억인지, 다른 사람의 이야기였는지도 헷갈리게 된다. 그러니까 1995년 가을에 P가 이상한 버섯 마을에 있었는지, 아니면 친구 중 하나가 버섯 마을에 있었는지, 같이 있었던 것인지 확실치 않았다. 분명 그해 P는 산속에 있는 놀이공원에도 있었고, 가을에는 호수로 둘러싸인 도시에도 있었고, 신도시 개발지구의 철거 싸움 현장에도, 이상한 버섯 마을에도 있었던 것 같기는 했다. 그것이

P가 희경에게 10년 만에 전화를 건 중요한 이유였다. P는 그 기억을 희경에게 확인받고 싶어 했지만 희경은 그가 하는 말을 가만히 들어주기만 할 뿐 별다른 말이 없었다.

P는 일인칭 소설을 써본 지 오래되었다. 일인칭과 삼인칭, 그것은 굉장히 미묘한 차이이거나 결코 극복할 수 없는 간극이 거나, 어쨌든 그것이 불편하여 그는 쉽게 뭔가를 시작할 수 없 었다. 그 소설이라는 것이 기억의 회복이건 추억이건 과거에 대 한 변명이건, 어쨌든 아무것도 하기 싫었다. 일인칭으로 소설을 시작하면 마치 자신이 주인공인 것 같아 참을 수가 없었다. 꼭 자기 얘기가 나와야만 할 것 같은 프로답지 못한 생각에 사로잡 혔다. 그러나 그럴 때면 자연스럽게 P는 자꾸 과거로 흘러들어 갔다. 옛날 생각을 하고 있자니 오래전에 숨겨두었던 화들이 되 살아나기 시작했다. 그는 감정이 하나뿐인 것 같았다. 미안한 마음도 기쁨도 반성도 모든 것이 화로만 표출됐다. 그러니까 그 는 십몇 년 전 어느 날들을 계속 생각하고 있었던 것인데 그때 맘속에 품은 화가 되살아나는 바람에 소설이고 생활이고 모든 것이 엉망진창이 되어가고 있었다. 다시 말하면, 그는 지금껏 엄밀히 말해서 자기와는 직접적으로 상관없는, 혹은 이미 많은 사람들이 알고 있는 사람들의 얘기만 지어내고 있었다는 얘기 인데, 그것은 다시 또 다른 화를 불러오기 시작했고, 급기야 자 신과 같은 작가는 진실하지 못하여 독자와 평단을 호도하기를 일삼으니 이젠 이 판에서 사라져야만 하는 것이 아닌가 심각하

게 고려하게 되었다. 그의 낙담은 아무리 풍경 좋은 길을 산책해도 나아지지 않았다. 어쨌든 그것으로 그는 불안해지고 불편해지기 시작해서 자신이 작가가 된 것을 처음으로 후회하고 있었다. 때로 언제 소설은 안 그랬더냐 속으로 마음을 다잡아보았지만, 전보다도 소설 앞에 진실하지 못한 기분이 드는 것은 어쩔 수 없는 일이었다.

이제야 작가가 되어가는 것 같군요. 농담이 아니야, 나 정말 힘들다구. 결혼도 못 하고 이렇게 혼자 사는 것도 힘들구. 소설 그만 쓸까 해. 양해 없이 남의 얘기를 훔쳐다가 쓴 당신의 글이 얼마나 진실성이 있었겠어요. 이제야 철이 드는 모양이군요. 그런 적 없어. 모함하지 마. P는 길게 한숨을 쉬었다. 결국 당신은 그것 때문에 제게 전화한 거잖아요. 훔친 글들에게서 자유로울 수 없었겠죠. 무슨 소리야, 그건 차원이 다른 얘기라구. P는 흥분했는지 숨을 거칠게 몰아쉬었다. 얘기를 가로챈 적은 있지만 글을 훔친 적은 없어. 거짓말 마요. 잘 생각해봐요. 기억해보라구요. 그렇다고 해도 너무 오래전 일이야, 기억할 수 없다구. 얼마 안 되는 시간이라구요. 기껏해야 15년쯤 되는 시간을 잃어버렸다는 것은 변명이고 솔직하지 못한 거예요.

P는 그 무렵 일종의 허상에 사로잡혀 있었다. 실제와 허구의 중간쯤 되는, 있음직 하지만 찾을 수 없고, 있을 것 같기도 하지만 존재하지 않는 현상에 젊음을 바치려 했다. 그것은 정말이지 너무나도 애매모호한 것들이라서 사람들은 이해할 수도 알

236

지도 못하는 것이었다. 결국 사람들이 P를 그냥 한량쯤으로, 백수쯤으로 인식해버리는 것이 쉬운 때였다. P는 어찌어찌해서 한 벽돌 공장에서 일어난 싸움에 휘말리게 되었다. 그것이 그가 때에 비해 분명히 철 지난 사회과학 서적을 경전처럼 싸들고 다니게 된 이유이기도 했다.

모든 게 느릿느릿 지나가는 나른한 봄날 오후, 잔디밭에 누워 소주를 홀짝거리던 그가 한 선배를 따라나선 이유는 단지 돈을 준다는 얘기에 솔깃해서였다. 넌 이제 혁명에 동참하게 된 거라구, 그러니 자긍심을 가져. 앞서 걷는 선배가 P에게 단단하게 말했지만 P는 술에 취해 자꾸 다리가 풀리기만 했다. 선배, 저는 돈이 필요해요. 그뿐이라구요. P가 혁명군의 일원으로서 처음 부여받은 임무는 붕어빵을 파는 일이었다. 이른 새벽 P는 붕어빵 리어카를 밀고 선배가 일러준 곳으로 갔다. 붕어빵 반죽은 원래 리어카의 주인이 해주었는데, 매상이 평소보다 떨어지지만 않으면 한 학기 등록금을 주겠다고 했다. 그런데 선배, 저 아줌마는 왜 붕어빵을 팔 시간이 없는 거죠? 그보다는 더 큰일을 해야 하기 때문이지. 재벌과의 한판을 준비 중이야. P는 군말 없이 시키는 대로 붕어빵을 팔기 시작했다. 따분한 일상이었지만 다행스럽게 근처 다방에서 일하는 배달 아가씨와 안면을 터서 가끔 농담도 주고받게 되었다. 그녀에게는 언제나 무료 무한정 리필 서비스를 제공했다. 그녀가 서서 어묵 국물을 홀짝일 때면 P는 참고 참았던 용변을 보러 화장실에 다녀왔다.

성희라는 그 아가씨는 전북 임실이 고향이라고 했는데 마침 P의 고향도 그 근처여서 둘은 쉽게 말을 섞을 수 있게 되었다. 데이트라도 한번 하고 싶었지만 임실 아가씨는 쉬는 날도 정해져 있지 않았고 일이 끝난 후에도 마음대로 돌아다닐 수 없는 처지였다. P는 자랑삼아 잘 나가지도 않는 학교 얘기를 과장해서 말했다. 왠지 그래야만 계급적인 우월감을 자작할 수 있을 것 같았지만 아가씨는 그런 것에는 일말의 관심도 없었다. 그녀의 관심은 오로지 서태지뿐이었다. 빌어먹을 서태지. P가 일부러 말하면 성희는 금방 토라져서 가던 길을 가버렸다. 어쨌든 P에게도 중요한 일과가 생겨서 그저 기분 좋을 따름이었다.

그러나 며칠 후, 성희와의 놀이가 제법 본격적으로 무르익을 무렵 크나큰 시련이 엄습해왔다. 이제는 붕어 판을 능숙하게 뒤집을 수 있을 정도가 된 어느 날, 아는 사람만 아는 전대미문의 사건이 벌어졌다. 그러니까 붕어빵 반죽을 아침마다 해주던 아주머니가 텔레비전 뉴스에 토막 기사로 등장한 일이었다. 뉴스 화면에서 붕어빵 아주머니는 이제 세 돌이 지난 늦둥이를 업고 경부고속도로 상행선을 막고 누워 있었다. 물론 혼자 한 일이 아니었다. 동네 사람들과 같이 직접 제작한 현수막을 들고 약 10분간 고속도로 상행선을 막은 사건으로, 아주머니는 철창행을 지고 말았다. 반죽을 구할 수 없으니 장사도 할 수 없었다. 연애를 시작도 못 해본 성희와는 영영 이별이었다. 지금까지 일한 돈은 주겠죠? 이런 반동. 대책회의를 시작하자마자 눈치 없이 말했다가 그는 반동으로 몰렸다. 반동은 P가 가장 무서워하는 말이었다. 선배들이 가하는 가장 큰 욕이었기 때문이다. 약속한 거니까 줘야지. 구속된 붕어빵 아주머니의 남편이 다 죽은 목소리로 말했을 때 P는 고마워서 눈물이 그득 고일 정도였다. 그런데 왜 남자들은 하나도 없고 여자들만 그 무서운 고속도로에 누운 거예요? 막걸리 안주로 내어놓은 두부김치를 우물거리며 P가 말했다. 아무도 대답하는 사람이 없어 P는 재차 물었지만 이번에도 아무 대답이 없었다. 배가 무척 고팠던 P는 막걸리와 두부김치를 우물거리다가 자신이 던졌던 질문도 잊어버렸다. 이제 갓 고등학교를 졸업했으니 뭘 잊어먹기에도 좋은 나이였다. 그러나 P가 던진 질문이 씨가 되어 큰 싸움이 벌어지게 되었다. 순식간에 P가 좋아하는 두부김치가 엎어지고 밟혔다. 왜 나보고만 그러는 겨? 너도 똑같이 겁나서 못 누웠잖어. 원래 니가 1번 내가 2번 아니야. 니가 안 나가니까 내가 못 나간 거지. 이런 반동을 봤나. 붕어빵 아주머니의 남편과 포장마차 아저씨가 서로 멱살을 잡고 발을 쳐올렸다. 반동이란 욕은 그 파급력이 대단해 보였다. 마을 사람들에게도 순식간에 쉽고 널리널리 쓰이게 된 것이 P는 신기하게만 생각됐다.

원래 남자들이 하행선을 막고 여자들은 상행선을 막기로 계획했던 모양이었는데 남자들은 겁이 나서 도로에 나서지 못하고 경찰이 나서자 자기 아내들을 내팽개치고 줄행랑을 놓은 모양이었다. 벽돌 공장 마을에서 모두 일곱 명의 아주머니들이 잡혀들어갔다.

어쩌면 잘된 일일지 몰라요. 뉴스까지 타게 됐으니. 그러지들 마시고 이제 다음 대책을 마련해야지요. 좀 앉으세요, 일단. P를 이끌었던 선배가 점잖게 말하자 금세 싸움은 시들해져버렸다. 동지들끼리 먹살잡이하시면 안 됩니다. 우리에게는 감히 대적조차 힘든 싸움이 기다리고 있습니다. 똘똘 뭉쳐야 합니다. 아버지뻘은 되어 보이는 아저씨들에게 말하는 선배의 기품과 카리스마에 P는 완전히 녹아들어 그를 존경하게 되었다. 받으려던 아르바이트비 같은 것은 새까맣게 잊고 P는 벽돌공장철거비상대책위원회의 일원으로 활동하게 되었다. 그의 직함은 벽돌공장철거비상대책위원회 야간경계위원장이었다. 경계보다는 경비가 낫지 않아요? 이건 전쟁이라구. P는 아무 생각 없이 말했다가 선배의 매서운 눈초리만 되돌려 받았다.

호재 일은 순전히 그의 개인적인 일이었다구. 개인적인 일? 희경은 한동안 누그러뜨렸던 분노가 되살아나는 것을 느꼈다. 희경은 아랫입술을 깨물었다. 당신의 개인적인 일이었겠죠. 당신의 개인적인 일이 우리 모두를 어떻게 만들었는지 되돌아봐요. 당신 소설은 거기에서부터 출발해야만 했던 것이고, 용감하지 못했어요. 아니야, 나는 내 소설에게 진실했어. 자신에게조차, 과거에게조차 진실하지 못한 사람이 소설에게는 진실했다구요? 소설의 이름으로 자신을 정당화시키지 마세요. …… P는 아무 대답이 없었고 희경은 자기가 너무 쏘아붙인 게 아닌지 살짝 미안한 마음이 들었다. 생각해보면 모든 것이 P의 책임만도 아닌 것 같았다. 희경은 자신이 간직하고 있는 죄책감에 대한 해소를 원하는 것인지도 몰랐다. 호재가 사라진 것은 어쩜 P의 말대로 그의 개인적인 일일지도 모른다는 생각이 들기도 했다. 차라리 그런 것이라면 좋겠다고 희경은 생각했다. 자신이 지고 가야 될 책임을 이제는 벗고 싶은 마음이 간절한 것도 사실이었기 때문이다.

울어요? 수화기 너머로 P가 훌쩍이는 소리가 났다. 희경은 P의 반응에 오히려 안심이 되었다. 그것은 희경의 말을 순응하고 받아들인다는 의미이기도 하기 때문이었다. 내가 왜? 연시를 먹고 있어. 이제 나도 나이가 드나 봐. 예전에는 관심도 없던 것들이 맛있어지는 걸 보면. 희경은 가만히 수화기를 내려놓았고 전화기를 쩨려보았다. 어떻게 보면 P는 넉살과 뻔뻔함으로 상대방을 어이없게 만드는 장악력이 있었다. 희경은 두 손으로 얼굴을 감싸 쥐었다. 눈물이 맺히려고 하자 손가락으로 눈자위를 꾹 눌러 눈물을 참았다.

구인 광고 전단지를 들고 온 사람은 호재였다. 호재와 희경은 병원비를 대느라 두 학기 등록금을 이미 까먹은 후여서 셋은 거의 굶다시피 하고 있었다. 하루에 한 끼 라면으로 대충 때우는 게 다반사였다. 호재의 수술 받은 왼쪽 다리는 정상으로 돌아오기 힘들어 보였고 희경은 전만 못하지만 활동하는 데 큰 무리가 없었다. 우리가 찾던 곳이 발견됐어. 지금 내가 전화해보고 오는 중이라구. P는 한구석에서 책을 베고 낮잠을 자고 있었다. 희경이 다가와 전단지 위에 사인펜으로 동그라미 쳐놓은 부분을 유심히 들여다보았다. 일어나 봐, 좀. 호재가 흔들어 깨우자 P는 귀찮다는 듯이 겨우 일어나 앉았다. 무슨 일인데 그래. 김 일성이라도 죽었다니? 일자리를 구할 수 있을 것 같아. 그 다리로 무슨 일을 한다 그래. P가 도로 책을 끌어당겨 베고 누웠다. 당신이 사지가 제일 멀쩡하잖아. 우리 몫까지 해결하라고 하진 않을 테니까 당신 자신만 좀 책임져줬으면 해. 호재가 참으라는 듯 희경의 손을 가만히 잡았다. P는 벽을 보고 돌아누웠다. 다 갚으면 되잖아. 조금만 기다리라구. P의 뒷모습을 쏘아보는 희경을 호재가 가만히 달랬다.

    버섯 마을은 깊은 산속에 있었다. 차가 한 대 지나다닐 만한 임시도로를 따라 두 시간을 걸어 올라가야 했다. 절룩이는 호재가 점점 뒤로 처졌다. 마음같이 되지 않아 호재는 신경이 날카롭게 서 있었다. 처음으로 이제 자신이 장애인이 된 것을 스스로 인정해야만 하는 계기였으나 그는 잘 받아들일 수 없었다. P는 거리가 벌어지면 그늘에 철퍼덕 앉아서 희경과 호재를 기다렸다. 이거라도 들어주면 안 돼요? 희경은 호재를 부축하며 짐도 도맡아 지느라 많이 힘들어 보였다. P가 한마디 깐죽거리려다가 참았다. 자신을 쳐다보는 희경과 호재의 눈빛이 예사롭지 않았기 때문이었다. 여기 던져놓으라구. 들고 올라갈 테니. 그러게 뭐하자고 이 먼 곳까지 오자고 해서는…… 희경이 P에게 신

242

경질적으로 메고 있던 가방 하나를 던졌다.

버섯 마을에서의 채용 조건은 아무것도 없었다. 셋은 바로 일을 시작해야만 했다. 언제나 일손이 부족하다면서 머리에서 쉰내가 지독하게 나는 아저씨가 손을 재촉했다. 여기에 한국 사람은 이제 다섯밖에 없어. 당신들 셋과 사장, 그리고 나. 나머지는 동남아 애들이야. 불법이니까 비밀로 해야 한다구. 셋은 숙소라고 정해준 비닐하우스로 만든 가건물에 짐을 던져놓고 밖으로 나왔다. 지금이 가장 바쁠 때라구. 한낮 말이야.

난 지금도 그때를 생각하며 버섯은 안 먹는다구. 꼭 괴물을 먹는 기분이 들거든. …… 당신 아직도 내가 감 먹은 것 때문에 삐쳐서 그러는 거야? 그건 정말이지 애들 같잖아. 됐어요. 이제 전화 좀 그만했으면 좋겠어요. 부탁할게요. 희경은 P와의 전화 통화 때문에 일상의 평온함이 깨졌다. 전화를 끊은 후 밤에는 호재가 사라진 것에 대해 자책하느라 불면에 시달렸고, 아침이면 혹 돌아오지 않을까 그를 기다렸다. 정말이지 느닷없는 변화였다. 당신 때문에 일상이 깨졌다구요. 원래 일상이라는 것은 그런 거라구. 평온하지 않은 그 상태. 당신이 너무 조용한 곳에 오래 있어서 그래. 이제 호재의 죽음을 인정해야만 하지 않겠어? 당신이 거부한다고 죽은 호재가 다시 살아날 수는 없는 거잖아. 죽음? 당신은 정말 잔인한 사람이에요. 전화 끊어요. 희경이 던지듯 수화기를 내려놓았다. 희경은 두 무릎 사이에 얼굴을 묻고 훌쩍이기 시작했다. 호재가 그립거나 보고 싶어서 눈물이 나는 것은 아니었다. 희경은 뭔지 모를 억울함이 느껴져서 몸이 떨리기 시작했다.

버섯 농장은 거대한 비닐하우스 세 개 동으로 이루어져 있었다. 그것은 흡사 벽돌 공장 사람들이 살던 집과 비슷했다. 물론 크기는 차이가 많이 났지만 비닐하우스에 두꺼운 부직포를 덧대어 바람을 막은 것이 똑같았다. 왠지 익숙한 풍경이야. P가 혼잣말로 중얼거렸다. 그러니까 우리가 하게 될 일이라는 것은 너무나 단순하면서 신기한 경험이 될 거라는 거지. 자라난 버섯을 따서 박스에 넣기만 하면 된다는 거야. 너무나 간단하고 신나는 일이지 않아? 희경은 올라온 길이 힘들었는지 영 기력이 없어 그늘에 앉아 얼굴에 연신 손부채질을 하고 있었다. 비닐하우스촌에는 언제나 불운이 깃든다구. P가 시니컬하게 말을 내뱉었을 때도 희경은 하우스 너머 먼 곳을 멍하니 쳐다보기만 했다. 자, 이제 우리 작업장으로 일하러 가자구. 왠지 모르게 기대되는걸. 호재가 앞장서 걷기 시작하자 희경은 겨우 마지못해 따라 일어섰다.

정말이지 장관인걸. 호재는 뭐가 그리 신이 났는지 연신 감탄사를 뱉어냈다. 마치 무슨 꽃 같아. 정말. 셋은 비닐하우스 안의 풍경에 넋이 나갈 정도였다. 길이 10여 미터, 둘레 50센티미터쯤 돼 보이는 참나무 고목들이 줄지어 놓여 있었고, 나무 몸통 곳곳에 버섯이 피어 있었다. 비닐하우스 안은 참나무 고목 향기로 질식할 것만 같았다. 그것은 꼭 버섯에서 나는 향기인

듯했다. 대단한 놈들이지. 보기 전에는 모른다구. 어디선가 쉰
내가 심하게 나던 대머리 아저씨가 나타나서 불쑥 말을 꺼냈다.
그러게요. 생각보다 멋진데요. 호재는 흥분이 가라앉지 않는지
쭈그려 앉아 막 올라오기 시작한 어린 버섯을 유심히 들여다보
았다. 하루만 있어보라구, 저놈들이 무서워질 테니까. 대머리
아저씨가 졸린 듯 눈을 비비며 말했다. 희경은 멀찍이 서서 별
관심이 없었다. 희경은 호재를 따라나서기는 했지만 영 마음이
편해 보이지는 않았다. 내가 말했던가? 버섯은 꺾으면 꺾은 자
리에 여섯 시간 후면 다시 돋아나. 대머리 아저씨가 민들민들한
정수리를 긁으며 말했다. 너희들이 할 일은 그거야. 하루에 네
번 버섯을 따는 일. 틈틈이 시간 나면 자두는 게 좋을 거야. 뭐
일이 적응되기 시작하면 이런 충고도 필요 없겠지만 말야. 셋은
놀라운 진실을 안 것처럼 눈을 동그랗게 뜨고 대머리 아저씨를
쳐다보았다. 하루에 네 번? P가 영문을 모르겠다는 듯이 되물
었다. 뭐 간단해. 하루가 여섯 시간이라고 생각하면 편하다구.
버섯이 나무에 붙어사는 생이 우리에게는 하루라고 생각하면
간단한 일이지 뭐. 이제 두 시간 후면 버섯을 꺾을 시간이니 좀
쉬는 게 좋을 거야. P와 희경은 호재의 눈치를 살폈지만 호재는
호기심 가득한 얼굴로 막 돋아나는 버섯들을 보며 빙긋이 웃음
지었다.

버섯 농장에 가는 게 아니었어. 거기에서부터 어긋나기 시작
한 거라구. 아니 그전에 벽돌 공장에도 가지 말아야 했어. 모두

당신이 선택한 거잖아요. 당신은 핑계와 변명이 너무 많아요. 그건 당신도 마찬가지야. P가 희경의 말을 잘랐다. 난 제 자신에게 책임지려고 노력해요. 그래서 이곳에서 그를 기다리는 거라구요. 당신과는 달라요. 나도 내 사랑에는 책임질 줄 아는 사람이야. 희경이 뭔가 생각났다는 듯 간판 스위치를 내렸다. 손님은 일주일째 한 사람도 없었다. 당신이 사랑했던 여자들을 떠올려봐요. 언제나 당신은, 아니 당신을 가장한 인물은 사랑의 피해자로 나오잖아요. 모두 변명뿐이잖아요. 그건 단지 소설이야. 내 얘기가 아니라구. P가 길게 한숨을 내쉬었다. 거짓말하지 마요. 사랑한 이유도, 헤어진 이유도 언제나 여자 때문이었다고 주절주절, 내가 알 수 있는 몇몇도 있었다구요. 당신이 나에 대해서 뭘 안다고 그래. P가 낮은 목소리로 힘주어 말했다. 그것 때문에 제게 전화하기 시작한 거 아니었어요? 기억나지 않는 것을 말해주는 것, 그게 내가 할 일이었잖아요. P는 한동안 아무 말이 없었다. 뭐예요, 또 홍시라도 먹고 있어요? 아니, 쓸 소설의 뭘 좀 생각하고 있었어.

벽돌 공장 사람들이 비닐하우스 집을 버리고 10여 미터의 망루로 올라가서 살기 시작한 지 이틀 만에 비닐하우스촌에 원인 모를 큰불이 났다. 소방차가 불이 난 지 10분 만에 출동했으나 신기하게도 물이 없는 소방차가 불을 끄러 오는 아이러니컬한 상황이 빚어졌다. 탱크차가 물을 가득 싣고 왔을 땐 이미 비닐하우스 스무 채가 완전히 전소한 뒤였다. 마을 사람들이 소방관들과 시비가 붙은 것은 당연한 일이었으나 너무 잘 타는 것들로만 집을 지은 무허가 건물도 문제였기 때문에 더 이상의 책임은 나누지 않기로 합의를 보았다. 소방관들도 벽돌 공장 사람들도 일부러 불을 낸 사람들을 알고 있었기 때문이었다. 불이 나기 며칠 전 벽돌 공장 주변에 심상치 않은 분위기가 감지됐다. 물론 이상한 낌새를 가장 먼저 눈치챈 사람은 야간경계위원장 P였다. 며칠 전 한밤중 벽돌 공장 근처에 버스 한 대가 정차했는데 그곳을 오가는 사람들의 모양새가 심상치 않았다. 그리고 이틀 후에 큰불이 났다. 위기를 직감한 선배의 판단으로 미리 준비해두었던 망루로 마을 사람 모두가 피신한 것은 현명한 대처였다.

야간 경계가 강조되었지만 실제로는 더욱 허술해졌다. 모두가 큰불에 겁을 잔뜩 집어먹었기 때문이었다. 대신 불이 난 이후로 하루에도 여러 번씩 대피 훈련을 하곤 했다. 사이렌이 울리면 사람들은 망루로 올라가서 입구를 막는 연습을 했다. 단 벽돌 공장 사람들만이 망루로 피신할 수 있었다. P를 비롯한 조국의 청년학도들은 사이렌이 울리면 벽돌 공장을 빠져나와 망원경으로 상태를 관망하는 연습을 했다. 학생들이 다치기라도 하면 상황이 복잡해지기 때문이고, 생존이 걸린 문제에 학생들이 끼어들면 안 된다는 둥 이러저러한 이유에서였다. 불시에 사이렌이 울리면 벽돌 공장 안 사람들은 애 어른 할 거 없이 모두 망루로 기어 올라갔고, 학생들은 하던 일을 멈추고 부지런히 뛰어 언덕배기 위로 올라갔다.

망루는 남자 방과 여자 방 두 개로 나뉘어 있었다. 베니어합판으로 나눈 벽은 있으나 마나 했지만 서로 용변을 보는 데 쑥스러움이라도 없애볼 요량으로 가른 것이었다. 양쪽 방 귀퉁이에는 양철통으로 만든 요강이 놓여 있었고, 그곳에 용변을 봐야만 했다. 각 방에 한 개씩 두 개의 LPG가스통도 있었고, 빈 소주병 박스가 열 개, 도합 소주병 2백 개, 시너와 석유 다섯 통, 그리고 각종 식량 등이 10여 명이 생활하기에도 넓지 않은 망루의 벽을 차지하고 있었다. 그리고 가장 무서운 똥폭탄이 망루 벽 난간에 모이고 있었다. 낮에 망루에서는 똥폭탄 만들기에 여념이 없었다. 망루 밑에서 생활하던 학생들도 용변을 보러 망루로 올라가야만 했다. 몰래 화장실에서 용변을 보다 걸리면 벌금까지 물어야 했다. 망루에서 사람들은 모아진 양철통의 똥오줌을 국자로 떠서 비닐봉지에 담아 폭탄을 만들었다. P는 칸막이도 없는 곳에서 용변을 보는 것이 여간 쑥스러운 것이 아니어서 참고 참았다가 밤에 순찰을 돌 때 아무 데서나 해결을 보았다. 똥폭탄을 만드는 사람들 모두 꼭 결전의 날을 기다리는 용사처럼 비장하기 이를 데 없었다.

이제 겨우 첫 문단을 쓰기 시작했어. 하루는 P가 평소보다 늦게 전화를 걸어왔다. 그들이 이상한 버섯 마을로 흘러들어간 것은 1995년 가을쯤이었다. 첫 문장이야. 결국 그 얘기를 쓸 참이군요. 잔인해요. 아니야, 생각해보면 별로 그럴 일도 없어. 병원에는 지금도 다니는 거야? 무슨 말이에요? 한동안 병원에 다녔었잖아. 그런 일 없어요…… 희경도 P도 한동안 말이 없었다. 밥이라도 잘 챙겨 먹어. 오늘은 일찍 전화를 끊어야 할 것 같군. 일을 해야 할 것 같아. 희경은 깜깜한 창밖만 멍하니 바라보았다. 변함없는 암흑만이 희경의 솔숲펜션을 감쌌다. 밤이었지만 자욱한 물안개가 슬슬 피어오르기 시작했다.

버섯 재배 첫날, 호재만이 평소 알고 있던 그가 맞는지 모를 정도로 활기 넘쳤고, 둘은 벌써 그곳을 내려갈 생각만으로 골똘해졌다. 여섯 명의 외국인 노동자들은 아무 표정이 없었다. 새로 들어온 그들을 보고 아무도 웃거나 말을 거는 사람도 없었다. 수업 시작 종 같은 벨이 울리면 숙소에서 천천히 나와 아무말 없이 버섯을 땄다. 신이 난 것은 오직 호재뿐이었다. 열 명이서 세 개의 비닐하우스를 돌며 버섯을 모조리 따고 나면 두시간 정도가 걸렸고, 박스에 담고 나르고, 차에 싣는 일까지 세 시간이 걸렸다. 버섯 시간으로 하루의 반이 지나는 시간이었다. 그들은 버섯 하루에 한 끼씩, 그러니까 네 끼를 먹었다. 할 일을 마치면 외국인 노동자들은 부리나케 밥을 먹고 잠자리에 들었다. 서로 농담을 주고받거나 말을 하는 경우도 거의 없었다.

희경과 P는 완전히 녹다운되어 세번째 버섯 재배부터는 외국인 노동자와 같은 표정이 되었다. 호재는 잠도 자지 않고 자라나는 버섯을 관찰하느라 정신이 없었다. 한잠도 안 자고 계속 그럴 거야? 희경이 걱정돼서 물었지만 호재는 가만히 앉아서 버섯만 쳐다보았다.

가장 견디기 힘들어한 사람은 P였다. P는 하루가 지나자 투덜대기 시작했다. 처음에는 외국인 노동자의 처우와 착취에 대해서 투덜거리기 시작하더니 급기야 외국인 노동자 옆에 바짝 붙어 그들을 선동하기 시작했다. 그러나 반응들은 신통치 않았다. P가 하는 말을 귀담아듣거나 대꾸를 하는 사람도 없었다. 하루가 여섯 시간인 곳에서 P가 하는 말은 정말이지 아무 짝에도 쓸데없는 말이었다. P도 곧 지쳐서 그들과 같은 무표정으로 버섯 따는 일에만 몰두했다. 시간의 허비는 바로 부족한 잠으로 이어지는 것을 그들도 곧 알게 되었기 때문이다. 1분이라도 더 자는 것이 그들에게는 가장 중요한 일이었다.

호재는 달랐다. 언제 누웠다가 일어나는지 모르게 호재는 언제나 깨어 있었다. 희경도 호재 옆을 지켰으나 그 표정은 달랐다. 여자의 몸으로는 감당하기 힘든 작업량이었지만 어떻게든 버텨보려고 노력하는 중이었다. 당신이 좀 말려봐요. 뭘? 그는 전혀 잠을 자지 않는다구요. 그럴 시간 있으면 잠이라도 더 자둬. 그러다 졸리면 말겠지. 잠도 버섯과 같이 자는 것 같아요. 자는지 아닌지는 모르지만 비닐하우스에서 나오질 않는다구요.

호재도 다른 사람들과 마찬가지로 말이 없기는 마찬가지였다. 자라난 버섯을 따고 그 자리에 새 버섯이 나오는 것을 관찰하느라 바쁘기는 마찬가지였기 때문이다. 희경의 등쌀에 떠밀려 P가 호재가 있는 비닐하우스로 들어갔다. 뭐 하냐? 30분이 지나면 눈곱만 한 버섯이 나오기 시작해. 난 내려갈래. 도저히 버티기 힘들다. 왜? 호재가 고개를 돌려 P를 빤히 쳐다보았다. 왜긴. 잠 때문이지. 잠을 쪼개서 잔다는 게 이렇게 고통스러운 일인 줄은 미처 몰랐다. 아 그거. 버섯의 하루에 맞추면 편해져. 그게 되냐? 호재는 대답 없이 고개를 돌렸다. 짐짓 편안해 보이는 눈치였다. 너 점점 미치는구나.

희경과 P는 버섯을 쳐다보는 것만으로도 고통스러워졌다. 그곳에서 시간은 정말이지 무의미한 것이었다. 과거도 미래도 없는 현재뿐이었다. 어쩜 그것은 정지돼 있는 한순간과 같았다. 버섯은 정확한 시간에 맞춰 원래의 모습으로 복구되었고, 사람들은 여섯 시간 전에 했던 일을 똑같이 반복했다. 그것은 곧 버섯과 같은 생이었다.

물론 버섯 마을에서는 사생활이나 관심사를 간직하는 것이 힘들었다. 호재는 가끔 작업장에서 이탈했다. 그가 없어졌다는 것을 눈치채는 사람은 희경과 P뿐이었다. 대머리 작업반장은 일이 시작되면 비닐하우스로 들어와 스윽 둘러보곤 했지만 호재가 없어졌다는 것을 한 번도 알아채지 못했다. 그가 좀 이상해요. 이상한 게 당연하지. 나도 이상해. 그런 게 아니라 좀 달라요. 희경이 P에게 다가와 말했지만 P는 건성으로 흘려 넘겼다. 난 한 달만 채우고 이곳을 내려갈 거야. 내려가면 한 달 동안 잠만 잘 거라구. 그런데 며칠이나 지난 거지? 이곳에 온 지. 그러지 말고 그를 좀 찾아봐요.

희경은 간판 불을 끄고 전화를 기다렸다. 이틀 동안이나 P에게서 전화가 오지 않았다. 희경은 아무 일도 할 수 없었다. 지난밤도 뜬눈으로 전화 옆에 붙어 밤을 보냈다. 오래전 북알래스카에서 다쳤던 곳이 욱신거리는 것이 곧 생리가 시작할 것만 같았다. 희경은 전화를 들었다가 도로 내려놓았다. P의 전화번호가 생각나지 않았기 때문이었다.

언덕 위에서 망원경으로 지켜보는 벽돌 공장의 사태는 정말이지 아수라장이었다. 사람들이 망루에서의 생활에 지쳐 모든 것을 포기하고 싶어졌을 때 철거 전문 용역 사람들이 벽돌 공장에 들이닥쳤다. 그들이 철거 계획을 하루만 더 늦췄더라면 망루 위 사람들은 자발적으로 내려왔을지도 모를 일이었다. 망루에서 생활한 지 겨우 열흘이었다.

비상 사이렌이 울리자 사람들은 일사불란하게 평소 훈련했던 대로 움직였다. P와 선배를 비롯한 10여 명의 학생들은 조를 나누어 벽돌 공장을 빠져나왔고, 망루 위 주민들은 출입구를 봉쇄했다. 철거 용역들은 망루를 둘러싸고 그들이 자발적으로 내려오기를 기다렸다. 철거 용역들의 험악한 말에 겁을 집어먹고 망루 위 사람들은 우왕좌왕했다. 망루 위 사람들이 자진 철거를 거부하자 바로 진압이 시작되었다. 망루를 기어오르는 철거 용역들에게 똥폭탄 세례가 퍼부어졌다. 처음에 그것이 무엇인지 알지 못했던 철거 용역들은 흥분하기 시작했다. 수백 개의 똥폭탄이 투척되어 망루 주변은 금세 역겨운 냄새가 진동했다. 똥물을 뒤집어쓴 철거 용역들도 포기하지 않았다. 절단기를 들고 문을 부수기에 여념이 없었다.

망루에서는 2차 공격으로 화염병을 던지기 시작했다. 똥물을 뒤집어쓴 사람들이 화염병을 피하느라 우왕좌왕 정신이 없었다. 준비한 대로 잘 진행되고 있군. 망원경으로 사태를 관망하던 선배가 자랑스럽게 말을 내뱉었다. P는 망루의 상황이 궁금해서 망원경을 재촉했지만 선배는 아랑곳 없이 망원경에서 눈을 떼지 않았다. 그래서요? 이기고 있어요? 이기긴 힘들지, 결국 총알은 떨어지게 돼 있으니까. 선배가 눈을 렌즈에서 떼지 않고 무덤덤하게 말했다. 뭐예요? 그럼, 마을 사람들은 어째요? 경찰이 도착하면 내려오라고 지시해두었어. 이런 큰일 났네. 선배가 다급하게 소리쳤고 P는 선배에게 바짝 붙어 섰다. 용역 한 사람의 몸에 불이 붙었어.

철거 용역들은 망루 위 사람들보다 더 흥분하기 시작했다. 화염병 투척으로 잠시 주춤했던 용역들은 불붙은 동료를 보고 적극적으로 망루에 달라붙기 시작했다. 망루 위 사람들은 이제 망루를 기어오르는 사람들에게 화염병을 던지기 시작했다. 이런, 저러면 안 되는데. 왜요? 무슨 일인데요? 저러다가 망루에 불이 옮겨 붙겠어. 철거 용역들은 사다리를 가져와 망루를 오르기 시작했고, 출입구를 부수는 데 사력을 다했다. 위기를 느낀 망루 위 사람들은 난간에 준비해두었던 LPG가스통의 벨브를 열었다. 사다리를 오르던 철거 용역들이 흠칫 겁을 집어먹고 우뚝 멈춰 섰다. 안 돼. 망원경을 들여다보던 선배가 소리쳤고 동시에 망루에서 큰 폭발이 일어났다. 얼른 가서 소방차 불러. 네? 전화기가 없는데. 빨리 뛰어가서 전화하고 와. 선배가 다급하게 얘기했고 P는 전속력으로 달리기 시작했다. 근처 소방서는 시큰둥하게 전화를 받았지만 P가 다급하게 설명하자 위급한 상황을 알아차렸다. P가 언덕에 도착할 때쯤 신속하게 출동한 소방차가 도착하는 모습이 보였다. 큰불로 번지고 있어. 다치는 사람이 없어야 될 텐데. 줘봐요. P가 선배에게서 망원경을 뺏어 들었다. 렌즈에 눈을 붙이자마자 휙 망루에서 뛰어내리는 시커먼 그림자 하나가 눈에 들어왔다.

P의 전화는 뚝 끊겨버렸다. 아무리 기다려도 P에게서 전화는 걸려오지 않았다. 희경은 안절부절 전화기만 만지작거리며 펜션 주변을 서성거렸다. 이기적인 자식. 희경은 입술을 깨물며 말을 뱉었다. 간만에 찾아온 손님을 받지도 않았다. P의 전화번호를 알 만한 몇몇이 생각나기도 했지만 희경은 불쑥 전화 걸 용기가 나지 않았다. 무작정 그의 전화를 기다리는 수밖에는 없었다.

셋은 버섯 마을에서 한 달을 채우지 못하고 쫓겨났다. 쫓아내지 않았더라도 누군가는 미쳐서 산을 내려왔을지도 모를 일이었다. 호재는 아예 버섯 따는 일 같은 것은 하지 않기 시작했다. 작업반장이 그것을 눈감아줄 리 없었다. 아무도 붙어서 버섯 마을에 더 있게 해달라고 부탁하지 않았다. 약속했던 임금을 다 주지 않았지만 불평하는 사람도 없었다. 어서 이곳에서 벗어나고 싶은 마음뿐이었다. 희경과 P는 그런 마음이 통해서 당연한 일처럼 받아들였지만 오히려 덤덤히 짐을 싸는 호재가 이상하게 보였다. 호재는 누구보다도 이곳을 좋아하고 신비하게 생각했었기 때문에 둘은 짐을 싸고 있는 그를 의아스럽게 바라보았다.

작업을 하지 않는 호재를 찾아낸 곳은 언제나 똑같았다. 호재는 참나무 고목 사이에 눈을 감고 반듯이 누워 있었다. 처음에는 밀린 잠을 자느라 그런가 보다 했지만, P가 잠자는 줄 알고 흔들어 깨운 다음부터 그가 자는 게 아니라는 것을 알게 되었다. 빨리 일어나. 반장이 찾는다구. 호재는 꼼짝도 하지 않았다. P는 더욱 심하게 호재를 흔들었다. 너 땜에 다 망쳤잖아. 호재가 벌떡 일어나 P에게 고함을 쳤다. 놀란 P는 뒤로 엉덩방아를 찧었다. 아, 미친 새끼 깜짝 놀랐잖아. 호재는 P를 쏘아보더니 말없이 다시 누워버렸다.

산에서 내려온 뒤에도 호재는 나아지지 않았다. 셋은 산에서 내려와 호재의 고향이었던 호수 마을로 들어갔다. 수몰 주민이었던 부모님은 펜션 업자들에게 전 재산을 내어주고 펜션 한 채를 받았는데 이미 아무런 쓸모가 없어진 뒤라는 것을 알았을 때는 역시나 모든 상황이 종료된 이후였다. 아버지는 화에 못 이겨 시름시름 앓다가 소리 없이 돌아가셨고, 어머니도 병을 얻어 병원에 입원하게 되었다. 마침 갈 곳 없던 셋은 솔숲펜션에 들어가 살게 되었다. 희경과 P는 잠을 자느라 정신이 없었지만 호재는 여전히 버섯의 생을 살고 있었다. 물론 호재도 가만히 누워 있긴 했지만 잠을 자는 것이 아니었다.

버섯이 자라기에 여긴 너무 습해. 버섯은 온도와 습도가 맞지 않으면 자라지 않는다구. 호재가 벌떡 일어나더니 화를 내기 시작했다. 희경과 P는 어안이 벙벙해서 멍하니 호재를 바라보았다.

왜 이제야 전화하는 거예요? 일하느라 그랬어. 클라이맥스를 쓰고 있었거든. 당신처럼 이기적인 사람은 처음 봤고 앞으로도 없을 거예요. 희경이 또박또박 끊어 말했다. 내 전화를 기다렸어? 당신 때문에 혼란스러워졌다구요. 아무것도 책임지지 않는 당신 때문에 말이에요. 내가 책임질 일은 없어. 그건 누구의 탓도 아니라구. 당신 기억의 문제일 뿐이야. 과거의 기억을 잃어버린 것은 내가 아니라 당신이잖아. 이제 호재를 잊으라구. 죽은 호재가 돌아오지 않을 거라는 것은 당신도 잘 알잖아. 무슨 소리예요. 호재는 죽지 않았어요. 당신도 보고 나도 봤잖아. 죽은 호재 말이야.

벽돌 공장 철거 싸움은 한 아줌마의 죽음으로 끝을 맺었다. 벽돌 공장 사람들은 영안실을 점거하고 시신을 지켰다. 많은 학생들이 철거 싸움을 하다 망루에서 떨어져 죽은 아줌마의 소식을 듣고 모여들었다. 학생들은 흥분해서 들끓었다. 당장 벽돌 공장 터에 들어설 시공사를 끝장이라도 내려는 듯 열렬히 구호를 외쳤다. 그러나 그것도 열흘이 넘어가자 시들해졌다. 학생들을 자극할 것을 우려해 시공사에서는 관망만 하고 있었고 학생들도 하나 둘 학교로 돌아갔기 때문이었다. 이만하면 성공적으로 이긴 거야. 우리가 할 일은 여기까지라구. 뿔뿔이 흩어지는 마을 사람들을 보며 시무룩해 있는 P를 선배가 위로했다. 극적으로 불붙은 망루에서 구출된 동네 주민들은 보상금 합의서에 너도나도 지장을 찍었다. 시공사에서 일찍 마을을 떠난 다른 사람들보다 몇 배 많은 보상금을 내밀었기 때문이었다. 아직 합의를 보지 못한 유가족들만 쓸쓸히 영안실에 남았다. 학생들이 거의 빠져나가고 원래 벽돌 공장에서 함께했던 소수의 학생들만이 열정적으로 시신을 지켰다. 우리가 싸운 건 보상금 때문이 아니었잖아요. 마을 사람들도 돈을 원한 게 아니고. 그렇지 물론. 살던 곳에 살 수 있게 해달라는 것이 목적이었지. 그렇게만 되면 좋지만, 그러나 그건 불가능해. 우리가 할 일은 마을 사람들이 원하는 것을 지지하고 서포트만 해주면 되는 거라구. 그들의 삶이 우리의 삶이 될 순 없거든. 우리도 마찬가지이고. 우린 이미 학삐리야, 인텔리 계급으로 살아가야만 하는 운명이라구. 너도 가서 좀 쉬다가 나와. 목욕도 하고. 선배는 P의 등을 떠밀었다.

P가 영안실로 이틀 만에 돌아왔을 땐 이미 장례를 치른 뒤였다. 유가족들도 시공사와 합의를 보고 도시를 떠났다고 했다. P를 이끌었던 선배도 그 뒤로는 보지 못했다.

잠수부가 호수에서 건져 올리는 호재를 분명 당신도 보았잖아. 무슨 소리야, 그게. 희경은 흐느끼며 수화기에 대고 소리쳤다. 충격을 받은 건 알지만 이건 아니라구. 병원에 가야 해, 당신. P가 낮은 목소리로 진지하게 말했지만 희경은 이미 아무 말도 들을 수 없었다.

호재를 호수에서 건져 올린 건 호재가 없어지고 이틀이 지난 후였다. 다행히 목격자가 있었다. 낚시 금지 구역에서 낚시를 한 것이 문제가 될까 봐 목격자는 더듬더듬 경찰에게 말했다. 잠수부는 개인적으로 부르셔야 됩니다. 경찰이 서류에 뭔가를 적으며 사무적으로 말했다. 다행히 셋이 버섯 마을에서 벌어 온 돈이 조금 있었다.

물에 들어간 잠수부가 금방 호재의 시신을 건져 올릴 것이란 기대는 낭패였다. 하루가 지나도 호수에서는 아무것도 올라오지 않았다. 잠수부에게 약속했던 수고비가 점점 올라갔다. 모여든 마을 사람들에게서 몸값을 올리려 일부러 시체를 숨겨놓고 건져 올리지 않는다는 말들이 나왔다. 그러면 당신들이 물에 들어가서 찾으면 되겠네. 잠수부는 짐을 쌌다. 한번 그런 일이 있을 때마다 몸값은 배로 올랐다. 호재 동생 우영이 앞장서서 잠수부를 독려했다. 호재보다 두 살 어린 우영은 울지도 않았다. 오열하며 실신까지 하는 희경을 우영이 어른스럽게 다독였다.

이틀째 밤, 잠수부는 웅크리고 있는 호재를 건져 올렸다. 반바지에 러닝셔츠 차림이었다. 저게 뭐야? 희경이 흐느끼며 달려가더니 그대로 쓰러졌다. 호재의 맨살에는 골뱅이 같은 것이 잔뜩 붙어 있었다. 흡사 그것은 그의 몸에서 자라난 버섯 같아

보였다.

죽은 이유를 모르겠지만 어쨌든 호재는 죽었다구. 당신이 유해를 그 호수 주변에 뿌렸잖아. 거짓말, 소설 쓰지 마. 하나도 재미없어. 희경은 발악하며 흐느꼈다. 벌써 이게 몇 번째니? 잊을 만하면. 기억을 지운 것은 내가 아니라 당신이야. 시도 때도 없이 전화해서는 기억을 왜곡시켜주길 바라는 거 아니야? 어쨌든 내일 우영하고 내려갈게. 내일 보자. P는 조용히 전화를 끊었다. 희경은 흐느끼며 안개가 자욱한 호수를 바라보았다. 희경은 아무것도 기억나지 않았다. 쏟아지는 눈물을 훔치지 않고 내버려두었다. 호수에 낀 안개는 더욱 뿌예졌다.

읽어봤더니 별로 자전소설 같지 않은데요. 내가 아는 당신 같지 않아요. P의 아내가 원고를 탁자에 내려놓으며 말했다. 아냐, 군데군데 들어가 있다구. 언제나 소설에서 도망 나올 궁리만 하는 거 아닌가 해서요. 걱정스러운 눈빛으로 아내가 P를 쳐다보았다. ……작가 P는 내가 아니야. 당신도 희경이 아니듯이 말이야. 당신 이름 쓴 거 기분 나쁘지 않지? P는 아내를 돌아보며 편집자에게 보낼 이메일에 소설을 첨부했다. 이제 내 손을 떠났어. 자전이면 어떻고 아니면 어떻겠어. 누구의 과거고 기억이든지, 내 머릿속에서 나온 것 같은 거면 되는 거지. P는 덤덤하게 보내기 버튼을 클릭했다.

P는 전화를 붙잡고 죄송하다는 말만 되풀이하고 있었다. 막 'P는 덤덤하게 보내기 버튼을 클릭했다'라는 마지막 문장을 써넣었지만 찜찜한 기분은 잦아들지 않았다. P는 사족처럼 달아놓은 마지막 부분에서 눈을 뗄 수가 없었다. 마감일이 23일이나 지났어요. 도대체 어쩔 셈이에요? 이러다가 작가 특집에 작가 초상 하나만 나가게 생겼다구요. L선배는 원고를 보냈나 보네요. 어렵게 부탁했는데 빚이 하나 늘었군. 우린 왜 매번 이렇게 연주 씨만 괴롭히는 걸까요? 그게 제 일이니까 그렇죠. 그런데 아직 평론도 안 들어왔어요? P는 짐짓 걱정돼서 죽어가는 목소리로 물었다. 내일 아침까지 들어올 거예요. 쓰고 있긴 한 거예요? 편집 담당자가 조심스럽게 물었다. 그게…… P가 말끝을 흐렸다. 뒤가 마음에 들지 않아서 도저히 소설을 내지 못하겠어. 그냥 평론하고 작가 초상만 실으면 안 될까요? P는 전화 통화를 하면서도 작업한 소설을 읽고 있었다. 아무리 생각해도 그냥 버려야 될 것 같아. 마지막 부분에 소설을 쓴 작가가 등장하는데 아무래도 처음부터 다시 써야 될 거 같아. 일단 보내보세요. 같이 보고 상의해요. 지금 와서 그렇지만 그냥 없었던 일로…… 아무리 찾아봐도 소설 안에 내가 없어서.

P가 결심한 듯 삭제 키를 눌렀다. 마음이 변할까 봐 휴지통까지 완전히 비워버렸다. 미안해요. 소설 지워버렸어. 지금 농담하는 거죠?

해설

# 그리고 소설은 단련된다

## 이광호

　두 가지 종류의 소설가가 있다고 가정해보자. 소설이 드러내는 '현실'에 관심을 기울이는 작가가 있다면, 그 현실을 생산하는 '언어'와 '소설 쓰기'의 과정 자체에 집중하는 작가가 있을 것이다. 앞의 부류의 작가가 현실을 핍진하게 드러내는 서사를 만들어내려 한다면, 두번째 부류의 작가는 '소설이란 무엇인가'라는 보다 근원적인 질문에 매달린다. 이를 리얼리스트와 모더니스트의 대립이라고 분류해버릴 수도 있겠다. 하지만 세상의 모든 분류와 이분법이 그런 것처럼 이것 역시 억압적이며, 저 풍요로운 소설 텍스트의 육체 앞에서 무기력하다. 백가흠이라는 작가에 대해서 말하자면, 아마도 첫번째 부류의 작가였다고 기억할지도 모른다. 그가 그려내었던 낭만성이 제거된 남성적 폭력성과 가학적이며 또한 피학적인 장면들, 그리고 주변부적인 삶의 고통이 '어떤 현실'을 리얼하게 포착했다고 말해도 될 것이다. 하지만 어떤 리얼리티도 결국 작가의 '주관적' 통찰과 언어적 선택의 결과물이라는 리얼리즘의 근본적인 딜레마를 굳이 상기하지 않더라도, 그를 단지 리얼리스트로만 규정하는 것은 그의 소설의 풍부함을 읽어내지 못하는 것이 된다. 모든 치열한 예술가들이 그러한 것처럼, 내용에 대한 깊은 탐구의 끝에서는 장르와 문법에 대한 날카로운 자의식이 탄생한다. 백가흠은 바로 그 지점에서 자신의 소설 쓰기를 새로운 국면에 진입시키고 있다.

흥미롭게도 소설 쓰기 자체에 대한 작가적 관심은 그의 남성 주인공들이 가지고 있었던 남성적 폭력성을 약화시킨다. 작가는 남자들로부터 그 공격성을 제거하는 대신에 사회적 존재감을 박탈당한 그들의 실존적 그늘을 건조하게 그려낸다. 그들은 광폭함과 도착을 버리고 마치 존재하지 않는 인간처럼 존재하려 한다. 사회적으로 거세된 남성들과 소설을 쓰지 못하는 소설가들이 출몰하는 시간 속에서, 그들은 현실과 기억과 몽환 사이에서 자신의 존재 위치를 가늠하지 못한다. 그 남자들의 현실을 '기억―몽환'으로 대체하면서 스스로를 존재하지 않는 사람으로 만든다. 그들의 '기억―몽환'은 스스로가 발명해낸 고통의 언어이다. 거기서 그들이 처한 생을 둘러싼 오래된 통증은 보다 중층적인 방식으로 음각(陰刻)된다. 이 작가의 문학적 변모는 필연적이고 정직하다.

# 소설이 만들어지(지 않)는 몇 가지 이유들

「그리고 소문은 단련된다」는 물론 소문에 대한 소설이다. 한 동네에 두 가지의 실종 사건이 벌어진다. "한 달 전, 림혜숙이 어린 딸과 함께 감쪽같이 사라졌다"라는 소설의 첫 문장이 말하는 탈북 여인의 실종 사건이 있고, "황 약사의 며느리가 조용히 사라진 것은 한 달쯤 전이었다"라는 문장이 발설하는, 마을 유지 황씨 집안의 약사 며느리의 실종 사건이 있다. 비슷한 시기에 일어난 두 실종 사건은 해결되지 않는 실종 사건이라는 측면에서 유사하다. 황 약사의 실종 사건의 경우 "하루도 지나지 않았는데 금구 사거리엔 약국집 며느리가 바람이 나서 집을 나갔다는 소문"이 떠돈다. 탈북 여인 림혜숙을 찾아 나선 농장주 김 씨가 현상금이 적힌 전단지를 뿌린 후부터 림혜숙에 관한 제보는 주체할 수 없을 정도로 쏟아지지만 실제 흔적을 찾기 어렵다. 소설은 두 실종 사건을 대면하고 있는 농장주 김 씨와 황 약사의 상황이 교차되면서 진행된다. 마치 영화의 교차 편집처럼 설명을 생략한 속도감 있는 장면 전환과 병치적인 진행, 그리고 건조한 문체는 두 사람이 봉착한 당혹함과 이 사태의 희비극을 냉정하게 전달해낸다.

황 약사의 실종 사건은 남편의 불륜과 살인 사건이라는 흉흉한 소문으로 비약되고, 급기야 두 실종 사건의 소문은 서로 뒤엉킨다. 결국에는 황 약사와 농장주 김 씨가 두 실종 사건의 주범으로 몰리는 황당한 사태가 벌어진다. 소문에 대한 탐색자가 소문의 주인공이 되어버리는 전도가 일어나는 것이다. "사람들의 상상력은 언제나 진실보다 앞서 있었다"는 소설의 문장은 이런 사태를 가리킨다. 이런 소문의 폭주는 결국 황 약사를 자살로 몰아가고 장 약사로 추정되는 시신이 저수지에서 발견된다. 탈북 여인은 영국 난민촌에서 발견되었다는 소식이 전해진다. 이 소설은 물론 소문의 사회학이라는 관점에서 읽힐 수 있다. 사람들에 의해 정보가 유포되고 부풀려지고 왜곡되며, 그것은 결국 현실에서 어떤 새로운 원인이 되어 또 다른 사태를 일으킨다. 현실이 소문을 낳지만, 소문이 점점 이상한 방식으로 확대되어 그것이 다른 현실을 낳는 아이러니. '그리고 소문은 단련된다'라는 이 소설 제목은 소문이 어떻게 강력한 현실로 성장해나가는가에 대한 통찰의 일부이다. 거기에는 탈북자 문제를 포함한 동시대적 요소들이 드러나 있다. 그런데 이 소설을 가령 소설에 관한 소설이라고 읽을 수는 없을까? 소문을 만드는 애들을 둘러싸고 "커서 소설가가 되겠어, 자네 애들은./그렇게 따지면 동네 사람 전부가 다 기지. 허허허"라는 어른들의 대화가 오갈 때, 결국 이 소문의 주체들은 그 소문 안에 있는 사회집단의 구성원들이고, 그들의 입이 현실을 만들어내는 것이다. 이 지점에서 소문의 사회학은 언어사회학의 영역으로 확산된다. 현실이 언어(소문, 소설)를 낳는 것이 아니라, 언어가 현실을 만들어내고, 소문이란 결국 그 사회집단이 만들어낸 언어이자 또 다른 현실이라는 명제가 탄생한다.

소설 혹은 언어와 주체와의 문제를 보다 직접적으로 드러내고 있는 소설은 「그래서」와 「힌트는 도련님」 그리고 자전 소설인 「P」라고 할 수 있다. 이 세 편의 소설에서 소설가 자신의 이미지를 만날 수 있고, 그 안에서 소설가의 존재 방식과 소설 쓰기에 대한 메타적인 질문을 발견할 수 있다. 「그래서」에 등장하는 혼자 사는 노인은 집 안의 시계를 모두 멈추어놓은 채 무서운 독서 편력으로 시간을 극복한다. 대학에서 학생을 가르쳤던 노인의 독서 편력은 방대하고 "그의 가장 친한 친구는 방대한 책을 읽어내야만 하는 숙명이었다." 누군가의 관심을 불편해하는 노인을 이웃이나 후배 문인들이 방문하는 것을 탐탁지 않게 여긴다. 노인은 오래전의 한 젊은 작가를 어렵게 기억해냈는데, 그 젊은 작가가 밤에 불쑥 노인을 찾아온다. 그렇게 등장한 젊은 작가에게 "노랑 책의 주인공 백"이라는 이름을 부여함으로써 이 소설은 실제 작가 백가흠의 이미지를 떠올리게 만든다. 소설의 마지막 이미지는 전율적인 환상을 선사한다. 죽었다고 알려진 그 작가는 곰팡이 가득 핀 방에 앉아 줄이 바뀔 때마다 글씨가 사라지는 고통스러운 글쓰기를 하고, 노인은 스스로 서재로 들어가 책을 쌓아 입구를 막아 자신을 영원히 책 속에 유폐시킨다. 이 소설은 독서와 글쓰기를 둘러싼 고독과 강박에 대한 메타포를 담고 있다고 할 수 있다. 중요한 것은 이 소설이 어떤 사회적 관계도 거부한 채 책 속에 자신을 가두어두는 노인의 위치에서 기술되고 있다는 점이며, 그런 관점에서 책과 글쓰기를 둘러싼 고독과 고통의 문제는 인간과 언어의 관계에 대한 소설적 통찰의 또 다른 지점에 이른다. 노인이 젊은 작가에게 화두로 던졌던, 인과와 상관없는 '그래서'라는 접속사의 물음이 가지는 상징성은, 끊임없이 이어가야 하는 글쓰기와 독서의 무거움과 공허함을 동시에 환기시킨다.

「힌트는 도련님」의 경우는 소설 쓰기의 한계에 다다른 소설가가 일인칭으로 등장한다. 그런 측면에서 이 소설은 소설가 소설로 볼 수 있으며, 작가의 소설론의 일부라고 할 수 있다. "지난한 예술가가 겪는 고통의 시간"에 관한 소설을 쓰려는 '나'의 의도는 좌절되고 커져가는 자괴감 때문에 글쓰기를 그만두려고 생각한다. 식당에서 일하는 일상 속의 '나'는 엄마에게 선을 보라고 종용당한다. 그런 '나'는 무의식 속에서도 '본질의 나'를 찾으려 한다. "나를 보고 있는 것도 나이고, 나에게 다가오며 점점 비대해지는 그도 나이다. 무릎까지 내려오는 검은 코트를 입은 나가 깃을 세우더니 뚜벅뚜벅 나를 향해 다가온다." 이런 이미지들 속에서 '나'는 무의식 안의 또 다른 '나'를 응시한다. 그러나 그 안에 나타난 '나'는 "입이 없다." 물론 이런 강박은 소설 쓰기의 회의에 봉착한 '나' 자신의 이미지에 해당한다. '나'를 응시하는 '나'는 거울 안의 '나'를 본다. "거울 안의 내 눈은 종종 사라져버린다. 눈이 없는 나는 거짓말하기 좋아한다.

보지 않은 것을 본 것처럼 얘기한다. 보지 못하는 것은 오직 거울 안의 나이고, 거울 밖의 나는 여전히 모든 것을 보고 있다고 생각한다. 때때로 거울 안의 나는 입도 사라지고 귀도 사라진다." 눈도 귀도 사라진 '나'를 보는 거울 밖의 '나'는 '나'에 대한 자의식으로 그 사태를 응시하고 있으며, 스스로를 모른 척하기도 한다.

　이 소설에는 소설 쓰기의 방법을 둘러싼 딜레마가 구체적으로 드러난다. 이를테면 "형식의 시도는 항상 사실적인 서사 앞에 굴복했으며 나는 그것이 가장 고통스럽다"라든가 "모더니스트인가 리얼리스트인가 하는 것. 구닥다리 같지만 왜 그것에서 자유롭지 않은 것인지, 쓰는 동안에도 왜 자꾸 상대적인 갈구만 남는 것인지"와 같은 회의가 직접적으로 진술된다. "나는 행복한 작가를 본 적이 없다. 소설은 충족이나 낭만에서 비롯되는 것이 아닌 결핍이나 불합리에서 출발하기 때문이다. 이런 부조리에 대한 욕망을 다루는 것은 인간으로서 불행한 일이다." 결국 '나'는 소설 쓰기를 포기하는 상황에 이른다. "소설이 나를 포기하려 한다. 결국 소설이 절대자로 군림하며 작가로서의 나를 죽일 그때가 온 것이"며, "현실의 내가 너무 비대해져서 아직도 관념 속에 둥둥 떠다니던 인물들이 끝내 서로 관계를 맺지 못하고 점점 소멸되어간다"라고 토로하게 된다.

　소설의 제목이기도 한 '도련님'이란, 친구가 '나'를 부르는 별명이다. 결혼하지 않은 총각을 대접하여 이르는 이 말의 낡고

우스꽝스러운 느낌은, 이 소설에서 주인공이 처한 실존적 상황과 맞물려 있다. '도련님'이란 칭호는 결혼이라는 제도에 소속되어 있지 않으면서, 현실에 대해 거리를 유지하려는 소심함과 예민함의 뉘앙스를 가지고 있다. "내 안에는 과거의 기억과 선인들의 반복되는 선험적인 서사를 꿈꾸는 나와 사람 사이의 관계에서 좀더 인문학적인 냉정함을 꿈꾸는 모더니스트인 나, 그리고 현실에서의 도련님인 나가 공존한다. 자아를 분리하여 선을 긋고 각자의 삶을 구분 짓는 일은 모더니스트인 나의 몫이다. 모던하고자 하는 나는, 현실의 나와 가장 가까운 백 도령과 손을 잡고 자꾸 서사를 꿈꾸는 나를 몰아낸다." 자신에 대한 이 분류법은 그 자체로 흥미롭다. 일상적 현실에서의 애매하고 우스꽝스러운 백 도령인 '나'는, '나'를 분석하려는 모더니스트인 '나'와 함께 서사를 꿈꾸는 '나'를 억압한다. 문제의 핵심은 소설 쓰기의 주체가 이 중에서 어디에 더 가까운가 하는 것인데, 적어도 이 단편을 이끌어가는 것은 '모더니스트'의 자기 분석이다. 그런데 소설에서 마지막에 남는 이미지는, 도망간 아내를 죽이려던 주방장이 바람난 식당 아줌마를 찾아온 남편에게 전복 살을 도려내 "성체를 나눠 주는 신부님처럼 웃통 벗고 꿇어앉은 남편의 입에 전복을 넣어주"는 장면처럼, '도련님'의 희비극적인 현실이다. "처음에는 나도 메타 소설이나 써볼까 하다가 그게…… 음, …… 그게 시간이 지나면서 횟집 이야기로 바뀌었는데, 알레고리가 안 만들어지고. ……아이러니도 없고,

……마음에 들지는 않고……"라는 변명처럼, 이 소설의 메타
소설적인 장치들은 일상적 현실의 '백 도령'의 존재만을 흔적으
로 남겨놓는다. 표제작이기도 한 「힌트는 도련님」이라는 이 단
편의 절묘한 제목은, 서사의 욕망과 모더니스트의 메타적 분석
사이에서, 결국 일상적 현실 속의 애매한 존재로서의 '백 도령'
의 실감을 최후의 이미지로 부각시킨다. 이 소설 제목의 '힌트'
에서 아마도 중요한 것은, 힌트의 주체가 누구인가 하는 것이
고, 그렇다면 '힌트는 도련님'이라고 말하는 소설적 주체는 일
상적 자아로서의 '도련님'의 실존 안에 있는 모더니스트의 욕망
일 것이다.

   자전소설로 발표된 「P」는 자전적 소설 쓰기란 얼마나 여러
겹의 서사적 욕망이 작동하는 공간인가 하는 것을 선명하게 보
여준다. 이 소설에는 자전소설을 쓰기 위해 옛 여자 친구에게
전화하는 작가가 등장한다. 소설은 작가 P의 전화를 받은 희경
의 삼인칭 시점으로 시작된다. 희경의 관점에서 P는 이기적이
고 무례하며 뻔뻔한 인물이다. P가 당면한 문제 중의 하나는 일
인칭 소설에 대한 불편함이다. "원래 작가라는 게, 그런 게 아
니겠어? 남의 기억과 과거 같은 것도 내 것으로 가져오는 것.
쓰지 못할 일이라는 것은 없는 거야, 결국은. 당신의 글 때문에
상처받는 사람들을 떠올려봐요, 당신 소설 안에 당신의 얘기나
당신 자신이 없는 것도 그것 때문 아니었어요?"와 같은 대화나
"일인칭으로 소설을 시작하면 마치 자신이 주인공인 것 같아 참

을 수가 없었다. 꼭 자기 얘기가 나와야만 할 것 같은 프로답지 못한 생각에 사로잡혔다. 그러나 그럴 때면 자연스럽게 P는 자꾸 과거로 흘러들어갔다"라는 문장들 속에서 일인칭 소설에 대한 P의 강박은 이 소설을 중층적인 메타소설로 만든다. 자전소설로 발표된 이 소설은 삼인칭으로 진행되고, 소설 속의 삼인칭 작가는 일인칭 소설을 불편해한다. "양해 없이 남의 얘기를 훔쳐다가 쓴 당신의 글이 얼마나 진실성이 있었겠어요." P는 "자신에게조차, 과거에조차 진실하지 못한 사람이 소설에는 진실했다구요? 소설의 이름으로 자신을 정당화시키지 마세요"라는 비난을 받는 처지에 있다. P가 희경과 함께 공유하는 것은 15년 전 젊은 날의 일들과 그에 연루된 죄의식이다. 운동권 선배에 의해 벽돌공장철거비상대책위원회의 일원으로 활동하던 때에 있었던 한 아줌마의 죽음, 버섯 마을에서 버섯의 생처럼 일했던 시절의 이야기, 결국 또 다른 친구 호재의 사라짐과 죽음 때문에 남은 둘이 함께 떠안게 된 죄의식이 그 이야기 속에 있다. 이를테면 희경은 이 소설에서 작가 P에게 기억나지 않는 것, 기억하려 하지 않는 것을 말해주는 존재이면서 친구 호재의 죽음을 인정하지 않으려는 망상을 가진 존재이다. 또한 작가 P의 소설 쓰기의 진정성에 대해 의문을 제기하는 존재, 그럼으로써 P가 자신의 소설 쓰기의 심층을 정직하게 응시하게 만드는, 그 작가 안의 존재이다.

이 단편 마지막 부분에는 발표 당시에는 없던 부분이 추가되어 있다. P가 아내와 함께 자신이 쓴 자전소설을 두고 대화를 나누고 원고를 보내는 부분과, 편집자와의 대화 중에 원고를 삭제해버리는 두 개의 장면이 추가로 등장한다. 여기서 이 소설의 본문에 대한 또 다른 두 겹의 메타적인 층위가 만들어진다. "자전이면 어떻고 아니면 어떻겠어. 누구의 과거고 기억이든지, 내 머릿속에서 나온 것 같은 거면 되는 거지"가 P가 원고를 보내는 이유가 된다면, 앞의 장면에 대한 메타적인 진술이 다시 시작되는 두번째 장면에서는, "마지막 부분에 소설을 쓴 작가가 등장하는데 아무래도 처음부터 다시 써야될 것 같아"라는 불만과 "아무리 찾아봐도 소설 안에 내가 없어서"라는 회의가 결국 삭제 키를 누르는 이유가 된다. 결국 이 소설은 메타소설에 대한 메타소설, 그러니까 '소설에 대한 소설'에 대한 또 다른 소설이 되는 3겹 이상의 서술 구조를 가지게 된다. 소설에 대한 작가적인 질문은 이 소설 내부에서 소설 쓰기에 대한 질문들을 중첩시키면서, 그 질문의 끝에서 스스로 소설을 삭제하는 일종의 소설적 퍼포먼스를 보여준다.


## 그의 남자들은 어디로 갔을까?

백가흠 소설 속에서 주변부 인간으로서의 도착성과 폭력성을 보여주던 남자들은 도대체 어디에 간 것인가를 궁금해한다면,

「그런, 근원」「쁘이거나 쯔이거나」「통(痛)」을 읽어볼 수 있다. "폭력의 연원으로서의 남성 판타지를 가장 남성적인 방식으로 폭로하고 내파하는 작가"(김형중)였던 백가흠의 남자들의 광폭한 남성성은 이제 어떻게 변모하고 있는 것일까? 정통적인 삼인칭 소설의 기법을 보여주는 「그런, 근원」에서 남자는 불우한 가족사를 갖고 있다. 아버지가 사라지고 어머니가 다른 곳에 시집을 간 뒤 열두 살의 남자 '근원'과 일곱 살의 동생 '근본'만이 살던 집에 남겨졌다. 지금 남자는 자신을 버렸던 어머니가 죽어가고 있다는 것을 알고 찾아가는 중이다. 남자는 온갖 직업을 전전하다 기획사 매니저로 살아가고 있다. 동생 근본은 살인 죄를 저지르고 열네 살 때부터 소년원이나 교도소를 들락거리기 시작한다. 불우한 가족사와 동생의 삶에 대한 죄의식을 가진 남자에게 "소망은 흔적 없이 존재하는 것, 존재감 없이 존재하는 것이었다. 그러나 그가 그토록 원하는 바와 달리 그의 존재감은 언제나 비중 있었다. 그의 몸집은 산 만해서 웬만하면 숨길 수 없기 때문이었다." 언제나 발뒤꿈치를 들고 조심스럽게 다니는 남자의 습관은 그의 굴곡진 삶에서 비롯된 강박적 행동이다. 이 소설의 제목이기도 한 남자의 이름 '근원'은 이 소설의 메타포가 될 수 있다. 동생의 삶이 이 가족의 삶의 비극성의 어떤 근본성을 보여준다면, 죄의식으로 가득 찬 남자의 삶은 그 비극의 근원으로 자기를 인식하는 태도에 연결되어 있다고 할 수 있다. 소설에서 남자는 엄마의 집을 찾다가 벚나무 뒤에 숨어 있는 빈집을 찾아내고 그곳에서 오래된 시신을 발견한다. 소설은 그 집과 시신에 대해 모든 것을 설명해주지 않지만, 마지막 장면에서 남자는 "마치 벚나무 집에서 원래 살았던 사람처럼 마당 한 귀퉁이에 기대어져 있던 삽을 들고 뒷동산으로 올라"간다. 자신의 비극적인 가족사의 근원을 찾아가는 그의 움직임은 무심한 몽유의 느낌을 자아낸다. 남자는 이제, 자신의 죄의식 안에서 자신의 '근원'을 어떤 존재감도 없이 조용히 감당하려는 인물이다.

「그때 낙타가 들어왔다」의 경우 역시, 백가흠의 남자들이 어떻게 그 공격성을 상실하고 미미한 존재로 생존하고 있는가를 보여주는 사례가 될 수 있다. 마흔넷의 영업 사원인 남자는 동안이며 키가 150센티미터밖에 되지 않는다. 그는 키가 작고 동안이기 때문에 사람들 틈에서 묻혀버리거나 어린 나이라고 무시를 당하기 십상이며 "자신의 존재가 소멸되는 기분이 들곤 한다." 그의 인생 유전 역시 이 소설집의 다른 남자들이 그런 것처럼 불우한 가족사를 배경으로 하고 있다. 그는 갓난아기 때 망해사(忘海寺)라는 절에 버려졌으며, 비구니의 손에 키워졌다. 자신을 키워준 스님은 이제 늙어 죽음을 앞두고 있다. 미인이었던 아내와는 이혼했으며 아내가 딸을 키운다. 이 남자의 남성성 상실은 두 가지 이미지로 표상된다. 그가 영업을 하기 위해 갔던 동물원에서 본, 움직임이 없는 졸린 눈을 가진 낙타가 그 하나라면, 딸아이가 생일 선물로 사달라고 한 "진짜 파워레인저"로의 변신이 다른 하나이다. 그는 딸을 위해 파워레인저 복장을 입기로 한다. 키 작은 낙타로서 남자는 현실 속에서 결코 '파워레인저'가 될 수 없지만, 그가 마지막 순간에 거울 속에서 보는 것은 "파워레인저 슈트를 입은 낙타"이다. 아마 중요한 것은 시선의 주체일 것이다. 그가 스스로 거울 안의 파워레인저 복장을 입은 자신을 보는 것이 아니라, "파워레인저 슈트를 입은 낙타가 거울 밖의 그를 쳐다본다." 이 시선의 역전은 백가흠의 삼인칭 소설이 갖는 미학적 지점을 상징적으로 암시한다. 남성 주인공은 거울을 들여다보는 주체로서의 위치를 갖는 것이 아니라, 거울 속의 또 다른 자아의 시선의 대상이 된다. 거기서 끝내 소설은 그 남성 주인공의 주체화를 좌절시킴으로써 그들을 비인칭적인 존재로 만든다.

「쁘이거나 쯔이거나」는 백가흠의 이전 소설이 보여주었던 여성에 대한 공격적 폭력성이 상대적으로 남아 있는 거의 유일한 소설이라고 할 수 있다. 하지만 이 소설에서 농촌에 시집 온 베트남 신부를 성적 착취의 대상으로 삼는 쉰이 넘은 농촌 총각과 그의 동생은, 어떤 폭력적인 남성성의 존재이기보다는 상대적으로 성의 교환과 분배에서 차별받는 사회적 주변부의 하위주체들이다. 오히려 이것은 하나의 하위주체가 전 지구적으로 또 다른 하위주체를 착취하는 구조를 적나라하게 드러내준다. 코리안 드림을 가진 어린 신부 '쯔이'가 한국에 와서 당하는 성적인 착취에 대해 이 소설은 다만 냉정하게 묘사하고 있으며, 형인 시종 씨가 성교에 집착하는 이유는 다만 '쯔이'에게 들인 돈 때문이다. 자신의 이름 '쯔이'를 제대로 발음조차 하지 않고 '쁘이'라고 부르는 남편이라는 존재와 자신을 훔쳐보았던 그의 동생은 크게 차이가 나지 않는다. 형제를 동시에 상대할 수밖에 없는 끔찍한 착취의 상황은 그들, 소외된 농촌 남성들이 처한 성적인 소외를 충격적으로 보여준다. 결국 성황당 후박나무에 목을 맨 뒤에도 형제는 우즈베키스탄으로 새로운 성적 대상을 찾아가려 한다. 한국 안에서 성적인 교환의 상대를 찾을 수 없는 그들은 이미 거세된 하위주체들이라고 할 수 있다.

「통(痛)」의 경우는 이미 사회적으로 거세된 남성이 처한 가장 고통스러운 몸의 이미지를 그려내고 있다고 할 수 있다. 월남전에서 고엽제의 피해자가 된 '원덕 씨'는 극심한 가려움증의 고통에 시달린다. 그가 죽음의 순간이 가까워졌을 때 경험하는 것은 노란 꽃잎과 잿빛의 눈이 쏟아지는 아름다운 환영이다. 그가 의식의 세계에서 보는 것은 비루한 현실이지만, 그가 환영 속에서 보는 것은 다른 세계이다. 그 환각은 그가 수면제와 진통제를 과다 복용하기 때문에 나타난 현상이지만, 그것은 그의 고통을 현시하는 언어이기도 하다. 반평생 깊은 잠을 자지 못하고 햇빛을 쬐지 못한 그의 환영은 그의 고통 반대편의 이미지가 아니라, 그의 고통과 유비적인 관계를 이루는 이미지라고 할 수 있다. 가려움증을 잊기 위해 자신의 몸에 가하는 매질에서 몸에 대한 피학적 폭력은 다른 환각을 위한 것이다.

의사 앞에서 그가 쪼그라든 성기와 온통 붉은 반점과 돌기와 수포로 가득한 몸을 보여주는 것은, 남자가 자신의 고통을 전시하는 방식으로 타인을 압박하는 방식이다. 남자의 끔찍한 몸에 대한 타인의 시선은 그 자체로 치욕감을 야기하는 폭력이지만, 역으로 남자는 보수 단체의 시위 현장에서 자신의 몸을 전시하는 방식으로 그 시선의 폭력을 생존을 위해 이용해야만 한다. 여기서 고통받는 타인의 몸에 대한 시선은 관습적인 연민 이상이 되지 못한다. 수전 손태그가 성찰한 것처럼, 이미지 과잉의 사회에서는 사람들이 타인의 고통을 스펙터클로 소비해버린다. 소설은 그런 재현되고 소비되는 고통의 스펙터클과는 다른 것이 되어야만 할 것이다. 이 소설에서 주인공의 인생 유전에는 빨갱이로 낙인찍혀 사라진 아버지의 사연과 월남전에 참전하여 고엽제 피해자가 된 그를 정치적으로 이용하는 정치 세력들의 행태가 드러나 있다. 작가의 다른 소설들도 그러하지만 작가는 원덕 씨 개인의 고통에 한국 현대사의 비극을 밑그림으로 놓는다. 그런데 이 소설에서 원덕 씨의 육체와 정신의 고통의 깊은 실감으로 작동하는 것은 그가 경험하는 환영 자체이다. 그는 환각 속에서 아버지와 어머니가 있는 어린 시절의 기억의 편린과 만날 수 있고, 과거의 여러 순간을 혼란스럽게 재구성하게 된다.

　　이 소설에 진정한 윤리성이 있다면, 그것은 그에게 가해지는 이념과 국가와 권력의 폭력에 대한 고발의 차원이 아니라, 한 인간이 20여 년간 겪은 끔찍한 가려움을 어떻게 문학적으로 실감하고 공유할 수 있는 것으로 만드는가 하는 점이다. 그러니까 소설 제목대로 '통(痛)'을 어떻게 소설화하는가의 문제이다. 그가 마지막 순간에 경험하는 환각은 비행기가 뿌리는 고엽제의 '하얀 비'를 맞으며 그것을 몸에 바르는 젊은 날의 자신의 모습이다. 이때 환각은 현실의 저편이 아니라, 고통의 기억 그 근원으로 거슬러 올라가는 언어이다. 그의 환각이야말로 자신의 고통스러운 생에 대한 서사적 언어라고 할 수 있다. "신이 나서 비행기가 날리고 간 하얀 비를 받아 몸에 바르는, 젊은 날 자신의 모습을 그는 슬프게 바라보았다"라는 문장에서, 환각은 그 시간의 바라봄이며, 고통의 관습적인 재현이 아니라 고통의 개별화를 성취하는 소설적 응시이다. 이 지점에서 소설은 고통의 미학과 윤리를 결합시킨다.

소설적 미학과 통증의 윤리가 구분되지 않는 그 자리야말로 리얼리스트와 모더니스트의 상투적인 구분을 넘어선, 소설 쓰기의 모험이 가닿으려는 지점이다. 리얼리스트와 모더니스트의 대립이 폭력적인 것이라면, 그것은 실제를 재현할 수 있다는 리얼리즘의 신념 체계 자체와 현대라는 시간과 언어 자체의 폭력성에서 기인하는 것이기도 하다. 소설 미학에 대한 메타적인 질문이 소설의 존재 의미에 대한 윤리적 탐색과 만난다면, 그것은 리얼리즘과 모더니티의 폭력성을 동시에 내파하는 지점이 될 수 있다. 이런 맥락에서 모든 진실을 다 말하는 것이 불가능하다는 것을 알고 있는 예민하고 겸손한 작가에게, 소설 쓰기란 결국 어떤 연행(演行)적인 것으로서의 삶에 대한 글쓰기이다. 사회적으로 거세된 남자들과 소설을 쓰지 못하는 소설가들이 출몰하는 저 시간들 속에서, 삶과 소설은 서로를 투철하게 응시한다. 그것은 어떤 낭만성도 거절하는 백가흠 소설이 스스로의 가려움, 그 존재론적이고 문학적인 가려움을 응시하고 매질하면서 자신을 단련시키는 과정이다. 이제 그 과정을 함께 앓는 것은 백가흠 읽기의 새로운 시작이 된다. 힌트는 백가흠이다.

일흔을 앞둔 아버지와 어머니는 이제야 널찍한 집을 갖게 되었다. 아니 갖게 될 것이다. 지난겨울 시작한 두 분의 집짓기는 여름이 된 지금도 완전히 마무리되지 않았다. 집을 짓는다는 것이 어떤 철저한 계획 아래, 준비된 설계 도면에 의해 완성되는 것이라고 한다면, 내 부모가 짓고 있는 시골집은 그런 것과는 무관해 보인다. 그들이 짓고 있는 집이란, 생활이고, 삶이며, 아직도 진행되고 있는 인생의 한 부분 같다. 그들은 돈이 생길 때마다 황토 벽돌을 사다가 방을 만들고, 돈이 떨어지면 공사를 멈추었다가, 다시 여유가 생기면 창에 새시를 달고 화장실에 타일을 까는 식이니, 어떤 근사한 집에서의 안위를 염두에 둔 집짓기는 아닌 것처럼 보인다. 분명한 것은 그 과정에 즐거움과 사명감이 깃들어 있다는 것이다(드디어 올 장마가 시작되기 전 1층이 완공되었다).

　무심한 큰아들이 아버지의 예순아홉번째 생일을 맞아 잠깐 집을 찾았을 때, 아버지는 스케치북 하나를 보여주었다. 그곳엔 빼곡하게 스케치와 메모가 되어 있었다. '장독대'에 대한 도면에는 '무릎이 편치 않은 어머니가 최대한 무리하지 않고 한번에 올라설 수 있는 높이로 맞출 것'이라는 메모가, '마당' 도면에는 '두 개의 화단을 만들 것, 어머니의 채소밭과 아버지의 꽃밭을 마주 보게 조성, 화분들은 마당 한가운데 모아 또 하나의 꽃밭'이라는 메모가 적힌, 우리가 아는 설계도와는 다른 그것을 보면서, 그간 자연스럽게 터득한 그들만의 미와 앞으로의 꿈 같은 것을 얼핏 짐작할 수 있었다.

　아버지의 스케치북을 보며 나는 무심한 아들이자 조금 그저 그런 인간이었다는 것을 깨달을 수 있었다.

　어머니는 2층에 내 작업실을 만들 거라며, 방학 때마다 창작 공간을 찾아다니는 나를 그때만이라도 집에 붙들어놓을 수 있는 묘책을 궁리해냈다. 가장 인상적이었던 것은 아버지의 소박한 서재였다. 평생 처음으로 갖게 된 아버지의 서재는(서재가 따로 없어서 아버지의 책 때문에 우리 집은 언제나 비좁았다) 안방 안, 가장 은밀한 곳에 숨어 있었다. 봄엔가, 아버지가 전화를 걸어서는 집에 있는 자신의 책을 버려도 좋은지 물은 적이 있었다. 가서 보니 작은 서재를 꾸미는 데 많은 책들이 버거웠던 모양이다. 내가 물려받게 될 책들은 창고에 잘 정리되어 있었다. 어머니 말로는 그 은밀한 방에 들어가면 몇 시간씩이고 나오질 않는다고 하니, 말년에 아버지가 또 다른 무엇을 준비하고 있는지도 모르겠다.

아버지, 어머니가 짓고 있는 집을 위해 내가 한 일이라곤, 용돈을 조금 쥐여주고, 모든 창에 우드블라인드를 달아준 정도다. 돈으로 간단히 해결할 수 있는 것, 그게 내가 그들에게 줄 수 있는 최선이라는 것, 얍삽함의 극치인 셈이다.


소설도 하나의 집을 짓는 것과 같다. 터를 잡고, 기초 공사를 하고, 무너지지 않게 기둥을 튼튼히 박고, 원하는 방향으로 창을 내기도 하고, 취향에 따라 인테리어도 하는 집짓기와 별반 다를 게 없는 작업이다. 4년여 지어온, 세번째 소설집을 바라본다. 집이란 모름지기 내 아버지의 스케치북 도면에 그려진 것처럼 자연스러운 배려가 가득해야 하는데, 곰곰 살펴보니 그런 면면이 보이지 않는다. 마치 어렸을 때, 뽑기 같은 것을 하면 나오는 '다음 기회에'나 '꽝'을 뽑아든 느낌이다.

부모가 짓고 있는 집과 내가 지은 집의 차이에 대해 골똘해진다. 집을 짓는 데 중요하게 생각해야 할 것에는 간절함과 절실함, 가장 자연스러운 인테리어, 분수에 맞는 장식들, 실용성 등 여러 가지가 있을 테지만, 무엇보다 집 안에서 살아야 할 사람에 대한 사랑이 제일이다. 생각이 거기에 이르니, 내가 지은 집에 무엇 하나 자신이 없다. 내 인물들에 대한 사랑에 자신 없어지는 순간이다. 그러니 내가 지은 집 같지 않고 낯설기만 하다. 다음 기회에, 내 부모가 지은 시골집 같은 사랑으로 가득한 소설을 꼭 짓겠다고 다짐만 해본다.

해설을 써준 이광호 선생께 한없는 고마움을 전한다. 원고를 맡아준 후배 김필균에게는 위로와 축복을. 마지막으로 내 소설을 기억해주고, 참아주고, 읽어주는 소중한 독자들에게 오래 참았던 인사를 남긴다.

2011년 여름
원주에서 백 가 흠 拜

## 수록 작품 발표 지면

그리고 소문은 단련된다 『현대문학』 2008년 10월호

그런, 근원 『문학과사회』 2008년 봄호

그래서 『현대문학』 2011년 1월호

힌트는 도련님 『한국문학』 2009년 봄호

그때 낙타가 들어왔다 『GQ』 2011년 3월호 특별판

통(痛) 『창비』 2011년 봄호

쓰이거나 쯔이거나 『현대문학』 2010년 8월호

P 『문학동네』 2007년 겨울호